MANGEZ-MOI

Agnès Desarthe est née à Paris en 1966. Elle a publié de nombreux livres, notamment pour la jeunesse. Après un premier roman remarqué, *Quelques minutes de bonheur absolu* (L'Olivier, 1993), elle s'impose comme une des voix les plus fortes du jeune roman français. La plupart de ses romans sont publiés en Points.

Agnès Desarthe

MANGEZ-MOI

ROMAN

Éditions de l'Olivier

TEXTE INTÉGRAL

ISBN 978-2-7578-0518-3
(ISBN 2-87929-531-9, 1ʳᵉ édition)

© Éditions de l'Olivier, 2006

À Dante,
à mes amis, pour qui
j'aime tant cuisiner,
et pour Claude,
au passage.

Suis-je une menteuse ? Oui, car au banquier, j'ai dit que j'avais fait l'école hôtelière et un stage de dix-huit mois dans les cuisines du Ritz. Je lui ai montré les diplômes et les contrats que j'avais fabriqués la veille. J'ai aussi brandi un BTS de gestion, un très joli faux. J'aime vivre dangereusement. C'est ce qui m'a perdue, autrefois, c'est ce qui me fait gagner à présent. Le banquier n'y a vu que du feu. Il a accordé l'emprunt. Je l'ai remercié sans trembler. La visite médicale ? Pas de problème. Mon sang, mon précieux sang est propre, tout propre, comme si je n'avais rien vécu.

Suis-je une menteuse ? Non, car tout ce que je prétends savoir faire, je sais le faire. Je manie les spatules comme un jongleur ses massues ; tel le contorsionniste, j'actionne avec souplesse, et indépendamment, les différentes parties de mon corps : d'une main je lie une sauce tandis que, de l'autre, je sépare les blancs des jaunes et noue des aumônières. Les adolescents aux lèvres duveteuses et au front constellé de boutons, le cheveu gras sous leur calot de marmiton, peuvent, il est vrai, maîtriser l'ambre d'un caramel à jamais moelleux, ils vous dressent un rouget sans perdre un milligramme de chair et tricotent la crépinette comme autant de Pénélope. Mais. MAIS ! Fourrez-les dans une cuisine avec cinq gosses qui braillent, meurent de faim, jouent dans vos pattes et doivent repartir à l'école dans la demi-heure (l'un est allergique aux produits laitiers, et l'autre n'aime rien), jetez nos braves apprentis chefs dans cette fosse aux lionceaux, avec un frigo vide, des poêles qui attachent, et le désir de servir aux bambins un repas équilibré, puis regardez-les faire. Voyez l'œuvre de ces braves garçons joufflus et regardez-les se défaire. Tout ce que leurs diplômes sanctionnent, mes vies me l'ont appris. La première, à l'époque lointaine où j'étais mère de famille. La deuxième, en des temps moins distants, quand je gagnais mon pain dans les cuisines du cirque Santo Salto.

Mon restaurant sera petit et pas cher. Je n'aime pas les chichis. Il s'appellera *Chez moi*, car j'y dormirai aussi ; je n'ai pas assez d'argent pour payer le bail et un loyer.

On y mangera toutes les recettes que j'ai inventées, celles que j'ai transformées, celles que j'ai déduites. Il n'y aura pas de musique – je suis trop émotive – et les ampoules qui pendront du plafond seront orangées. J'ai déjà acheté un réfrigérateur géant avenue de la République. Ils m'ont promis un four et une table de cuisson bon marché. «C'est pas grave si c'est rayé ? – Pas grave du tout ! Je suis moi-même assez rayée.» Le marchand ne rit pas. Il ne sourit pas. Les hommes n'aiment pas que les femmes se dévaluent. Je commande également un lave-vaisselle quinze couverts, c'est leur plus petit modèle. «Ça ne suffira pas, affirme le type. – C'est tout ce que je peux me permettre. Ça ira, les premiers temps. » Il me promet qu'il m'enverra de la clientèle. Il **me** promet qu'il viendra lui-même dîner un soir, sans prévenir ; ça sera la surprise. Lui, il ment, c'est certain, mais ça m'est égal, je n'aurais pas adoré cuisiner pour lui.

Je cuisine avec et par amour. Comment ferai-je pour aimer mes clients ? Le luxe de la question me fait penser aux prostituées qui, elles, justement ne l'ont pas, ce luxe.

Le jour de l'ouverture, je n'ai prévenu ni mes amis, ni ma famille. Je leur ai donné une fausse date. Cette fois, c'est certain, moi aussi j'ai menti. Les courses sont faites. J'ai rédigé les menus. J'ai préparé ce qui devait l'être. Le reste, au dernier moment. Mais il n'y a pas de dernier moment. J'attends. Personne ne vient. Personne ne sait que mon restaurant existe. Je tremble de midi moins le quart à trois heures et demie. C'est très fatigant, et mon nombril, qui est l'épicentre de ces spasmes resserrés d'angoisse, est mis à rude épreuve.

Lorsque quelqu'un s'arrête devant ma porte, rôde devant ma vitrine, je le chasse mentalement. Il faut qu'un restaurant soit plein ou vide. Un client unique, c'est pire que pas de clients du tout. J'ai décidé d'ouvrir le midi et le soir. C'est peut-être trop pour commencer. Mais je ne vois pas comment je pourrais éviter les erreurs. Je n'ai jamais eu de restaurant. J'ignore comment on fait. Je me suis longuement posé la question de l'approvisionnement et des restes. Quelles quantités acheter? Que cuire? Combien de temps garder? J'ai réfléchi et j'ai trouvé. La réponse est: comme pour une grande famille. Le poisson: cru le jour même, cuit le lendemain s'il n'a pas été mangé, puis transformé en terrine le troisième jour et en soupe le quatrième. Ainsi faisait ma grand-mère. Ainsi font la plupart des femmes et personne n'en est jamais mort. Qu'en sais-je ? On l'aurait lu dans le journal. Pour la viande, c'est pareil, sauf que je trouve le tartare un peu vulgaire, je sers donc ma viande cuite dès l'achat, puis elle se transforme en boulettes, de tendres boulettes à la coriandre et au cumin, sourcils de céleri branche, plumes de cerfeuil, crème, citron et dés de tomates rôties à l'ail. Il n'y a pas de troisième chance pour la viande. Enfin oui, mais non. Je n'ai pas le droit de l'écrire. Pour les légumes, c'est encore plus simple, crus, cuits, en purée, en soupe, en bouillon. Les fruits, pareil. Les produits laitiers sont braves. Ils tiennent. J'ai une tendresse particulière pour eux. Ils ont toute ma confiance. Les jus, quels qu'ils soient, sont conservés à part, dans des récipients en verre. Très important, le récipient en verre. Ça aussi, je le tiens de ma grand-mère.

Le premier service n'a pas eu lieu. Je suis épuisée. J'espère que le soir m'apportera la salle comble dont je rêve. Je redoute, cependant, l'affluence de la clientèle plus encore que son absence. Je ne suis pas prête. Le serai-je jamais ? De quatre heures à six heures, je dors. La banquette achetée chez Emmaüs se révèle un excellent lit. Je dors, mais je ne dors pas. Mes paupières s'agitent comme les ailes d'un papillon. Je récapitule. Je révise tout ce qu'il faudra que je fasse. Les gestes, les mots. « Vous avez réservé ? », « Que désirez-vous boire, avec ça ? », « L'addition ? Oui, je vous l'apporte tout de suite », « Laissez-vous tenter, les desserts sont

13

maison. » Impossible. Je n'arriverai jamais à prononcer ces phrases. Heureusement, il n'y a pas plus d'amateurs le soir que le midi. Je ferme à vingt-deux heures trente-cinq, sans avoir à débarrasser, sans vaisselle à faire. Je m'allonge à nouveau sur la banquette. Cette nouvelle vie est éreintante. Je n'en suis pourtant qu'au premier jour. Je pense aux traites. Je calcule tout ce que je vais devoir payer sans avoir rien gagné. J'ai l'impression d'être abandonnée de tous. Punie. À cinq heures du matin, un camion poubelle me réveille. J'ai donc dormi. Bonne nouvelle. Il faut que je me lève, que je prenne une douche dans mon grand évier – ça non plus, je ne devrais pas l'écrire – et que je me mette au travail. Aujourd'hui, c'est le vrai premier jour. L'inauguration.

Mes amis trouvent la nourriture délicieuse. Ils ont apporté du champagne. Mes parents jugent mes tables étriquées et mes chaises pas assez confortables. J'ai envie de leur répondre que ce n'est pas un restaurant pour vieux, qu'ils n'y comprennent rien. Mais ils ont raison. Je n'aime pas mes tables ; je n'aime pas non plus mes chaises. C'est le type de l'avenue de la République qui m'en a fait cadeau. Il a eu pitié de moi. Il allait les jeter. «Elles sont toutes branlantes, a-t-il dit, déséquilibrées. Mais vous n'aurez qu'à demander à votre mari d'y mettre un ou deux boulons, une vis par-ci, par-là.» Un boulon et une vis, moi et mon mari. Oï. Comment y songer sans embarras ? Je change de conversation. Je demande quand le lave-vaisselle arrivera. «Bien assez tôt, bien assez tôt», m'assure le type ; cette fois, il ne ment pas. Le jour où il vient livrer le mobilier, il apporte en prime l'engin nettoyeur.

– C'est quoi, ça ? demande-t-il d'un ton méprisant en montrant ma jolie banquette verte de chez Emmaüs, en moleskine rehaussée d'un passepoil d'or.

– C'est une banquette. Pour les dames ! précisé-je afin de lui clouer le bec.

Il hausse les épaules et encombre méthodiquement la salle de *Chez moi* qui, soudain, me paraît étriquée. C'est inquiétant, me dis-je. Aurait-elle rapetissé ? Aurions-nous grandi ?

– C'est bien, dit-il, une fois le travail accompli. C'est intime.

– Qu'est-ce que je vous sers ? fais-je en espérant qu'il ne voudra rien de précis.

– Ce que vous avez de mieux, répond-il.

Je pense : moi, mangez-moi, mais je ne le dis pas car, de toute façon, ça revient au même. Je lui sers une part de tarte au chocolat, poire et poivre avec un verre de rosé frais. Je le regarde manger. Je pense qu'il n'a pas menti, finalement. Il mange chez moi. Sauf qu'il n'est pas l'heure de dîner. Il a donc menti. Je le regarde et je pense qu'il se nourrit de moi, car, pour ce premier gâteau, pour ce dessert inaugural, j'ai mis tout ce que j'avais. J'ai pétri avec douceur, j'ai fait fondre avec patience, j'ai tranché en recueillant le jus, si fin, si fin, incorporé à la pâte, avec le chocolat d'un noir massaï, ma pâte brune entre mes mains, que j'abaisse et reforme, abaisse et reforme, le poivre sur les poires, car je crois, en cuisine comme ailleurs, aux mystérieux pouvoirs de l'allitération. Les grains foncés à l'extérieur, jaune pâle au-dedans, pas écrasés, pas concassés. Tranchés. Mon moulin est une râpe, il fabrique de minuscules tranches d'épices. L'homme mange et je vois qu'il est ému. J'en suis désolée. Pourquoi ? Je l'ignore. Nous sommes tous deux indignes de ce partage.

Mes amis trouvent que mes tables et mes chaises sont très bien comme elles sont. « Pourquoi le trottoir de la tarte aux blettes est tout vert ? » demande ma mère qui ne m'a jamais fait confiance et pense sans doute que je l'ai laissé pourrir. « Parce que j'ai haché des brins d'aneth et de ciboulette dedans. C'est plus joli et plus léger aussi. » Mon père recrache. Il n'aime pas les herbes. Il trouve que ça fait fille, ou vache. Ma mère est la seule personne que je connaisse à appeler trottoir le bord des tartes. Je trouve ça mignon et je lui pardonne son offense. A-t-elle pardonné les miennes ? Le thon cru mariné aux cébettes est un succès que je regrette. Ça m'a coûté les yeux de la tête et c'est si facile à faire, sans âme. C'est l'océan qu'il faut remercier, pas moi. Ma vanité m'enivre. C'est décidé, j'arrête le poisson cru.

Mes deux premières clientes sont des lycéennes. Elles passent la porte à midi quinze. *Chez moi* est ouvert depuis plusieurs jours. J'ai reçu la visite du fleuriste d'à côté, qui a mauvaise haleine et se dit très *tatillon*. Il l'annonce avec fierté, comme s'il s'agissait d'un pedigree prestigieux. Je pense qu'il a choisi le commerce des fleurs dans l'espoir de masquer les relents de bile qui empuantissent son palais. Si vous étiez vraiment si *tatillon*, ai-je envie de lui dire, vous décideriez de l'être moins. À force, on devient bougon et la bile noire se forme. Un cheveu sur l'écran de la télévision entraîne le spasme gastrique, une assiette en carton pour manger de la salade niçoise et l'étau se resserre, l'œsophage s'enflamme, une cliente qui confond renoncules et anémones suffit à colorer la salive. Si vous étiez moins *tatillon*, vous sentiriez meilleur et le monde s'en trouverait purifié. Mais je ne dis rien.

Du coup, il se sent mal à l'aise et se croit obligé de me faire une proposition. «Pour votre déco, me dit-il, je pourrais vous mettre de côté les invendus. Ma réputation m'oblige à ne vendre que des fleurs qui tiennent la semaine, je ne peux pas les garder en boutique plus de quatre jours… » Il s'**attend** à de chaleureux remerciements anticipés. Mais je **ne** dis rien. Je n'exprime rien. Je ne parviens pas même à sourire. C'est à cause de l'odeur. Comme si un minuscule cadavre était en train de pourrir en lui. « Elles ne seront pas fanées », m'assure-t-il. Peut-être a-t-il lu l'écœurement dans mes yeux.

Lorsque je referme la porte sur lui, j'inspire enfin par les narines et je pense à Leslie, la fildefériste qui mettait mes nerfs en pelote avec ses doléances sans fin, mollement murmurées et fondues dans la sauce fade de son accent américain : « Toujours la viande ! » geignait-elle. S'il y avait des légumes, elle se plaignait d'aérophagie. Quand je cuisinais des pâtes, elle pleurnichait que tout allait se coller directement en haut des cuisses. Je lui expliquais que les pâtes ne font pas grossir. Elle riait de son rire de brebis mélancolique et secouait la tête, les yeux au ciel.

Mes deux premières clientes ne lui ressemblent pas. Ce sont des lycéennes. Leurs pantalons pendent à leurs hanches dodues. Mes petites cailles, pensé-je en secret. Je trouve leurs corps charmants, semblables à des abricots géants. L'idée me vient de planter l'index dans la chair parfaite de leurs ventres qui s'offrent, rebondis, sous la peau scintillante. Bien entendu, je n'en fais rien.

Elles ne commandent qu'une entrée. Je m'étonne.

— C'est trop cher, m'expliquent-elles.

— Mais vous aurez faim, en sortant. Vous avez cours, cet après-midi ?

— Oui, philo.

– Il faut manger avant de philosopher. Je divise tous les prix par deux. Disons que ce sera ma contribution à l'avenir de la philosophie mondiale. Si l'une de vous devient la penseuse du siècle…

J'ai trop parlé. Elles s'ennuient. Elles trouvent que je suis cinglée. Mais elles ne renoncent pas à profiter de mes largesses. Je me demande, en les regardant engloutir leur soupe avocat-pamplemousse, si je les trouve sympathiques ou si je les déteste. Je remarque que j'ai laissé un soutien-gorge à sécher sur le robinet d'arrivée du gaz. C'est l'inconvénient des cuisines ouvertes. Je le range dans ma poche et sors du frigo ma vieille aiguillette de rumsteck – un gâchis qui bouleverserait bien des maîtresses de maison –, car c'est le jour des boulettes. Mais moi, c'est différent. Moi, je suis patronne d'un restaurant. Je fais ce que je veux avec les beaux morceaux. Ce n'est pas du gaspillage, c'est un gage de qualité. Je hache la viande de luxe. Afin de ne pas déranger le bavardage des jeunes philosophes avec le son de ma moulinette, je pars m'enfermer dans les toilettes. C'est l'autre inconvénient des cuisines ouvertes. J'imagine un instant une salle pleine, un service de vingt-cinq couverts, les commandes qui s'accumulent, les clients qui occupent les cabinets et m'empêchent d'y trouver refuge pour exécuter les tâches les plus bruyantes. Il sera toujours temps de fermer, me dis-je, prise de vertige.

Lorsque je ressors, je constate qu'elles ont tiré de leur sac un paquet de cigarettes. Je suis saisie d'une irrésistible envie de déclarer *Chez moi* espace non-fumeur, mais c'est idiot, je fume moi-même et ce serait excessivement mauvais pour le commerce. Les gloutonnes ont déjà terminé leur entrée. Leurs mamans ne leur ont-elles pas appris qu'il convient de manger lentement, en reposant sa cuillère entre chaque bouchée ? Les volutes de fumée de Camel se mêlent au nuage de vapeur qui s'élève de la poêle. Nous devenons fantomatiques, perdues dans une brume épaisse. Elles ne semblent pas incommodées et je me félicite que mes premières clientes ne soient pas tatillonnes. Des passants s'attroupent, intrigués par le mystérieux brouillard. C'est le début de la gloire. Un homme se précipite pour nous sauver. Il surgit et demande en hurlant : « Vous voulez que j'appelle les pompiers ? » Nous sursautons et nous rions. Il y a vraiment une excellente ambiance chez moi.

Après l'avoir rassuré, je lui propose de s'asseoir. J'ouvre la porte pour créer un courant d'air et je lui offre une bière blanche glacée. « Pendant que j'y suis, je vais manger un morceau », dit-il en desserrant son nœud de cravate. Je le surprends en train de reluquer les hanches ambrées des jeunes filles. Je décide de leur offrir le dessert.

« C'est trop bon ! » s'exclame l'une d'elles en trempant un morceau de pain dans la sauce au moment où je m'approche pour débarrasser. Finalement, je les trouve très sympathiques. Je les déclare mentalement clientes fétiches. J'entrevois la perspective d'un commerce particulier. Il s'agirait d'attirer les jolies femmes ici, en leur concédant certains avantages, certains privilèges. La foule affluerait dans mon restaurant pour se rincer l'œil et les profits seraient assurés. Toute vente finit, c'est un principe, par évoquer la traite des esclaves ou le proxénétisme. Je cherche un contre-exemple et n'en trouve pas. Je n'ai pas honte. Je le savais en ouvrant *Chez moi*. Cela me convient. Parfaitement.

Cette nuit, j'ai rêvé que les Beatles venaient dîner dans mon restaurant. Tous les quatre. Paul McCartney, John Lennon, Ringo Starr et l'autre, celui dont je ne me rappelle jamais le nom. En les voyant entrer, j'étais très contente, mais inquiète aussi, à cause de ce trou de mémoire récurrent. Qu'arriverait-il si je devais les présenter à quelqu'un ? Au moment de nommer le quatrième Beatle, toc, le blanc, rien ne vient, ou plutôt si, mais c'est pire : Jim Morrison, Jimi Hendrix, Lou Reed. Heureusement, il n'y a pas d'autres clients. Je n'ai donc pas à redouter l'interrogation surprise. Je leur dis combien je les aime, ils répondent avec une modestie touchante et s'asseyent à la table la plus proche de la cuisine. Nous plongeons aussitôt dans une intimité radieuse, moi aux fourneaux, eux en salle, mais complices, comme s'ils avaient choisi cet emplacement exprès pour pouvoir converser avec moi. Je suis honorée et, en même temps, je considère ces égards comme naturels ; il s'agit d'un rêve, je le rappelle.

Je prends la commande et là, nouvelle angoisse, Paul McCartney désire des poissons panés (j'ai oublié de dire qu'ils parlent tous un français excellent, sans le moindre accent). Les poissons panés ne figurent pas sur ma carte et je m'en veux aussitôt de l'arrogance avec laquelle je compose les menus. En quoi les nourritures dites sérieuses, les plats réputés raffinés – dos de cabillaud au jus de mûres et aux mousserons, mille-feuille d'aubergine et d'agneau, tourte blanche au fromage, aux raisins et cognac – en quoi méritent-ils davantage d'être servis *Chez moi* ? Je trouve mon élitisme répugnant. Pour couronner ma gêne, Yoko Ono, dont je n'avais jusqu'alors pas remarqué la présence (elle n'était sans doute pas là au début du rêve : c'est le problème avec les rêves, les gens y entrent et en sortent à contretemps) me jette un regard sévère. Elle a raison. Je me suis bêtement mise au service d'une cuisine bourgeoise, alors **que**, alors que... inutile de bégayer, vite ! En cuisine ! Je sors du frigo un beau tronçon de lotte. Armée de mon couteau le plus fin j'entaille la chair riche et dense du poisson, bien à distance de l'arête centrale trop sanguinolente à mon goût, et du ventre, où la chair s'amollit, et tombe, et se raréfie, comme les larges oreilles d'un monstre marin flapi. Je découpe un volume rectangulaire qui m'évoque les Kapla, ces bûchettes en bois que j'achetais par baril de cinq cents pour mon fils et avec lesquelles il construisait de sublimes forteresses. Il devrait être interdit aux souvenirs réels de se mêler à la matière inconsistante des rêves, car la douleur qu'on en ressent est intolérable. La bûchette de poisson est parfaite, lisse, blanche, souple. Je fabrique une chapelure épaisse en faisant roussir des miettes de pain sec dans du beurre. Les miettes ne sont pas assez rondes à mon goût, pas aussi rondes que dans le souvenir que j'ai gardé des poissons panés, à l'époque où j'en faisais frire dans la poêle pour mon fils, qui s'en régalait, se félicitant secrètement d'habiter un monde régi par une si stupéfiante cohérence formelle : aux bûchettes Kapla succédaient les bûchettes de poisson, auxquelles, à l'heure du bain (il aimait prendre son bain après dîner) succéderait la bûchette du savon. Mais je délire. Je ne sais rien de ce qui se passait dans la tête de mon fils. C'est l'autre inconvénient du rêve, cette propension à l'hallucination, à l'illusion d'une toute-puissance intellectuelle. Mes flocons de chapelure dorée sont prêts, j'y roule le poisson à peine enduit de blanc d'œuf et ça marche : au bout de quatre passages dans l'assiette emplie de pépites, il est parfaitement déguisé, parfaitement méconnaissable en tant que filet de lotte, et parfaitement reconnaissable en tant que poisson pané. Lorsque je le dépose dans l'assiette de Paul McCartney, celui-ci pousse un hurlement de joie et, sans doute pour me remercier, se met à chanter *Norwegian Wood*. Tous chantent avec lui. Même Yoko Ono. Les guitares et les autres instruments jouent, quelque part en coulisse. C'est tellement beau. Je pleure. Je pleure parce que c'est la chanson que jouait le tourne-disque la première fois que j'ai fait l'amour.

Je m'en souviens très bien ; j'étais par terre, sur le dos. Cela faisait des mois et des mois que l'envie montait. Je riais, pas à cause de l'étrangeté, pas à cause de la honte (je n'en ressentais aucune), pas à cause de la gêne. J'avais envie de rire à cause du bonheur de la découverte, de l'ivresse de ce que je croyais avoir inventé. J'ai pensé à Archimède et à Copernic. J'ai pensé à Newton et Einstein. J'ai pensé à Galilée. Au fond de moi, comme dans l'univers, ce gisement, comme l'attraction universelle, en moi, comme dans la terre, ces ressources intarissables d'énergie. Pourquoi ne m'en avait-on pas parlé plus tôt ? Comment avais-je pu ne pas m'en douter ? Et c'était gratuit ? Et c'était pour tout le monde ? Et c'était facile, comme ça ? Si facile ? Je n'ai pas pensé que je ne prenais pas la pilule, que le garçon n'avait pas mis de préservatif, que je risquais de tomber enceinte ou d'attraper je ne sais quoi. J'ai pensé c'est dingue. Et pendant ce temps-là, les Beatles chantaient *Norwegian Wood*.

Comment se fait-il que l'on ait plusieurs vies ? Peut-être ai-je tendance à généraliser. Peut-être suis-je la seule à éprouver ce sentiment. Je ne mourrai qu'une fois et pourtant, au cours du temps qui m'aura été imparti, j'aurai vécu une série d'existences contiguës et distinctes.

Je n'étais pas la même personne à trente ans. J'étais un être tout à fait particulier à huit ans. Je considère mon adolescence comme autonome en regard de la suite. La femme que je suis aujourd'hui est déracinée, détachée, incompréhensiblement solitaire. Je fus très entourée. Je fus très sociable. Je fus timide. Je fus réservée. Je fus raisonnable. Je fus folle.

Il est minuit moins le quart et je me fais couler un tout petit bain dans mon évier géant. Il n'y a que les nourrissons que l'on baigne au lavabo. Les nourrissons et moi. J'obstrue la bonde et laisse le niveau d'eau tiède monter jusqu'à vingt centimètres du fond. Il reste trente centimètres jusqu'au bord. Je grimpe sur le plan de travail. Le rideau de fer est baissé. Je suis nue, debout sur ma paillasse et je voudrais que quelqu'un me voie parce que c'est une situation insolite qui mérite son public. Je m'assieds, le dos contre l'inox lisse et ça ne déborde pas. J'apprécie la précision arithmétique de l'affaire. Incapable de calculer, j'ai agi au jugé et je ne me suis pas trompée. Afin d'occuper moins d'espace, je passe mes bras sous mes genoux repliés ; je me retrouve, à peu de chose près, dans la posture dite du corbeau. À l'époque du Santo Salto je m'échauffais avec les artistes. Nous pratiquions un genre de yoga, des étirements, des appuis. Mes membres, qui n'avaient jamais été soumis à la moindre discipline, craquaient, mes muscles tremblaient, mais je ne me décourageais pas et personne ne se moquait. Nous étions tous plus ou moins des repris de justice, des égarés, et aucun de nous n'aurait songé à s'étonner du comportement de ses compagnons. Nous n'avions d'autre choix que de nous tolérer. C'était un monde dans le monde, ignorant les règles qui régissaient le reste de la société, indifférent à ses conventions. On pouvait devenir mère à quatorze ans, ou à quarante-huit. Rester célibataire ou avoir trois maris. On pouvait être la tante des enfants que l'on élevait, et passer des fourneaux à la caisse ; ce qui n'empêchait personne de bichonner les chevaux ou de changer les gamelles des chiens. Nos animaux étaient supérieurement intelligents. Nous aimions accueillir les espèces les plus diverses et nous ne pensions pas que les tigres faisaient un numéro plus intéressant que les chiens ou les chats. La frontière séparant le domestique du sauvage était floue. Sans cesse nous l'effacions, nous autorisant à être sauvages, croyant ferme qu'il était en notre pouvoir de domestiquer la plus farouche créature. Personne ne parlait. Tout le monde criait. Nous faisions très peu usage des verbes

28

et des adjectifs. Nous préférions les prénoms, les sur-noms et les onomatopées. Hop. Tak. Bravo. Une demi-heure avant d'entrer en piste, nous étions semblables à des phasmes, immobiles, en alerte, fondus dans les filins, les baguettes, les gaules, les filets, les barres, identiques à nos accessoires, camouflés. Nos bêtes étaient silencieuses et les regards s'échangeaient, jusqu'à l'épuisement. Regards d'homme et de chien. Regards de biquette et de jeune fille. Regards de reptile et de femme. C'était un monde froid mais pas glacé. Nous avions trop peu de temps pour les sentiments, mais le contact palliait ce manque. Il y avait toujours une main dans votre dos, sur votre épaule, sous votre coude, une plante de pied sur l'intérieur de la cuisse, un crâne sur le ventre, un genou au creux de l'aine. Nous dessinions un kamasutra collectif étrangement dénué d'érotisme. La peau est une plateforme. Une forme plate, comme la terre. C'est-à-dire ronde aussi et refer-mée sur elle-même et tissée d'interdépendances. On met longtemps à comprendre sa propre peau, ce para-doxe d'être surface et enveloppe, de n'être qu'une et multiple : la peau du pied, la peau du cou, la peau du menton, la peau du sexe, la peau sur les côtes, un seul et même organe se tenant constamment informé. Je croyais connaître ma peau mais un jour, une main posée sur ma nuque, une main inattendue, ou devrais-je dire inespérée, me fit comprendre que je me trom-pais : tout restait à découvrir. C'était avant Santo Salto et c'est une longue histoire qu'il faudra bien que je raconte, mais pour l'instant, j'en suis à la peau, la peau qui, comme les animaux sauvages avec lesquels nous vivions, se domestique et s'apprivoise.

La première semaine au cirque, j'étais électrisée par les étreintes constantes, cette chaleur échangée, prise à l'autre, revendue, échappée, capturée à nouveau. Pour m'expliquer ce qu'il attendait de moi, le directeur du cirque, que tout le monde appelait patron, avait posé les deux mains sur mes épaules et m'avait regardée dans les yeux. Je ne voyais pas la nécessité d'une telle emphase. Il n'était question que de quantités de viande et de féculents, d'apports en légumes et de restrictions sur les épices. Ce n'est que plus tard, au bout de quelques jours, un flacon de piment de Cayenne dans la main, que je perçus le sens de l'accolade. C'était une façon d'imprimer les paroles, physiquement, dans la peau, car ce que l'on disait c'était une fois pour toutes. Si je ne m'étais pas rappelé le poids des mains du patron sur mes épaules au moment de verser le piment, j'en aurais sans doute trop mis, le plat aurait été renvoyé en cuisine et j'aurais été virée. Je ne pouvais pas me le permettre. Je n'avais pas d'argent, pas de maison et plus le moindre cadre. Si j'avais quitté le cirque, j'aurais eu trop de facilités à me dissoudre dans la ville, à disparaître, car on m'avait reniée, car on ne voulait plus me voir, personne, ni ma famille, ni mes amis. J'étais devenue une si mauvaise fréquentation que la fugue, l'éparpillement, la mort seraient passés inaperçus. À quel genre de fil me suis-je retenue ? On croit toujours qu'il y a un fil, jusqu'au jour où l'on rencontre le vrai bon magicien, le vrai bon acrobate. Parfois, il n'y a pas de truc, parfois, c'est seulement une question d'entraînement. Il faut croire que j'avais un bon entraînement à survivre. Oui, c'est ça. C'est mon savoir-faire, ou bien c'est un don.

Ce n'est pas seulement que je m'adapte facilement, c'est que m'adapter m'exalte. Cela remonte-t-il à la petite enfance ? Quel docteur, quelle diseuse de bonne aventure pourrait me le confirmer ? Par exemple là, cet évier : en m'y plongeant, je ne songe pas à l'absence de baignoire, je me félicite plutôt du robinet télescopique et du pommeau de douche que le fabricant facétieux a eu l'idée d'y ajouter. Je ne pense pas porcelaine, ah, une bonne baignoire en porcelaine, je ne sais d'ailleurs pas s'il s'agit de porcelaine ou de faïence, ce matériau lourd et lisse qui évoque le lait non pasteurisé d'un blanc si émouvant. Non, je ne regrette pas la matière noble, je constate plutôt la versatilité de l'inox, solide et léger, creux et indéformable, ni chaud ni froid par nature, mais successivement chaud ou froid selon la température de la matière avec laquelle il entre en contact ; comme en écho à mon propre système de régulation thermique : froide avec les froids, chaude avec les chauds, pas de nuances, pas d'équilibre, rien que de l'adhésion. C'est ce que certains appelleraient de la souplesse, cette même souplesse qui me permet, dans un évier de cinquante centimètres de côté, de prendre un bain à l'aise. Il m'arrive d'échafauder des rêveries complexes sur ce thème : je me retrouve sur une île déserte, je suis abandonnée au sommet d'un glacier, je suis coincée dans une grotte à plusieurs centaines de mètres sous terre. Le plus troublant, c'est que ces évocations cauchemardesques ne suscitent pas la moindre angoisse en moi. Au contraire. Les scénarios catastrophe dont je suis l'héroïne m'aident à conquérir les centimètres de banalité qu'il me faut parcourir chaque jour. Vivre tout bêtement, voilà qui est difficile, hors du tourbillon, hors de la menace, contempler avec calme le tableau en liège sur lequel sont affichées les factures et se dire qu'on va les honorer à quatre-vingt-dix jours et que si l'argent manque, on investira celui qu'on n'a pas en frôlant la faillite, comme un surfeur dans le tuyau d'une vague géante, sauf que lui risque la mort alors que moi, je ne risque rien : au pire, la dépossession, l'échec, l'appauvrissement extrême, et bien que ces spectres soient terrifiants, bien que je sache leur amertume pour les avoir côtoyés d'assez près, ils ne sont rien en regard de la mort. Alors oui, c'est ça, ce que je dois faire, chaque jour, avancer sur la route plate qui mène au lendemain, me lever, tôt, très tôt, faire les courses, nettoyer, découper, réfléchir, chauffer, frire, déglacer, étuver, compter, servir, recompter, nettoyer de nouveau, jeter, récupérer, récurer, éplucher encore, presser, émonder, émietter, pétrir. La nuit venue, dans l'eau de mon bain, je fais le compte, et le récit de mes gestes diurnes, et la somme de tout cela n'est rien, et pourtant, elle est tout. J'essaie de définir ma raison de vivre. Informulable et fugace, c'est un noyau de joie pure, jamais atteint et lié, sans que je sache comment, à l'émoi de la peau. Je sors de mon évier, je m'essuie soigneusement et m'enduis d'une huile que je n'utilise pas pour cuisiner, parce que certaines limites subsistent encore, malgré tout, pour moi.

Le fleuriste arrive, armé de son premier bouquet de récupération.

– Je n'ouvre qu'à onze heures, me dit-il.

Il a donc le temps de boire un café. C'est ainsi que je décode l'information qu'il vient de me fournir et qui, autrement, manquerait d'à-propos.

– Je vous sers un café ?

– Si vous voulez, répond-il, comme si c'était à moi que ça faisait plaisir.

Il s'assied sur la banquette en moleskine pour dames tandis que je me glisse derrière le comptoir afin d'échapper à son haleine. J'adore mon percolateur. Le mot n'est pas trop fort, je l'adore vraiment, comme on adore une idole. Il se dresse, étincelant, avec ses manettes et ses boutons, ses tuyaux, ses grilles, tel le tableau de bord d'un jet privé. Je n'en reviens pas de ce luxe. Mon percolateur est de la marque Hirschmüller, une filiale allemande du fabricant d'origine, la maison Krüger dont le siège social se trouve à Neufchâtel, en Suisse. Je suis devenue très calée en appareillages de cuisine grâce à mon nouvel ami, le marchand de l'avenue de la République. C'est un modèle ancien, mais presque neuf, pour lequel il m'a consenti un crédit inouï, un crédit qui pourrait me faire penser qu'il est amoureux de moi si je n'étais pas plus lucide : ce qu'il apprécie, c'est surtout l'usage que je fais de ses machines, et c'est un premier pas, me dis-je en enclenchant la cassolette dans la culasse.

— Je l'aime serré, précise le fleuriste. Si ça ne vous dérange pas.

Je suis tentée de lui offrir, en prime, des grains de café qu'il croquerait pour purifier ses exhalaisons.

— Pas de problème, lui dis-je. Je suis comme vous.

— Je m'appelle Vincent.

— Je m'appelle Myriam.

Je déchire l'emballage de papier kraft.

— Je n'ai pas de vase, déploré-je en contemplant les fleurs : oreilles d'ours torves, œillets aux pétales brunis, gypsophiles dont les boutons se détachent si facilement qu'ils couvrent en un clin d'œil ma paillasse d'un joli tapi neigeux. Il y a aussi deux grandes tiges de je ne sais quelle plante, sans doute exotique, qui se terminent par un toupet de moquette écarlate et plissée qui, bien malgré moi, m'évoque vous savez quoi.

— Quelle tuile, s'exclame-t-il, au lieu de courir dans sa remise pour m'offrir ses pots ébréchés, ses soliflores passés de mode, ses seaux rouillés, que sais-je, les récipients multiples qui encombrent sans doute son arrière-boutique et qu'il conserve pour une raison mystérieuse.

Je sacrifie deux carafes et trois verres.

Le café est prêt. L'ambiance florale est trop exubérante à mon goût, et les bouquets dégagent un parfum de jardin fatigué qui exerce un puissant pouvoir sur mes nerfs sensibles.

– Comment **marchent** les affaires ? demande Vincent en trempant ses lèvres pâles dans son café serré.

Je réfléchis un instant. C'est mon onzième jour d'ouverture. J'ai trois cents euros de recette et quatre mille de déficit, sans compter les divers emprunts en cours.

– Bien, dis-je en souriant. Très bien même. C'est curieux. Ça marche au-delà de mes espérances. Avant, j'avais un salon de thé dans le septième arrondissement. C'était trop fatigant, mais qu'est-ce qu'on a fait comme argent !

Je m'évente avec la main, comme si cette fortune passée, aussi bien que fictive, me donnait chaud.

– Dans le septième ? fait Vincent, **admiratif**.

Pourvu qu'il ne me demande pas le nom de la rue.

– Oui, vers Invalides.

Quelle risque-tout je suis.

– Je n'aime pas trop ce coin, dit-il d'une voix boudeuse.

Je **me** souviens qu'il a sa réputation d'homme tatillon à maintenir.

– Vous avez raison. La clientèle était exécrable. Ici c'est beaucoup plus… Beaucoup plus…

Je cherche mes mots car ma clientèle est si clairsemée que j'aurais bien du mal à la définir.

– Plus familial, affirme-t-il.

– Voilà !

Et soudain, une idée géniale germe dans mon esprit. Mais je la laisse s'échapper. Je n'ai pas le temps de m'en occuper tout de suite. Elle n'aura qu'à repasser plus tard. C'est mon onzième jour d'ouverture et ça ne va pas du tout. Les restes s'amoncellent dans le réfrigérateur. Je jette des tranches de macreuse, je balance des poireaux, je sacrifie des tomates. À chaque fois que je me penche sur la poubelle, ma conscience se zèbre sous le fouet de la culpabilité. J'ai l'impression que quelqu'un me regarde, et ce quelqu'un n'est pas content. Il se pourrait que cette présence menaçante ne soit autre que mon ombre ; comme on s'effraie, alors que l'on traverse son appartement vide, la nuit venue, du reflet d'un blanc d'œil dans un miroir latéral. C'est notre visage qui s'est découpé dans la glace, mais le temps qu'on s'en rende compte, on a déjà les sangs glacés. Il se peut que le regard scrutateur qui pèse sur moi ne soit autre que le mien, il se peut que le tribunal au sein duquel se déroule mon procès soit celui de ma conscience, ma pauvre conscience fouettée. Mais soudain, face à Vincent qui recycle ses fleurs pourries en me les offrant, je suis traversée par une deuxième idée géniale. Cet homme fait beaucoup pour moi, me dis-je. Il m'inspire. Il est ma muse, mais, comme c'est un garçon, je l'appelle secrètement « mon museau ». Je sens que Vincent a envie de me poser une question sur ma vie privée. Il adorerait savoir, par exemple, si je suis mariée. Les femmes seules ne le mettent pas particulièrement à l'aise, c'est normal, c'est mauvais pour son commerce.

— Et vous avez tout réinvesti dans… dans votre…

Pourquoi donc peine-t-il tant à appeler *Chez moi* un restaurant ? Si les gens n'arrivent pas à identifier qu'il s'agit d'un lieu où l'on mange, où l'on paye pour avoir de la nourriture, ça ne décollera jamais. Il est vrai que je n'ai pas d'enseigne. Il est vrai qu'il n'y a pas écrit « restaurant » sur la devanture, ni « café-bar », ni « brasserie ». Il n'y a pas même écrit *Chez moi*, je n'ai pas eu le temps, ni l'échelle, ni la peinture. Mais j'ai une vitrine, avec un menu écrit sur une ardoise et, juste derrière, des tables, des chaises, une banquette en moleskine avec, tout au fond, les feux nickelés de mon percolateur. Merde, me dis-je. C'est ça. C'est aussi bête que ça, les gens n'ont pas compris que j'avais ouvert un restaurant. Ah, Vincent, Vincent, tu m'es d'un tel secours !

— Dans mon restaurant, vous voulez dire ?

— Oui, enfin, dans votre affaire, quoi.

— Non, tout l'argent de la vente du salon de thé, je l'ai placé en Bourse. Pour acheter ce fonds, j'ai préféré faire un emprunt, lui dis-je, histoire de l'impressionner.

— Malin, fait-il à mi-voix en ébauchant un clin d'œil.

Je commence à m'attacher à ma nouvelle personnalité, c'est un des soucis de l'adaptabilité : n'importe quelle structure fait l'affaire. Je ne me sens pas à l'étroit dans les escarpins d'une business woman. J'ai soudain envie de lui parler de ma famille, la famille qui irait si bien avec ma nouvelle personnalité : j'aurais un mari avocat, cinq enfants – oui, il se trouve que nous sommes catholiques, modernes, certes, mais nous tenons à certaines valeurs. Ce serait tiré par les cheveux, à cause de mon tablier troué et de mon pantalon de velours élimé en bas. Et puis à cause de ma tête aussi qui, je le sais, est davantage celle d'une squaw qui en a vu, ou d'une romanichelle en mission d'infiltration, que celle d'une Marie-Joseph de concours. Souplesse et mythomanie ne font pas bon ménage, contrairement à ce qu'on serait tenté de penser. Le plaisir du mythomane ne réside pas seulement dans la joie de flouer son interlocuteur, il prend aussi sa source dans l'étonnement que le pipoteur éprouve à croire à ses propres affabulations. En moi, point de surprise. Être ci, être ça m'est complètement indifférent.

Il n'y a plus de café dans nos tasses. Nous ne pouvons prétendre boire une dernière gorgée.

– Vous aimez lire ? me demande alors Vincent.

S'il m'avait plongé un couteau dans le cœur, je n'aurais pas éprouvé une douleur plus vive. Je serre la mâchoire. Je ne réponds rien. Je ne peux pas répondre.

Il se lève et jette un œil à la salle.

– Ce n'est pas commun, remarque-t-il, de trouver des livres dans un… dans un… Vous les avez tous lus ? demande-t-il en se saisissant de l'un des trente-trois volumes que j'ai alignés sur une étagère face à la banquette.

– *Les Souffrances du jeune Werther*, ânonne-t-il. Ça doit pas être folichon. Et ça, qu'est-ce que c'est *Te vild palms* ? C'est de l'anglais ou de l'allemand ? Vous parlez combien de langues ? Ah, ça, c'est déjà plus mon style *Les Royaumes des elfes*, vous avez lu *Bilbo le hobbit* ? Je vois que vous avez des livres pour enfants, *Alice au pays des merveilles*, je crois bien que je l'ai lu quand j'étais petit. C'était un livre-disque. Vous vous souvenez des livres-disques ? C'est pratique pour les enfants qui n'aiment pas lire ; et pour les adultes aussi, mais vous, vous n'avez pas ce problème. C'est quand même étonnant pour une…

Il va tout déranger. S'il en ouvre un et qu'il se met à lire, à respirer dedans, à souiller la bonne odeur de papier vieilli de sa mauvaise odeur de bouche… Mais non. Il n'a pas cette curiosité et, de plus, il est extrêmement soigneux. N'oublions pas qu'il fait commerce de fleurs. Il vend des choses vivantes et qui meurent très facilement. Il m'a demandé si j'aimais lire, mais il se fiche de la réponse et c'est tant mieux car cela me prendrait trop de temps de lui répondre et il ne serait pas à l'heure pour l'ouverture de son magasin. Je sais que je peux continuer à me taire, qu'il a encore des choses à dire. Il est capable de produire suffisamment de petites remarques pour ponctuer agréablement les dix minutes qui le séparent de son départ. Je le laisse faire. Je le laisse parler. Et, pendant ce temps, je pense à l'un de mes précieux livres, il n'est pas sur l'étagère, il ne m'a pas suivie, je l'ai perdu et je pourrais presque le pleurer si je n'avais pas secrètement le sentiment qu'il me reviendra un jour. Quelqu'un me le rapportera, un messager, un envoyé du passé, au dernier acte, presque à la fin, comme dans une pièce de Shakespeare. Ce livre, je ne puis le racheter car j'en ignore le titre et je ne sais pas non plus le nom de l'auteur. C'est bizarre, pensez-vous. Oui, surtout que je l'ai lu plusieurs fois. C'est un problème que j'ai. Neurologique. Neurologique pour ne pas dire psychologique (un mot affreux, vraiment). Je suis incapable de nommer les livres. Je confonds tous les auteurs. Par exemple, à l'instant, j'évoquais une pièce de Shakespeare, mais il est possible que celle à laquelle je pense soit de Molière ou d'Ibsen. Il n'y a que les trente-trois volumes de ma bibliothèque nomade avec lesquels je parvienne à me débrouiller. Le reste, c'est un amas, un chaos, et, pour moi, le lieu de toutes les beautés. Le livre auquel je pense, tandis que Vincent m'explique les mérites comparés du mange-disque et du pick-up, le livre que j'ai perdu est un traité de philosophie. Mon chapitre préféré concerne le chien. L'auteur y explique que le chien n'est pas un animal. Le chien, selon lui, ou elle (de la même façon que j'ignore le nom des auteurs, j'ignore aussi leur sexe), le chien est un concept. Le doberman ressemble assez peu au cocker, qui lui-même partage peu d'attributs avec le chihuahua ; le saint-bernard peut rencontrer un pékinois, ils ont la capacité, théoriquement, de s'accoupler, mais cela arrive-t-il et cela est-il souhaitable ? Car, si d'un point de vue zoologique, ils appartiennent à la même espèce, d'un point de vue pratique, il saute aux yeux qu'ils ne sont pas faits l'un pour l'autre. L'auteur, il ou elle, s'étonnait ensuite que sa fille de trois ans (cette façon de mêler vie personnelle et rationalisation me ferait pencher pour un écrivain anglo-saxon) fût capable de reconnaître à tout coup un chien quand elle en voyait un dans la rue, alors que les animaux qu'elle montrait, d'un index enthousiaste, réjouie de pouvoir étaler sa maîtrise conjuguée du langage et de la catégorisation, ne se ressemblaient pas le moins du monde entre eux. Si un chat, même costaud, survenait, elle ne s'y trompait pas. Si un poney, le plus petit de sa fratrie, plus bas au garrot qu'un danois, se profilait, elle ne s'écriait pas « Chien ! Chien ! ». Elle savait. Même muet, même les oreilles taillées en pointe, même sans queue, même vêtu d'un anorak miniature pour le protéger des intempéries, le chien conserve son intégrité conceptuelle. Une réflexion qui, bien qu'embrouillée, m'inquiète fort concernant l'indiscernabilité de mon établissement. Vincent ne peut pas dire que j'ai ouvert un restaurant. Il n'a pas de mot pour décrire l'endroit où nous nous trouvons et cela me donne le sentiment d'être un chien hors concept, le seul chien que les enfants de trois ans prennent parfois pour un ours, ou pour un chat. J'ai de la peine à comprendre comment j'ai pu créer une situation aussi épineuse.

Je me demande à quel moment j'ai compris qu'il fallait faire beaucoup plus d'efforts qu'auparavant pour continuer à vivre. Simplement à vivre. Je m'étais toujours figuré, je ne sais pourquoi, que l'existence avait la forme d'une montagne. L'enfance, l'adolescence et le début de l'âge adulte correspondaient à la montée. Ensuite, arrivé à quarante ou cinquante ans, la descente s'amorçait, une descente vertigineuse, bien entendu, vers la mort. Cette idée, assez commune je crois, est fausse. Je le découvre un peu plus précisément chaque jour. C'est par la descente qu'on commence, en roue libre, sans effort. On dispose de tout son temps pour contempler le paysage et se réjouir des parfums – c'est pourquoi les odeurs d'enfance sont si tenaces.

Ce n'est que plus tard que la véritable côte nous apparaît, et l'on met bien du temps à la reconnaître pour ce qu'elle est: une pénible ascension qui a la même issue que la folle pente sur laquelle on s'imaginait projeté à pleine vitesse. Et on se demande, un soir d'automne, les mains dans le seau où l'on essore la serpillière pour la passer – est-ce la quatrième ou la cinquième fois de la journée? – sur le sol crasseux de la cuisine : comment se fait-il que le chagrin ait le poids et l'allure et la noirceur impénétrable d'une enclume ? On tord le lambeau gris qui a recueilli le vomi des bébés, leur pisse, la sauce tomate renversée, le vin, le champagne des anniversaires, les milliers de gouttelettes d'une bataille d'eau que se sont livrée des enfants excédés par la chaleur, le gris mauvais des trottoirs que l'on rapporte à la maison. On tord ce pauvre lambeau qui en a tant vu et c'est notre cœur et notre foie et notre estomac qui se vrillent pour dissiper dans nos veines un sang âcre, épaissi et que l'on s'imagine aussi sale que l'eau du baquet. Une tristesse monte et l'on s'y noierait s'il n'y avait pas les choses à faire, le courrier en retard, les factures à payer, les vacances à prévoir. On sait bien que si l'on ne fabrique pas, au fur et à mesure, sa propre vie, personne ne le fera pour nous.

Je pense à un dessin animé de mon enfance qui s'appelait, je crois, *La Linea*. C'était mon programme favori. On y voyait un bonhomme de profil, figuré par une ligne qui, partant du sol, traçait les contours de son corps et de sa tête, pour replonger ensuite vers le bas, vers le sol à nouveau, si bien que tout se confondait dans le même trait : personnage, décor, horizon. Le bonhomme avançait, il chantonnait, il marmonnait, il était tout joyeux et, soudain, la ligne, la ligne qui le dessinait, s'arrêtait deux pas devant lui. Il s'écriait alors dans un charabia de français teinté d'accent italien : « Ah, mais pourquoi y a pas de ligne ici ? » Souvent, il tombait dans le précipice, se débobinant comme un tricot mal fini, hurlant : « Aaaaaaaaaah ! » Parfois, il remontait. Il lui arrivait aussi de fabriquer la suite de son trajet en empruntant un fragment de celui déjà parcouru. Il était l'humain qui doit, chaque jour, poser les rails sur lesquels roule sa locomotive. L'humain adulte, s'entend, l'humain en pleine ascension épuisante vers le néant. Un jour, c'est comme ça, on se retrouve, comme *La Linea* devant le vide et il n'y a personne à qui s'en prendre. On est effaré de n'avoir rien prévu, scandalisé que personne ne s'en préoccupe. Ah mais pourquoi y a pas de ligne ici ? se demande-t-on en essorant la serpillière. Il n'y a pas de ligne parce que ça aussi, c'était faux, ça aussi c'était de l'entourloupe. Pour bien faire, il ne suffit pas de suivre la route, il faut à tout instant la bitumer du goudron onctueux de nos rêves et de nos espoirs, la tracer mentalement, en s'efforçant de prévoir les inévitables virages et les inégalités du terrain. Parfois, quand ça va bien, quand, par miracle, on a réussi à prendre un peu d'avance sur notre effroyable ouvrage d'art, on bénéficie d'un répit et là, c'est bon, tout roule. On est prêt à croire que le plus dur est fait, qu'à partir de ce moment, tout ira bien. On est si naïf, on a la mémoire si courte qu'on ne se rappelle pas que le terrain qui nous accueille est l'œuvre de nos mains et de notre cerveau si prompt à imaginer n'importe quoi. On se la coule douce jusqu'au trou d'après sur lequel on se penche, consterné. Je n'ai plus la force, se dit-on, et je mérite mieux que ça, il serait temps que quelqu'un m'aide, il serait temps qu'une main guide la mienne. Autour de nous une armée de bras ballants. Tout le monde est fatigué. Notre mari, notre femme, nos amis, tout le monde en a marre au même moment, et c'est alors que vient – mais seulement si l'on est très chanceux, seulement si l'on n'a pas peur ou que l'on est suffisamment fou pour mordre à l'hameçon furtif – c'est alors que vient l'amour. Et là, ce n'est plus du macadam qu'on jette sur le néant, c'est un pont suspendu qui ouvre la voie jusqu'à l'infini.

Ce soir, mon frère m'invite au restaurant. Charles, mon frère, est un type bien, tout le monde le dit, et c'est vrai. Je ne lui connais que des qualités. Il est serein, délicat, fiable, drôle, inventif et, quelle que soit la circonstance, quel que soit le lieu, toujours à l'aise. Parfois je me dis qu'il est comme une version réussie de moi-même. Quand j'étais enfant, il m'agaçait, parce qu'il ne s'énervait jamais. Moi, j'écumais, je rugissais, je hurlais, je tapais des poings, je sanglotais. Pas lui : son sourire, son mystérieux sourire posé au sommet de son long cou, comme une voile déployée. Il a quatre ans de moins que moi. Je trouve qu'il fait tellement plus jeune. Il m'a téléphoné ce matin, juste après le départ de Vincent :

— Est-ce que, par hasard, ce ne serait pas ton jour de fermeture aujourd'hui ? m'a-t-il demandé.

— Je n'ai pas de jour de fermeture.

— Justement. Comme tu n'en as pas, on peut décider que c'est n'importe quand. Si un jour ça te paraît trop, disons juste que c'est ton soir de fermeture.

— Pourquoi ?

— Parce que je veux t'inviter au restaurant.

– C'est une blague ?

– Non.

– Tu n'es même pas venu à l'inauguration du mien.

– J'étais à Toronto.

Mon frère voyage, beaucoup, très bien. Il n'a pas le mal de mer, il est insensible au décalage horaire. Il n'en parle jamais. Il ne se vante pas. Je ne connais ces détails admirables que parce qu'il m'est arrivé, autrefois, de voyager avec lui.

– Et maintenant, lui dis-je, tu es rentré, alors tu m'appelles, parce que je suis à ton service. Il suffit que tu me sonnes pour que j'accoure, pour que je ferme mon restaurant. Je risque la faillite, tu sais ?

– Justement. Ce n'est pas un soir de fermeture qui va changer les choses. Je passerai te prendre.

– En moto ?

– En moto.

Je suis l'aînée mais c'est lui qui commande parce qu'il est plus intelligent que moi. La donne s'est faite ainsi, très tôt. Même bébé, il m'impressionnait. Il était placide et faisait tout ce qu'un bébé doit faire avec une maestria confondante. Il mangeait bien, il dormait bien, il avait de belles expressions infiniment réconfortantes. Je le regardais dans les yeux, le cœur serré par la haine. Ses iris couleur de plomb me renvoyaient mon image, je m'approchais, pour me voir mieux : il tendait alors ses bras, posait ses mains sur mes joues et me tétait le nez distraitement. Malgré mon jeune âge, je discernais chez lui un manque d'à-propos qui me réjouissait et dont je pensais qu'il était un genre très particulier d'humour.

Le restaurant qu'a choisi mon frère est très raffiné.

Ce n'est pas la sorte d'endroit que je fréquente. Contrairement à lui, je me sens facilement mal à l'aise. Tout ici a été merveilleusement pensé et conçu. Je remarque que les nappes sont courtes et qu'elles dévoilent d'élégants pieds de table en bois sculpté. Je suis émue par cette attention : quand on a de jolies jambes, pourquoi les cacher ? Les couverts aussi sont inhabituels, ils ont l'éclat neigeux de la vieille argenterie mais sont légers, presque sans poids. Du coup, c'est un peu comme si l'on mangeait avec les doigts, on n'est pas encombré, la nourriture vole jusqu'à la bouche. Je me demande ce que le patron de ce restaurant penserait de *Chez moi*. J'ai honte. La honte piteuse du chien hors concept.

J'ai commandé une ficoïde glacée à la vinaigrette de truffe. La ficoïde est une salade rare, épaisse, dont les feuilles charnues s'arrangent joliment autour d'une tige à la pulpe savoureuse. J'ignore où on l'achète. Chez moi, il y a de la laitue, de la romaine, de la roquette aussi que je jette dans le jus des viandes, car j'ai dans l'idée que la roquette est une plante carnée ; je tiens à la réconcilier avec son animalité. C'est du gâchis, parce que la plupart des gens la laissent au bord de l'assiette, fripée et pathétique, comme s'il s'agissait d'une décoration ratée. Je poursuis, néanmoins, mon effort de transcatégorisation : il me semble que c'est ce que les aliments attendent de moi, que c'est ce que je suis censée apporter au monde. La roquette avec la viande. Les avocats avec les fruits. Le vin blanc avec le fromage. Je recompose les amitiés, je triche au jeu des sept familles.

Je ne comprends pas comment ils s'y prennent pour

l'éclairage ici. On ne voit aucune lampe, il n'y a pas non plus de bougies : la lumière fond pourtant sur nous, ou, plutôt, nous fond en elle. Un éclat doré nous enrobe, mon frère, les autres clients et moi. Les serveurs sont eux aussi nimbés, comme par un interminable coucher de soleil. Nous sommes tous si beaux que je me demande si nous n'avons pas été transférés au paradis. Les figurines que nous sommes ont été trempées par une main habile et bienveillante dans un bain d'oubli et de langueur, des croissants irisés se dessinent sur nos pommettes et le haut de nos fronts. Je mange ma salade magique – car, à présent que j'y réfléchis, je comprends que la ficoïde ne s'achète pas, elle se cueille dans la forêt de Brocéliande à la lumière d'une torche froide – et je la trouve plus savoureuse que n'importe quel plat que je prépare et dont je tire, pourtant, une si grande fierté. Je ne pensais pas que la sanction tomberait si vite, m'informant que je me suis fourvoyée et que je ne suis pas faite, finalement, pour ce que je m'imaginais. Ce restaurant chic, dont personne ne mettrait en doute l'identité ou la fonction, ce restaurant parfaitement conceptuel m'impose une insoutenable comparaison. Je ne suis pas le caniche face au doberman, ni le pékinois face au labrador, je suis, à l'extrême limite, un chien en peluche, mais moche, celui dont personne ne veut et qui se couvre de poussière sur l'étagère d'une épicerie de village qui avait pensé un temps faire dans le jouet pour attirer la clientèle. Je ne me doutais pas non plus que l'amère révélation viendrait de mon frère. Quelle idée ? Pourquoi m'a-t-il amenée ici ? Peut-être se dit-il que la chute sera moins douloureuse si elle est rapide et soudaine. Mais non. Car il n'est jamais venu chez moi. Il ne sait pas ce qu'on y mange, il ne sait pas où l'on s'assoit. Il me parle. Il me parle sans cesse depuis que nous sommes arrivés et – c'est affreux – je n'ai rien entendu. Le son de sa voix, je l'ai perçu, comme on perçoit le bruit des vagues, c'est grisant ou pénible, c'est berçant ou c'est tonique, mais qui penserait à essayer d'en déchiffrer la signification ?

– Je n'ai rien écouté de ce que tu m'as dit.

J'aime autant que les choses soient claires entre nous. J'espère seulement qu'il ne m'a pas annoncé la mort de sa fiancée, ou son renvoi imminent, je redoute également une maladie incurable. Je tremble face à mes pronostics. Lui, il sourit.

– Aucune importance, me répond-il. Si tu veux un résumé, je t'ai parlé de la nouvelle gym que je fais le matin. Je t'ai aussi dit comment j'avais découvert cet endroit. Il te plaît ?

– Quoi ?

– Cet endroit.

Il accompagne sa réponse d'un geste à la fois ample et discret qui désigne les murs, le mobilier et même les gens qui travaillent et dînent comme si tout cela lui appartenait.

– Ça m'humilie, lui dis-je trop vite.

Ma réponse est blessante et incompréhensible.

Mais Charles continue de sourire. Il n'est pas vexé. Ça l'intéresse. Il veut comprendre pourquoi j'éprouve ce sentiment. Il veut savoir s'il est lié à nos origines métèques. Il veut savoir si je suis devenue plus de gauche que lui. Il veut savoir si ma salade m'a déplu.

Je lui explique que je me sens stupide parce que…
oh, mais comment se fait-il qu'il me pose même la
question ? Il a oublié que je venais d'ouvrir un restaurant ou quoi ? Je me tue au travail du matin au soir,
j'ai des douleurs dans tout le dos et dans les poignets à
force de rester debout à battre des sauces, je trouve ma
cuisine banale et désordonnée, je ne suis pas une
serveuse expérimentée, je renverse les soupes, je
cafouille énormément, je suis trop lente, même quand
je suis rapide, je ne sais pas y faire avec les clients, je
maîtrise mal l'art de la conversation, et l'éclairage
chez moi, c'est deux néons sur le mur du fond et deux
énormes lampes orange que j'ai adorées le premier
jour et que je déteste sincèrement depuis. Je suis
humiliée parce que je me rends compte que je n'y
connais rien en restauration, que c'est un métier, un
métier que je n'ai pas appris, et d'ailleurs je n'ai rien
appris, jamais, dans ma vie de chienne, je suis une
incapable, je vais mettre la clef sous la porte et…

J'ai réussi à ne pas élever la voix, mais je ne peux
retenir mes larmes. Je me mets à pleurer juste au
moment où le serveur, un très beau jeune homme brun
aux cils interminables, s'avance pour débarrasser les
entrées.

– Merci, dit Charles, c'était très bon.

Il a l'air à ce point convaincu, il parvient si bien à
glisser un accent d'émotion dans sa voix qu'on peut
croire que je pleure pour cette raison, parce que c'est
si bon. En quelques mots, il a mis en scène mon chagrin, l'a transposé, en a fait un sentiment bien plus
sophistiqué, lui attribuant une cause esthétique. Il l'a
délivré de sa trivialité et l'indiscrétion se dissout. Le

jeune homme me sourit, il partage avec moi, ou du moins le croit-il, l'émoi velouté et déchirant de l'accord parfait entre la salade et la vinaigrette. De retour en cuisine, il pourra dire au maître des lieux qu'il a encore fait pleurer une cliente. Ce dernier, après avoir aiguisé son grand couteau dans lequel se mirent ses lèvres charnues, plongera la lame dans la chair tendre et lumineuse de la côte de veau qu'il me destine.

J'ai horreur du spectacle que je donne à mon frère. Je veux être forte et je veux être saine d'esprit. J'aspire à la rationalité bon enfant de mon livre de philo perdu, je veux inspirer le respect, pas la pitié, ni même la compassion. Mes larmes tarissent. Je redresse les épaules, je regarde Charles et nous éclatons de rire.

– J'aime tellement que tu fasses toujours n'importe quoi, me dit-il.

– Pardon ?

Je ne ris plus.

– Quand tu m'as dit que tu allais ouvrir un restaurant, j'ai pensé que c'était une plaisanterie.

– Tu n'y as pas cru ?

– Pas une seconde.

– Ça me vexe.

– Eh bien, ça ne devrait pas. Puisque tu l'as fait. J'avais tort et tu avais raison. C'est toi qui as gagné.

– Pourquoi tu m'as amenée ici ?

– Pour te prouver mon manque d'imagination. Moi, si j'ouvrais un restaurant, il serait comme ici. Je suis sûr que le tien est différent. Je suis sûr que ton restaurant ne ressemble à aucun autre. Je ne comprends pas comment je peux être aussi conformiste et toi, si peu.

– Tu es jaloux.

– Non. Je ne pourrais pas vivre ta vie.

– Moi non plus, je ne peux pas.

Charles hausse les épaules. Je songe que je n'aime-rais pas vivre la sienne. Avoir une première femme ren-contrée à la fac, pas très jolie mais solide, avec qui on a deux enfants resplendissants qu'on élève selon la recette éprouvée des leçons de sport, des longues conversations amicales et profondes et des week-ends à la campagne. La quitter parce qu'elle ne parvient pas à s'épanouir et que son psychothérapeute lui a fait comprendre que son couple était un élément inhibiteur. Rencontrer une nouvelle fiancée plus jolie et plus jeune et qu'on torture en lui refusant un enfant. Et, pendant tout ce temps, gagner assez d'argent pour vivre et offrir à sa sœur (et aux autres, j'imagine) des dîners somp-tueux dans des lieux parfaits. Je ne pourrais pas. J'ai essayé. Quelque chose m'en empêche. Une force. Un flux. Mon frère est un voilier, moi, je suis un paque-bot, mais dont la quille est trop courte et le gouvernail trop long. Le moindre mouvement de barre m'entraîne à des milliers de milles de la destination prévue. J'ai l'inertie d'un grand navire. En vue du port, inutile de m'orienter vers la rade, je fonce droit dans la digue. Mon existence, bien que lente et peu spectaculaire, a causé d'énormes dégâts. J'ai pourtant aperçu, au loin, le signal angoissé du phare. J'ai reçu son message d'avertissement et je disais oui, oui, je sais, je vais tout casser ; mais il était trop tard.

– Comment ça se passe dans ton bouge ? me demande Charles.

– Pourquoi tu l'appelles un bouge ? Tu ne l'as pas vu.

– C'est papa qui l'appelle comme ça : le bouge de ta sœur.

J'ai l'impression d'avoir ouvert une maison de passe.

– Et qu'est-ce qu'il dit d'autre ?

– Rien. Comme d'habitude. N'importe quoi. Il parle et ça fait ce bruit assommant, nia-nion-nion-nia-nia.

C'est très exactement le son que produit la voix de mon père, car il a décidé depuis longtemps que le grommellement était tout ce que le monde méritait de lui. Je souris.

– Et maman, elle t'a dit quelque chose ?

Ma vie est soudain suspendue à l'avis de mes parents.

– Elle a dit... attends, je vais te le faire exactement, prépare-toi, je la laisse monter en moi une minute, attends...

Il se concentre, ferme les yeux, les plisse légèrement et, quand il les rouvre, il est ma mère. Ses joues sont aspirées vers l'intérieur, ses narines pincées, la bouche ressort d'autant mieux, elle est pulpeuse, ourlée, les sourcils remontent vers le milieu du front, mi-suppliants, mi-exaspérés.

– Ta sœur a tellement de talent ! jette-t-il, la voix râpée par le tabac, alors qu'il ne fume pas, râpée, donc, par le tabac de ma mère, la femme au long cigarillo.

Il parvient à reproduire les moindres subtilités de son intonation : l'admiration, la colère, le sentiment du gâchis, le désespoir. Ce talent est comme une claque que je reçois sans broncher. Les claques de ma mère ont cessé de m'atteindre. Elles se perdent, quelque part entre elle et moi, dans un espace insonore et indolore qu'il m'arrive de me représenter : il est blanc, nous y voguons face à face et, bien que menaçant sans cesse de nous heurter, nous ne nous touchons jamais, nous sourions et évitons le regard l'une de l'autre.

– Un talent fou ! ajoute-t-il, et je crois voir de la fumée jaillir de ses narines, tant l'imitation est réussie.

J'éclate de rire. Mon frère cligne des paupières et redevient lui-même, délivré du dibouk maternel. Nous n'avons pas d'âge. Lorsque nous nous retrouvons, lorsque nos esprits s'imbriquent, telles les deux moitiés d'une bague magique, le temps s'abolit et nous revivons, condensées dans le nectar de notre présence commune, toutes les périodes de notre existence. Le biberon côtoie la cigarette, le pansement se substitue au patch, nous pouvons dire maman et papa, des mots qui, le reste du temps, sont proscrits. Nous nous rencontrons sur le terrain de jeu de la fraternité, ce terrain vague, insoupçonné derrière la palissade qui gondole à peine sous le vernis social. Il y a tout ce qu'il faut, les cailloux pour lancer dans les mollets, les herbes folles pour s'y laisser tomber à bout d'épuisement, les bestioles pour se faire peur et observer. Parfois on s'y sent bien, certains soirs de feu de camp où, réfugiés dans le halo qui dessine un igloo d'or autour de nos têtes, nous sommes protégés du monde extérieur. Les brindilles que nous jetons pour attiser les flammes sont des souvenirs communs et des blagues qui ne font rire que nous. Nous ne sommes ni patron, ni employé, ni divorcé, ni marié, nous n'avons pas d'enfants, pas d'amis non plus, le monde est englouti dans notre micro-bûcher, le monde n'est plus que ce que nous décidons d'en inventer. Mais, d'autres fois, on s'y sent mal : le terrain est trop sec, la poussière se soulève du sol pour nous piquer les yeux, nulle part où s'asseoir, les chardons ont proliféré, le feu sent le tabac froid et l'autre a la tête de n'importe qui. On se dit qu'on a pris un coup de vieux et la porte secrète, découpée dans la palissade, claque dans notre dos.

Durant plusieurs années, Charles s'est absenté du terrain. Il ne s'y rendait que distraitement, comme on accomplit un devoir pesant, mais le cœur n'y était pas, parce que son cœur était possédé par des rêves d'avenir. Il était devenu trop ambitieux pour nous deux et je ne lui convenais plus. Je venais m'asseoir seule, face au brasier refroidi et j'attendais qu'il vienne me sauver de la malédiction du temps qui passe toujours dans le même sens. Au bout d'un moment, il est revenu, il s'est assis, sans dire un mot, a gratté une allumette, a balancé deux petites déceptions qui se sont aussitôt enflammées, et m'a rendu ma jeunesse.

Ce soir, dans le restaurant chic, nous construisons un grand feu de joie.

– Alors, me redemande-t-il, comment tu t'en sors ?

– Très mal, je crois.

Charles a l'air étonné.

– Il y a des choses que je sais faire, lui dis-je afin de ne pas lui donner l'impression que je me plains (nous détestons les geignards). Mais il y a trop de choses que je ne sais pas faire.

– Comme quoi ?

– Les papiers. Remplir les papiers. Je n'imaginais pas qu'il y avait tellement de formulaires, de choses à

56

payer, des cotisations auxquelles tu ne comprends rien, et d'énormes charges dont tu ne peux même pas espérer honorer la moitié du quart. Et même les courses. Je suis sûre que je ne fais pas les courses comme il faut. J'ai toujours entendu parler de Rungis, c'est là qu'il faut aller, mais je n'ai pas de voiture, alors je vais à la supérette et au marché.

– Comment tu faisais, avant, pour le cirque ?

– C'était spécial. On n'achetait rien.

– Vous mangiez quoi, alors ?

– De tout, mais je n'allais pas au magasin. Un type venait. Un fermier. Mais pas du tout le genre de fermier qu'on voit dans les campagnes, ou qu'on imagine dans sa tête, le franchouillard en bleu de travail et béret. Notre fermier s'appelait Ali Slimane, il était très élégant, toujours en chemise blanche et pantalon mastic. C'était lui qui venait. Je ne l'appelais pas, je n'avais pas son numéro. Je ne passais pas commande. Il arrivait avec son camion bleu, un très joli bleu, entre dur et clair, un bleu de quand on était petits. Et dans son camion, il y avait tout, la viande, les légumes, les laitages, sans étiquette, sans cachet d'abattoir : les bêtes, il les élevait et les tuait lui-même. Les légumes étaient recouverts d'une fine couche de terre. « Ça les protège. La terre tu l'enlèves au dernier moment. Tu laves pas les légumes. Tu les épluches. Tu les frottes. » Je faisais exactement comme Ali me disait. J'avais toujours le cœur pincé quand il me parlait et je ne sais pas si c'est parce que j'avais de la peine pour lui ou parce qu'il me plaisait.

– Pourquoi de la peine ?

– Je me disais qu'il était seul.

– Il avait peut-être une femme, à la ferme. Des enfants. Trois maîtresses dans le village et cinquante-trois frères et sœurs.

– Non. Et même s'il avait eu tout ce que tu dis, il y avait quelque chose de solitaire dans son regard, une flamme ancienne, ternie par l'expression, ou plutôt l'absence d'expression du reste de son visage. Il m'apportait aussi des conserves. Des bocaux d'artichauts, de citrons marinés, toutes sortes de pois et de haricots, des flacons d'épices, des œufs dont la coquille n'était pas lisse. La farine était stockée dans des sacs en papier kraft. Au bout du lopin que nous occupions, il avait labouré un petit carré de terre dans lequel il avait planté des herbes, du thym, du romarin, du persil, de la coriandre, de la ciboulette, de la sauge, de la menthe. Je lui demandais s'il ne craignait pas que nos aromates soient pollués par l'air de la ville. «Vous êtes pollués vous-mêmes», me disait-il sans animosité, sans jugement. «L'air, tu le respires. Ça ne change rien que tu le manges. Il est déjà en toi.» La nuit venue, j'allais visiter notre potager, une lampe torche à la main. Je m'accroupissais, les pieds dans la terre, et je regardais les feuilles veloutées de sauge capter l'humidité, s'en recouvrir, s'en gorger. Le romarin dressait ses minuscules poignards dans l'obscurité, comme pour crever les bulles d'eau planant au ras du sol. La ciboulette hautaine, simple tuyau, chevelure unique, drue et verte d'un petit oignon souterrain s'élançait. Le thym rampait, comme une armée de maquisards, regroupé, efficace, serré. Je méditais. Je me reposais. Je recherchais la compagnie neutre des plantes qui ne parlent pas, n'entendent rien, n'ont pas de désir, n'ont que des besoins. J'aurais voulu me modeler sur elles, les imiter...

Ma voix se perd, je sens que je suis en train de sortir du terrain de jeu.

— **Pourquoi** tu ne le retrouverais pas ? me demande mon frère.

— Retrouver qui ?

— Ton fermier.

— **Je** n'ai jamais eu son adresse, ni son téléphone. Je ne sais pas de quelle région il est. Je ne connais pas le nom de sa ferme.

— Je suis sûr qu'on peut le retrouver. Le nom. Son nom à lui, on l'a. Et il ne devrait pas être très loin de Paris. Pourquoi tu ne demandes pas aux gens du cirque ?

— Je ne sais pas où ils sont. Quand on a reçu l'avis d'expulsion, c'est allé très vite. Le lendemain, tout était plié. Ils sont partis. Le patron m'a dit au revoir. J'ai demandé ce qu'ils allaient faire. « On ne peut pas te prendre avec nous », c'est la réponse qu'il m'a donnée. J'ai dit que je comprenais, mais que je m'inquiétais. Comment ils allaient s'en sortir avec les enfants et les bêtes ? La ville me paraissait hostile, et plus hostile encore la campagne où l'on vous regarde, où l'on ne veut pas de vous. Je craignais que la terre se referme sur eux. Le patron avait l'air confiant. « Pourquoi tu **pleures** ? m'a-t-il demandé. On a de la chance. On n'a jamais rien payé ici. C'est un beau terrain. On en a bien profité. On va trouver autre chose. Pourquoi tu pleures, **petite juive** ? (C'était bizarre qu'il m'appelle comme ça.) C'est pas toi qui dois **pleurer** sur nous, tu comprends ? » J'ai hoché la tête. Je suis allée cueillir les herbes. J'ai récolté tout. J'ai coupé ras. J'ai emballé dans du papier. Je suis allée porter les petits paquets à la femme du patron. Elle les a regardés, m'a embrassée et les a jetés par la vitre de son camion en partant. Elle riait. J'ai regardé les herbes atterrir sur le sol du terrain redevenu vague. Je les ai ramassées et je les ai mises dans ma valise. Quand je suis arrivée à l'hôtel, j'ai demandé un vase pour y tremper ma petite forêt. C'était un hôtel bon marché. La dame m'a dit « On n'a pas ça. » J'ai tout mis dans l'évier. Je me suis lavé les dents dans la douche. Le lendemain, j'ai tout jeté à la poubelle et j'ai pleuré. J'ai pleuré sur tout ce qu'on coupe et tout ce qu'on déracine. J'ai cru que je ne m'arrêterais jamais.

— Et tu t'es arrêtée.

— Je me suis arrêtée.

— On s'arrête toujours. Tu as remarqué ?

Nous réfléchissons un instant à l'inéluctable fin du chagrin.

— Tu aurais dû m'appeler, dit Charles au bout d'un moment.

— Quand ça ?

— Quand tu t'es fait virer du cirque. Quand tu étais seule et que tu n'avais pas de maison. Tu aurais pu venir chez nous.

— Je n'avais pas envie. Je crois que j'étais retournée à l'état sauvage.

La côte de veau est soudain devant moi et son arôme m'enivre. Je pourrais la prendre à pleines mains et croquer jusqu'à l'os, en bonne sauvage que je suis devenue. Mais non. Je l'examine, je l'étudie. J'en analyse la cuisson, je la pique avec la pointe de mon couteau ; je pratique une incision : le sang rose – de l'eau, un suc, presque rien – jaillit et se mêle à la sauce brune dans laquelle se rencontrent des crosnes et des haricots verts si fins qu'ils ressemblent à des bruns de ciboule, en plus raides. Je décide de remettre à plus tard la douloureuse réflexion sur l'appartenance au concept et je me régale.

J'aime lever le rideau de fer pour rentrer chez moi. C'est archaïque et cela me procure un authentique sentiment de puissance. Une fois à l'intérieur, je le baisse à nouveau et je me sens protégée. Cette paupière d'acier qui, en se fermant, m'abstrait du monde – comme parfois un clignement d'œil suffit à refouler une pensée, une larme – me fait mieux disparaître qu'une porte. Qui songerait que, dans la boutique, quelqu'un dort ; que, chaque soir, la banquette s'orne d'un sac de couchage, lui-même sorti d'une caisse habilement glissée sous l'insoupçonnable lit d'appoint ? Qui croirait qu'on se brosse les dents ici, qu'on se lave les cheveux, qu'on se lève la nuit pour pisser, qu'on vérifie dans le miroir la tête qu'on a, au cas où le cauchemar qu'on vient de faire l'aurait totalement transformée ? Qui penserait que sur une des tables fleurit un pot à crayons et que, dans le halo orange, quelqu'un écrit et dessine et entreprend tandis que tous les autres dorment ? Ce quelqu'un, c'est moi. Car cette nuit, je ne dors pas. Cette nuit, je fais une liste de mes idées géniales. Je fais aussi une liste des choses que je dois faire pour aider mes idées géniales à voir le jour. Je rédige donc deux listes, qui ont chacune un nom : la liste numéro un s'appelle « Idées géniales », la liste numéro deux s'appelle « Ce qu'il faut faire ». La liste numéro deux est beaucoup plus longue que la liste numéro un. J'ignore si c'est une bonne ou une mauvaise chose.

J'aime écrire la nuit. Si j'étais écrivain, j'écrirais toujours la nuit. Ainsi faisait Balzac. Était-ce bien lui ? J'entrevois une robe de chambre en satin souillée de bouillon. Était-ce la sienne ? Ainsi faisait Proust, même la journée car il vivait volets fermés. J'entrevois un lit, mais – gouffre ! Gouffre de ma mémoire ! – il se confond avec celui de la chambre de Van Gogh. C'est le désordre habituel de mes pensées ; il ne faut pas que je me laisse dominer par lui. Il faut que je m'applique à écrire mes listes. Pour la liste des idées géniales, je sens que la formulation compte beaucoup. Il ne faut ni trop en dire, ni être floue. Si c'est trop détaillé, ce ne sera plus une liste et ça risquera de me bloquer dans l'exécution. Si c'est trop flou – est-ce vraiment la peine que je développe ?

Ne tardons plus. Idées géniales : 1/ Un restaurant pour enfants. 2/ Un restaurant-traiteur. Voilà, c'est déjà fini, je n'ai que deux idées. Elles m'ont été soufflées, l'une comme l'autre, par mon museau, Vincent-le-fleuriste. La première quand il a parlé de clientèle familiale : qui dit famille, dit enfant, qui dit enfant dit n'aime rien manger, n'est pas sage au restaurant. Qui dit famille dit enfer, et me voilà, moi, avec ma révolution à deux pas de chez vous, un endroit où l'on accueille les enfants, comme à la cantine, mais en mieux, pas plus cher (je sais, ça semble impossible, mais je vais trouver un moyen de résoudre l'insoluble dans la liste numéro deux), un restaurant où certaines choses se mangeront forcément avec les doigts, un endroit où tout leur fera envie.

La deuxième idée est, en apparence, plus banale. Restaurant et traiteur, certes, mais pas comme les autres. Mon museau m'en a donné l'idée en m'apportant ses fleurs pourries. Il n'est pas question de servir de la nourriture pourrie sur des tables de buffet ou dans des garden-parties. Non. Il est question de ne plus gâcher. Je ne ferai pas traiteur tous les jours, seulement les soirs où j'aurai trop à manger. Je ne ferai pas les fêtes à cent cinquante personnes, je ferai de la microcuisine pour les gens qui n'ont pas le temps, qui ne savent pas, qui ont la flemme. Ce sera très bon marché, car ce sera des restes et le pire, c'est que je le dirai et que ça ne gênera personne. Le système se mettra en place par le bouche-à-oreille. Les gens comprendront vite qu'il s'agit d'un genre de loterie. Parfois, bingo ! On gagne le filet en croûte pour quatre avec la sauce aux morilles, d'autres soirs, non désolée toutes les tables sont réservées, on n'a rien, mais si vous avez cinq minutes, je vous dicte une recette tellement simple que vous ne la raterez pas même les yeux fermés. Quand les gens sont vraiment très gentils, qu'ils ont fait preuve de leur attachement au lieu en venant souvent et en recommandant *Chez moi* à leurs amis, je leur fais une surprise, un gala d'anniversaire, quelque chose de fou, de grandiose et d'inattendu. Ils m'aiment, les gens du quartier. C'est incroyable comme ils m'aiment. Des torrents d'amour se ruent sur moi. On me dit mais comment on ferait si tu n'étais pas là ? Les mères de famille me le disent, les jeunes couples fauchés me le disent. Je rayonne. Je me sens enfin moi-même. Je donne entière satisfaction. Je ruisselle de bonté. Je change le monde. Je le change en un endroit vivable, enfin !

J'ouvre une bouteille de bordeaux. Je n'ai bu que… voyons, combien de verres ai-je bus avec Charles ? Combien de bouteilles avons-nous… Je ne sais plus, mais j'ai soif. Il me faut un petit quelque chose pour me lancer dans la liste numéro deux, qui est beaucoup plus longue et plus difficile à établir, car c'est là que tous les problèmes posés dans la première sont censés se régler.

J'écris, en haut de la page blanche : « Ce qu'il faut faire. » Je décide de ne pas classer mes propositions par ordre. Les laisser venir. Entasser. Je fais une tempête de cerveau et je note : aller à la mairie pour se renseigner sur les tarifs de cantine, prendre contact avec les nourrices du quartier (je raye aussitôt car je sens que les nourrices sont mes ennemies naturelles du fait que je risque de représenter à leurs yeux une concurrence déloyale), établir la liste des produits que les enfants préfèrent, calculer le coût de revient d'un repas, décider d'un prix de vente au plus bas, investir dans de la vaisselle incassable, ne pas redécorer, ne pas mettre des jouets partout – les jouets défigurent très facilement un endroit car ils sont en plastique et de couleurs soit trop vives, soit trop fades : les jouets sont les adversaires du bon goût, même ceux en bois, qui, de plus, ennuient les enfants, les dépriment et les lassent. Trouver un moyen de faire comprendre aux adultes qu'ils sont eux aussi les bienvenus. Établir une double carte ? Non, miser sur les pulsions régressives, la grande cuisine, ce sera pour le soir et le rayon traiteur. Engager du personnel : un serveur et une aide en cuisine, ou l'inverse, une serveuse et un aide en cuisine. Mais je suis certaine de vouloir une fille et un garçon. Pourquoi ? Car il me semble qu'ainsi je pourrai mieux gérer les alliances en cas de conflit. Acheter des coussins pour mettre les enfants à hauteur de table. Moule à gaufres. Crêpière. Friteuse ? Friteuse. Et si j'avais une cheminée ? Une cheminée pour faire des grillades au feu de bois, des côtelettes d'agneau, des travers de porc, des blancs de poulet. J'inspecte les murs et les plafonds à la recherche d'un conduit. Les yeux rivés aux moulures, je ne vois pas la chaise qui me barre la route, je me prends le pied dans son pied et je tombe, par-dessus elle, contre le carrelage, les doigts de la main droite amortissant mal le choc de mon nez et de ma lèvre supérieure contre le socle en fonte d'une table.

Je reste un instant étendue par terre, comme font les footballeurs, les mains sur le visage, comme font les footballeurs, le visage grimaçant, comme eux, les genoux contre le ventre, comme ils savent faire. J'ignore de qui j'essaie d'attirer l'attention, car chez moi, point d'arbitre. Quant à la faute, je suis seule à pouvoir en être déclarée responsable. Je me surprends à regretter le temps de la conjugalité, l'époque où toute souffrance trouvait son origine dans l'autre, le vilain mari, le méchant homme qui me traitait injustement. C'était si bon de penser *Qu'il crève* et de sentir l'abcès se vider. Je pourrais peut-être en vouloir à Charles de m'avoir fait tant boire, car, à présent que j'éprouve toutes les peines du monde à me relever, que je vois danser autour de moi des pans de murs penchés comme les cartes d'un château sur le point de s'écrouler, que les tables s'agitent sur leurs pattes comme des cafards géants et que les chaises, changées en bousiers, se renfrognent et penchent vers mon visage leurs fronts cornus et menaçants, je comprends que je suis ivre, ivre au point d'avoir ignoré que je l'étais.

Je me hisse sur la banquette et contemple les feuilles froissées, couvertes de mon écriture de faussaire : boucles des « l » bien fermées, points bien en face du « i » qu'ils chapeautent, fluidité des jambages, homogénéité exceptionnelle de la taille des lettres, légère pente ascendante vers la droite, exprimant un optimisme raisonnable, élégance racée de la brise qui balaie les lignes dans le sens du texte. J'ai remporté de nombreux succès grâce à ma calligraphie trompeuse. Des experts ont statué que j'avais l'autorité naturelle, le sérieux et l'esprit d'entreprise nécessaires au leadership, on m'a prédit un avenir éblouissant dans les cures psychologiques et psychiatriques, un succès assuré dans le professorat, de grandes facilités pour les études et l'exercice du métier d'ingénieur. Moi-même, en me relisant, je suis bercée par l'illusion de mon pouvoir. Je crois à ce qu'il y a d'écrit et, tandis que des gouttes de sang tombent, très lentement, de mon nez et de ma lèvre (celles du nez dessinent des fleurs de la taille d'une pâquerette, celles de la bouche, plus petites, ne dessinent que des mourons), je décide de suivre mon propre conseil et de me conformer aux ordres dictés par l'excès de boisson.

Avant de m'allonger pour dormir, j'ajoute à la fin de la liste numéro deux : « Retrouver M. Slimane ».

Je suis réveillée par un bruit de froissement, de glissement. Je me redresse d'un bond. Le courrier est en train de passer sous le rideau de fer. Une à une, les enveloppes font apparaître un coin, puis le reste vient et, comme soudain aspirées par les tomettes qui couvrent le sol, elles se précipitent vers moi. Toutes sont blanches, avec une fenêtre. Les enveloppes, c'est le contraire des salles de bains, me dis-je. Quand elles ont une fenêtre, c'est un problème. Je m'étonne du nombre de lettres que je reçois depuis que j'ai ouvert. Quoique le mot « lettres » ne soit pas le bon. Ce ne sont pas des gens qui m'écrivent. Ce ne sont pas des phrases qui m'arrivent. Je sais que je devrais me remettre de cet étonnement, cesser de penser qu'une lettre est forcément une feuille sur laquelle une âme, sœur ou non, s'est déversée. Comment vas-tu ? dit la lettre. Moi, ça va mieux, les enfants sont en forme, mon mari a retrouvé du travail, je me suis remise à lire, je me suis inscrite à un cours de couture vraiment fantastique. Ou alors : je ne sais plus où j'en suis, je suis tourmentée, je pense chaque jour que je vais quitter la maison, j'étouffe. Des nouvelles, reçues, données. Je pense aux lettres de Mme de Staël, ou est-ce Mme de Sévigné ? Je pense aux lettres de Rosa Luxemburg (pour celles-ci je n'hésite pas, car sa correspondance avec Léon Jogichès fait partie de ma bibliothèque nomade, le refuge des trente-trois auteurs rescapés du chaos de ma mémoire). Je me lève et je ramasse, morne moisson, mon paquet du jour. Au programme, deux retards de paiement avec facturation de l'indemnité forfaitaire, une demande de cotisation obligatoire à une caisse de retraite au nom louche, une

68

proposition d'abonnement gratuit pour un mois à un magazine d'information et le relevé de mon compte professionnel. Je dispose côte à côte les injonctions de paiement et les feuillets de la banque qui hurlent au déficit. Parlez-vous, ai-je envie de dire à ces deux piles de papier. Voyez ça ensemble. Béance contre béance. J'espère que ce rapprochement géographique résoudra le conflit. Les créanciers renonceront. La banque avancera. En tout cas, moi, je ne peux rien faire, si ce n'est **regretter** qu'aucune autre lettre ne me parvienne, qu'il n'y ait que des chiffres dans celles que je reçois. Par esprit de rébellion, je me dirige vers mon étagère à livres et j'en sors Rosa Luxemburg. Je vais m'envoyer une lettre d'elle. Ça compensera. J'ouvre au hasard et je tombe page 277. Je lis :

« Ce qui m'a fait le plus plaisir, c'est le passage où tu écris que nous sommes encore jeunes et que nous saurons arranger notre vie personnelle. Ah, mon amour doré, comme je désire que tu tiennes cette promesse !… Un petit logement à nous, nos meubles, notre biblio-thèque ; un travail calme et régulier, des promenades à deux, de temps en temps l'opéra, un petit cercle d'amis qu'on invite parfois à dîner, chaque été un mois à la campagne sans aucun travail !… (Et peut-être aussi, un petit, un tout petit bébé ?? Est-ce qu'on ne pourra jamais ? Jamais ?…) »

Je referme le livre, en pensant à ce tout petit bébé retranché entre deux parenthèses, déjà protégé par sa future mère – qui ne sera jamais sa future mère puis-qu'elle meurt assassinée en 1919, sans enfant – dans l'étreinte volatile de deux minuscules bras d'encre. Je m'attarde sur la tendresse maternelle, sur la folie et la fureur de la tendresse maternelle. Il est neuf heures. Il faut de toute urgence que j'aille faire les courses, au moins acheter le pain et les fruits qui me manquent, mais je reste immobile, paralysée par le surgissement d'une scène. Mon cœur bat lentement, ma poitrine se serre. Je revis – oui, je revis ma désinvolture passée, mon manque d'empressement à dresser les indispensables parenthèses, l'exubérance des débuts qui m'a tant coûté.

Mon fils était le plus beau bébé que j'eusse jamais vu. Les gens se moquaient quand je le disais. Mon mari lui-même riait de moi. « Mais regarde, lui disais-je. Regardez ! ordonnais-je à ma famille, à mes amis. Il est exceptionnel. Son crâne est parfait, son nez, sa peau, son corps. Et son regard est si plein de bonté. Comparez aux autres bébés si vous ne vous en rendez pas compte tout de suite. Ils sont fripés, ils ont un gros nez pointu, des petites mains cruelles, un regard de pleutre. Les autres bébés ont des bras maigres et les pieds en dedans, des ongles mous et incarnés. Ils ont une voix stridente. Mon fils est tout le contraire et c'est un plaisir véritable de le contempler. »
L'infirmière est inquiète. Je suis trop exaltée selon elle. Mais le fait qu'elle me croie exaltée excite ma combativité. « Peut-être n'avez-vous pas bien regardé, lui dis-je. C'est normal, vous avez beaucoup de travail. Si vous preniez une heure pour examiner chaque enfant, vous perdriez un temps précieux. Mais celui-ci est différent. Regardez, je vous assure. Je n'y suis pour rien, mais c'est une œuvre d'art. » Mon mari me flanque une gifle. Bien à plat, sur la joue et sur le nez. Ma voisine de chambre plonge la tête dans ses mains.

Je me demande si elle rit. Je saigne du nez. L'infirmière prend mon mari par le bras et le conduit hors de la chambre. Je pense que ces gens n'ont aucun humour. Et je me sens seule.

Hugo, dans son berceau transparent, me gratifie de son merveilleux sourire, que j'ai oublié de mentionner. Je l'admire, mais soudain, c'est affreux, comme si quelque chose était cassé. Je ne l'aime plus. Je détourne les yeux. Je me concentre sur le blanc du mur. J'ai dû me tromper. Ce n'est qu'une absence. Je vais me reposer un peu et lorsque mes yeux rencontreront à nouveau les siens, ça repartira, l'immense et joyeuse vague de l'amour. Je serai engloutie et engluée, bêtassonne et glorieuse. J'attends un peu. Je regarde ma voisine de chambre qui allaite sa pauvre petite fille si moche et si malingre, trois cheveux noirs sur le sommet d'un crâne ridicule en pain de sucre et des poils partout, dans le dos, sur les bras. Les paupières de la mère sont baissées, elle soupire d'aise ou de déception et cherche à oublier la scène incompréhensible dont elle vient d'être le témoin. Mais peut-être savoure-t-elle aussi un genre de victoire : j'ai été punie, moi, la mère du plus beau bébé de l'univers, tout près d'elle, la femme qui a accouché d'une maigre grenouille chevelue. J'ai été giflée. J'ai ravalé ma superbe. On m'a fait rentrer dans le rang. Oui, sans doute en avait-elle assez, elle aussi, que je contemple mon fils à longueur de temps. Mais ce n'est pas fini, ils n'auront pas ma peau si facilement.

Avec la lenteur d'un lézard du désert dévissant imperceptiblement son masque d'écaille poudré de sable en direction de sa proie qui le confond, jusqu'à l'instant de la capture, avec un bloc de pierre, je tourne

71

mon visage vers celui de mon enfant, prête à accueillir la marée toujours montante de la passion. Rien. Il ne se passe rien. Je me lance dans une revue de détails : poignets potelés, minuscule pli douillet qui l'attache à la main couleur d'abricot, bouche ravissante de fleur et de pulpe, de pulpe et de plume, bouche entrouverte et ample sous le petit nez rond, amical et humoristique ; paupières bleues et déjà ourlées de cils, front de sagesse sans creux aux tempes, front de sagesse étale, amarré par des sourcils indistincts et levés, indulgents, étonnés, vers le haut. Chevelure duveteuse et égale s'enroulant autour d'un vortex parfait. Oreilles plates et nacrées, reposant, calmes, comme des coquilles de palourdes sur la grève. Corps vigoureux et élastique dans le pyjama qui ne fait pas de plis, qui ne bâille pas de partout, mais, au contraire, souligne le dessin achevé des membres fixés au torse long, puissant et mystérieusement convexe. Tout est là, son souffle régulier et rassurant, ses yeux qui s'ouvrent soudain, gris tendre, et me regardent, sans me voir, disent les infirmières – parce que je suis trop loin, parce qu'il y a une paroi de plexiglas entre nous. En me voyant, songé-je. Mon fils me regarde, et me voit, et lit dans mes yeux que c'est déjà fini. Je n'y arrive plus. J'ignore par où c'est parti. Mais la fuite ne peut qu'être constatée, brutale, affolante : tout mon amour s'est enfui ; il ne reste plus qu'une immense bienveillance, et une pitié terrible dont je peine à savoir sur qui elle s'étend.

Les semaines suivantes sont blanches. Je sais tout faire comme il faut. Les puéricultrices me félicitent, on me libère, je rentre chez moi et je guette. Je guette l'instant du retour de l'amour. J'entre dans la chambre par surprise, me prenant moi-même au dépourvu, je plonge mes yeux dans le berceau. Hugo est là, il dort, il resplendit. Et à mesure qu'il grandit, une boule enfle dans ma poitrine. Je n'avais jamais envisagé qu'un chagrin d'amour pût avoir cette forme, cette violence et, surtout, cette origine. Je me mets à épier les autres mères, celles avec un landau, comme moi, celles qui en sont déjà à la poussette-canne, celles qui marchent à côté d'un tricycle, celles qui portent le sac de sport et trottinent derrière un grand échalas. Elles m'envoûtent. Elles possèdent le trésor qui m'a été dérobé. Toutes. Les sévères, les laxistes, les revêches, les nian-nian. Je repère sur leurs visages, dans le moindre de leurs gestes, dans l'intonation de leurs voix, les signes innombrables du sentiment maternel. Et cela me déchire. Je n'en parle à personne. Et personne ne m'en parle. Car mon infirmité est indiscernable.

Hugo grandit. Il joue avec ses mains. Il tient assis. Il marche à quatre pattes. Il se tient debout. Jamais malade. Il rit. Il rit du matin au soir et, très vite, il parle, fait d'immenses phrases de sénateur. Sa beauté augmente elle aussi. Ses cils s'allongent encore. Ses yeux s'élargissent. Ses cheveux sont un emblème. Son corps est agile. Au jardin, les autres mères me l'envient. Il ne pleure jamais, même quand il tombe. Il se fait facilement des amis, avec lesquels il se montre d'une courtoisie exquise, partageant ses boudoirs, prêtant son seau. Il sourit et offre des petits spectacles pour amuser les bébés, alors qu'il n'a lui-même que quatre ans. Les mères m'en veulent. Elles pensent que je suis trop parfaite. Nous faisons des promenades en barque, il monte à cheval, sait diriger une montgolfière, je lui paie un stage de plongée, nous lisons des livres, nous cuisinons et pratiquons la peinture sur soie, il devient champion de capoeira. Avec son père, il ne fait rien. Il s'assied à ses pieds, lorsqu'il lit le journal, puis se love contre lui, pose sa tête contre sa poitrine et ferme les yeux. Je perds l'habitude de guetter les sursauts de mon cœur. Je renonce. Parfois je me raconte, semblable au rhapsode qui tient à bout de lèvres l'épopée des ancêtres, mes trois glorieuses. Les journées qui se sont intercalées entre la naissance et la gifle. Je me ramène en arrière et je me souviens. L'émerveillement est intact. Je ne le ressens plus, mais mon imagination a le pouvoir de le synthétiser. C'est comme regarder des photographies du passé. On se voit croquant un fruit dans le soleil d'un après-midi d'été. C'est l'hiver et l'on n'a rien dans la bouche, mais on parvient, en se concentrant, à retrouver la trace de la sensation, à la circonscrire, sans pour autant l'éprouver. C'est un travail au pochoir. Une torture aussi, car sans cesse on voudrait plonger la main dans la profondeur inexistante du cliché et dérober le fruit, s'emparer de la lumière, revenir en arrière.

Ma tante, qui était diabétique, s'est fait, à la fin de sa vie, amputer d'une demi-jambe. Quand je l'ai revue après l'opération, elle m'a dit :

– Je bouge le pied.

J'ai cru, bien entendu, qu'elle parlait de son pied restant.

– C'est formidable, lui ai-je dit. Il n'a pas été touché ; il n'est pas ankylosé.

Elle a secoué la tête :

– Je te parle de l'autre, a-t-elle précisé. Celui qui n'est plus là. Je le bouge encore.

Elle a réfléchi un instant, puis elle m'a demandé :

– Où tu crois qu'ils l'ont mis, mon morceau de jambe ? À la poubelle ?

Ses yeux se sont brouillés. Je me demande aujourd'hui dans quel genre de poubelle peut bien se trouver l'amour perdu pour mon fils.

Il est tard. Je n'ai rien fait. Je ne peux pas me permettre d'ajouter un midi chômé à la fermeture exceptionnelle d'hier soir. Je reviens à moi-même dans la lumière bistre du frigo que j'ai ouvert en grand afin d'estimer l'état des réserves. Mes yeux se promènent de clayette en clayette, dans les bacs et les tiroirs. Côté laitages, c'est bon, je tiens. Côté poisson, c'est foutu, mais on n'est pas vendredi que je sache et si un végétarien débarque, j'ai, dans mes paniers, de quoi le satisfaire. Le jarret de veau va se transformer en osso-buco, je l'avais prévu rôti entier sur un lit d'échalotes confites, mais je ne dispose plus du temps de cuisson nécessaire. Je sors ma scie de son étui et je me mets au travail. Je coupe des tronçons, d'abord au couteau dans la chair pâle comme un tutu de danseuse, puis je m'attaque à l'os central avec mon égoïne.

Le téléphone sonne. D'un coup de coude, je fais tomber le combiné hors du socle pour décrocher sans cesser ma boucherie, et j'actionne, grâce au manche de ma scie, la fonction haut-parleur. C'est Vincent qui s'inquiète parce que je n'ai pas levé mon rideau de fer et qu'il est déjà dix heures trente. Il veut savoir si tout va bien et me propose un coup de main.

Ce type a envie d'un café, me dis-je. Ce type prend des habitudes plus vite que son ombre, c'est le Lucky Luke de la routine.

– Passe, lui dis-je, laissant négligemment tomber le vouvoiement.

Si on ne s'y prend pas suffisamment tôt avec ces choses-là, ça rouille et on finit par être obligé de coucher avec les gens pour accéder au tu.

– Je ne peux pas t'ouvrir le rideau parce que je suis un peu occupée, mais la porte qui donne sur l'escalier de service est ouverte. Tu n'as qu'à passer par là. Tu connais le code ?

Il connaît le code et il arrive. Je ressens, dans le même temps, le poids de m'être fait un nouvel ami et le soulagement de n'être plus si seule.

Vincent porte un polo qui sent très fort la lessive. Je le sais parce que, sans doute galvanisé par mon tutoiement, il me fait la bise. Ce n'est pas très pratique de m'embrasser sur les deux joues, alors que je me tiens face au billot, une scie dans une main et un jarret dans l'autre. Vincent m'embrasse – comment dire ? – par-derrière, ce qui a l'avantage de guider vers mes narines l'effluve de lessive plus que celui, l'autre, le fatal, enfin, vous savez. Il a, comme il me l'explique, la patate et même ajoute-t-il « la méga-patata ». Je comprends qu'il me faut impérativement demander le motif de cette méga-patata.

– Tu veux un café ? lui dis-je pour le faire bisquer un peu.

Mais il enchaîne, il ne se laisse pas distraire.

– Un café ? Si tu veux. Mais du champagne serait plus approprié.

Je termine ma découpe et je mets en route mon bien-aimé percolateur.

– J'ai pris du retard, dis-je à Vincent. Je n'ai pas le temps de m'asseoir, mais je t'écoute.

– Hum ? fait-il, l'air faussement distrait, comme s'il ne comprenait pas mon allusion.

Je ne ferai pas l'économie d'une demande. C'est comme pour le café : il ne s'agit pas de ce que lui désire, mais de ce qui me fait plaisir à moi. Il est hors de question qu'il donne l'impression de s'épancher, il tient absolument à faire croire qu'il consent à satisfaire ma curiosité.

– D'où vient-elle, cette méga-patata ? je demande, vaincue.

– Un contrat, répond-il, énigmatique.

Je vais devoir lui tirer les vers du nez un à un. C'est cependant plus reposant que de détourner la conversation vers un autre sujet. Tout en éminçant l'échalote, et en portant la voix parce que la viande qui rissole dans le fait-tout grésille sous la hotte aspirante qui vrombit, je demande :

– Un contrat pour quoi ?

– Décoration florale.

Je n'ai même plus droit à des phrases. Finis les déterminants. Ras le bol des verbes. L'accouchement se fera au forceps. Je m'accorde un silence. Je retire la viande que je réserve dans un plat en terre pour jeter au fond de la marmite l'échalote hachée, l'ail en morceaux, le romarin et un bouquet de branches de persil plat. Je baisse le feu et je diminue la puissance de la hotte. Lentement, je me tourne vers mon museau qui regarde par la vitre d'un air inspiré, prenant des poses de jeune modèle préraphaélite.

– De la décoration florale ? fais-je d'une voix enga-geante. C'est passionnant. C'est nouveau pour toi ? Tu n'en avais jamais fait ?

J'ai opté pour la tactique dite du fusil à répétition. Je crible ma proie de questions, je mime l'impatience, je feins une curiosité dévorante en effectuant quelques petits sauts sur place.

Vincent arrache paresseusement son regard fausse-ment rêveur à la contemplation de la rue vide. Il en fait trop, me dis-je, mais je ne lui en veux pas. La reconnaissance est un sentiment que je place très haut dans mon échelle personnelle, et je considère que je lui dois beaucoup.

– Si, j'en ai déjà fait, répond-il, blasé. J'en fais tout le temps. Mais là, c'est spécial.

Sans me retourner, je touille les aromates à la spa-tule, une main dans le dos.

– Raconte !

Je le gratifie de deux petits sauts supplémentaires.

– C'est pour une grosse boîte, fait-il, fermant les paupières afin que je prenne la mesure de sa nouvelle entreprise. Une boîte d'événementiel tenue par un juif.

Je m'immobilise. En quoi cette précision est-elle nécessaire ? Une légère crispation se lit sur mon visage.

– Tu vois ce que je veux dire ? me demande-t-il.

Je secoue la tête.

– Beaucoup d'argent.

Ah ? fais-je mentalement. Bien sûr. Les juifs et l'ar-gent. Je m'apprête à passer un merveilleux moment. Je renonce à façonner mon expression. C'est au-des-sus de mes forces. Il est temps que je déglace au vin blanc. J'offre à Vincent mon côté pile et je verse une demi-bouteille de muscadet. Je remue, réjouie par l'effluve délicieux. Une fois les morceaux de veau déposés dans la sauce rousse, je flambe au cognac.

– Ils organisent des mariages, toutes sorte de fêtes, des… comment ils disent, déjà ?

Je pourrais lui souffler le mot qui lui manque, mais ma reconnaissance a des limites.

– Des bar-mitsva ! s'exclame-t-il. Je peux te dire qu'ils ne regardent pas à la dépense. Mes deux premiers budgets tournent autour de trois mille euros, et encore, il paraît qu'on peut s'attendre à plus.

J'ignore comment relancer l'interrogatoire. Je suis soudain très lasse d'éplucher sa méga-patata. Je me concentre donc sur la sauce tomate et la préparation de la cremolata, un mélange de zeste de citron, de basilic, d'huile d'olive et de parmesan que j'ajouterai au moment de servir.

– Je vais leur faire des chemins de table en passiflore, chante-t-il. Des couronnes en liserons pour les jeunes filles. Je vais travailler le jasmin, bien sûr. Il faut que je me lance dans la fabrication de pétales de roses confits pour remplacer les dragées, c'est plus raffiné. Pour les grands espaces, j'utiliserai de la vigne et du lierre piqués de grosses roses de jardin. Le lys, très costaud, très fort. Mélanger les champêtres, comme la fleur de carotte ou la matricaire, avec des choses plus sophistiquées. Beaucoup de feuillages, eucalyptus, groseillier…

Vincent ne s'arrête plus. Je suis touchée par son enthousiasme, son amour sincère des fleurs, son envie de bien faire. Je couvre la viande sur laquelle j'ai versé le coulis de tomates et je m'assieds pour trinquer avec lui. Nous entrechoquons nos tasses. La sienne est vide, mais la mienne est encore pleine. Emporté par sa fougue, Vincent cogne un peu trop fort et le café se répand sur mes doigts, sur la table, quelques gouttes volent vers le chemisier blanc que j'avais mis en l'honneur de Charles car je sais que c'est sa couleur préférée.

– Oh, pardon ! s'écrie Vincent en bondissant sur moi pour m'éponger avec un torchon qu'il attrape au vol. Quel idiot ! s'emporte-t-il. Quel con ! Quel porc je suis !

Il n'a pas d'insultes assez violentes pour exprimer le dépit qu'il s'inspire.

– C'est rien, dis-je. Vraiment, je t'assure. Tout va bien. Il fallait que je me change de toute façon.

Ses mains sont partout, sur les miennes, sur ma poitrine, sous mes pieds, sur la table, entre mes jambes. Ça me plaît. Mais soudain, il s'interrompt.

– Tu vas avoir le temps de repasser chez toi ? me demande-t-il.

– Chez moi ? dis-je.

– Pour te changer. Il est onze heures moins cinq.

J'ai envie de tout lui dire. C'est extrêmement tentant, à cet instant, de laisser la vérité jaillir, flot simple et sans détour : c'est ici que je vis, je campe dans ma boutique. Mais je me retiens. Il est trop tôt.

– J'ai des vêtements de rechange sur place, lui dis-je. La cuisine, c'est tellement salissant.

Je ne saurais affirmer qu'il me croit. Quelque chose dans son regard, comme une minuscule plume de mésange qui vole dans le bleu du ciel découpé par un carreau de fenêtre et que l'on pourrait prendre pour un simple reflet, m'indique que le doute s'insinue en lui.

– Il faut que je te laisse, me dit-il.

– Mazel tov, lui dis-je en remontant le rideau de fer pour le laisser sortir par la grande porte.

– Comment ?

– Mazel tov, c'est comme ça qu'on dit, chez les juifs, pour souhaiter bonne chance. C'est ce qu'on dit quand on est content pour quelqu'un.

– Pareillement, répond-il en sortant de chez moi à reculons.

Son sourire flotte après lui quelques instants, et je reste face à la rue pour contempler ce fantôme d'expression. Vincent court vers sa boutique, il est en retard. Et, pendant ce temps, son sourire me tient compagnie. La rue est déserte. C'est l'heure creuse avant la sortie d'école, avant la pause déjeuner des bureaux. Le soleil me chauffe le front, le bout du nez et le dessus des seins, mes plans inclinés, là où mon corps va de l'avant. J'épie les laborantins d'en face qui effectuent des travaux de précision sur des prothèses dentaires. J'aime que les gens travaillent. Chacun dans son alvéole, occupé à ce qu'il doit, trafique, immobile. Les travailleurs sont rangés. Ils sont calmes, la rue est déserte, offerte aux contrevenants : les parents d'enfants en bas âge, les chômeurs, les oisifs, les fous, les voyous et ceux qui, comme moi, malgré tous leurs efforts, malgré des journées bien remplies, ne parviennent jamais à se caler sur les si rassurants horaires dits de bureau. La rue change de visage selon les heures et je me réjouis, à présent que mon observatoire a pignon sur rue, de pouvoir savourer ses moindres altérations.

Je termine de remonter le rideau de fer et je retourne en cuisine. En croisant mon reflet dans le miroir au-dessus de la banquette, je remarque que j'ai encore un peu de sang sous la narine gauche et que ma lèvre supérieure, celle qui a éclaté au moment de la chute, est enflée. Vincent n'a rien dit. Il devait être trop concentré sur son hyper-patate. Je me nettoie en vitesse et range mes listes et mes crayons. Il faut faire à manger. Le soleil chauffe, les gens voudront des salades. Je me lance dans un épluchage en désordre. C'est une technique peu orthodoxe et qui me fait sans doute perdre du temps, mais elle me convient. Elle consiste à tout faire en même temps. Je sors mes crudités, mes légumes, les herbes et plusieurs couteaux : économe, lame lisse, lame à dents. Je coupe un demi-concombre en dés, puis je passe aux champignons que j'émince en lamelles, je retourne au concombre que je tranche ultra-fin, je file aux haricots verts que j'équeute, et glisse mes betteraves entières dans le four, j'évide les avocats, les pamplemousses, je plonge les blettes dans l'eau bouillante. L'idée est surtout de ne pas s'ennuyer. La théorie, car j'ai une théorie de l'épluchage, est qu'il faut laisser une place à l'aléatoire. En cuisine, comme en toute chose, nous avons tendance à brider nos instincts. La vitesse et le chaos autorisent une légère perte de contrôle. Couper les légumes selon des formes et des calibres différents encourage des alliances que l'on n'aurait pas songé à pratiquer autrement. Dans la salade de champignons, concombre et mâche, le cerfeuil doit rester entier, en pluches, afin de créer le contraste, car les autres ingrédients sont pelliculaires, presque transparents et glissants. Si sa tige fine et ses minuscules branchules ne contredisaient pas l'alanguissement général, encore accentué par la crème fleurette qui remplace l'huile dans l'assaisonnement, on sombrerait dans la mélancolie. L'équilibre est la clé et je ne crois pas que l'équilibre puisse naître de la préméditation. C'est une pensée dangereuse, mais si souvent mise à l'épreuve que je suis prête à prendre le pari. L'humain penche. Il ne le sait pas. Mais il penche. Cela s'appelle une tendance, une inclination, une manie. Pour qu'un plat soit réussi, il faut que le rapport entre le tendre et le croquant, entre l'amer et le doux, entre le sucré et le piquant, entre l'humide et le sec existe et soit soumis à la tension de ces couples adverses. Personne n'est assez tolérant ni assez inventif pour respecter les contraires, il convient donc de leur ouvrir la voie de la contrebande, de la clandestinité.

Les betteraves sortent du four. Je les douche au vinaigre de noix. Les blettes se précipitent dans l'écumoire, je les arrose de citron et de poivre. Mon plan de travail est un champ de bataille : des pépins, des queues, des giclures, des taches, des feuilles, des pelures. Tout s'y amoncelle et sue. Le sang rose de la betterave sur un cœur de concombre m'attendrit. Mais je n'ai pas le temps. Je me change en Shiva et, de mon dos, sortent mes bras supplémentaires, ceux qui vont plus vite que mon cerveau pour ranger, éponger, trier, partager, remiser.

Lorsque mes clientes fétiches, les deux lycéennes aux hanches scintillantes, poussent la porte de *Chez moi*, tout est en ordre, tout est prêt. Il n'y a que l'ardoise dont je ne me sois pas occupée. Je proposerai donc mon menu à l'oral.

Les jeunes filles sont de mauvaise humeur. Elles ont eu de sales notes en philo. Elles réclament du poisson pour devenir plus intelligentes. Je tente de les convaincre que l'osso-buco est excellent pour les méninges, que son onctuosité lubrifie les engrenages et protège les synapses. Elles me rétorquent que ça fait grossir. Je leur dis qu'elles sont belles. Je leur explique pourquoi et comment. Je parle longtemps de leur beauté et elles me disent que je m'exprime bien, qu'elles sont certaines que je pourrais les aider en philo. Elles me promettent de m'apporter leur prochain sujet. Je suis terrifiée à l'idée qu'elles mettent ce serment à exécution. Je me rappelle l'enfer des citations. Au lycée. Il fallait toujours citer des auteurs, dire «comme chez machin quand il écrit bidule» et moi, je ne savais jamais qui avait fait quoi, je confondais *La Condition humaine* et *La Comédie humaine*, je croyais que Stendhal était un des pseudonymes de Balzac, je m'imaginais que *La Divine Comédie* avait été écrite en latin, par Ovide. Et en philo, n'en parlons pas, le seul nom qui me restait en tête était Platon. C'était donc lui qui avait tout écrit, du *Théétète* à la *Critique de la raison pratique*. Mais il m'arrivait aussi de le confondre avec Socrate. Qui était le pantin, qui était le marionnettiste ? Socrate avait-il écrit des dialogues mettant en scène Platon ? Je m'y perdais.

Les filles ont faim. Je fixe le prix de leur repas à quatre euros afin de leur rendre le sourire.

– Pour toute l'année ? me demandent-elles.

– Pour toute la vie, leur dis-je. Mais c'est un secret entre nous. N'en informez pas les autres ; n'en parlez pas à vos amis.

– On n'a pas d'amis, répliquent-elles aussitôt (c'est sûrement faux, mais elles sont prêtes à n'importe quoi pour préserver le privilège inouï que je leur accorde). Et si on prend du dessert ? Et si on prend du caviar ? Et si on prend du café ?

Elles me font rire. Je leur dis que je m'appelle Myriam. Elles me serrent la main cérémonieusement et se présentent : Simone et Hannah.

– Avec un H au début et un H à la fin, précise cette dernière.

Deux messieurs, qui ont pris d'assaut la banquette en moleskine, se plaignent que le service est trop lent. Ils ne le disent pas ouvertement. Ils grommellent, lancent des œillades courroucées, soupirent énormément, regardent leurs montres. Ils ont raison. J'ai trop de tables en même temps. Je perds de précieuses minutes à réciter le menu, j'oublie de remettre de l'eau à bouillir pour les tagliatelles, je n'ai pas prévu assez de cremolata. Une dame renvoie son onglet parce qu'il est trop cuit. La salle est bruyante, enfumée, les casseroles s'entrechoquent, je fais tomber une poêle en fonte sur le carrelage qui se fend et tout le monde sursaute. Simone et Hannah viennent payer directement à la caisse par crainte de dévoiler aux autres clients le prix auquel je leur brade ma cuisine, et me disent :

– Vous devriez prendre un serveur. Si vous voulez, nous, on en connaît un bien. On lui dira de passer vous voir.

Je ne les écoute pas. Je les remercie et je les embrasse. Ce sont mes nièces, dis-je mentalement à mes autres clients au cas où il leur viendrait à l'idée de réclamer, eux aussi, une bise.

Je comprends le sens de l'expression «coup de feu». Je suis en train de le vivre, ce fameux coup de feu, qui s'apparente plutôt, selon moi, à une salve. Je remplis des fiches de commande que je punaise au tableau, puis j'exécute en cuisine les ordres que je me suis donnés à moi-même. À certains moments, je suis si rapide, si efficace que j'ai l'impression d'avoir pris de l'avance. Mais je n'avais pas vu que quatre nouveaux clients s'étaient attablés et j'ai oublié les desserts de la 5. Je sens que je suis en train de passer un cap et l'euphorie monte en moi. J'appelle mes tables par des numéros, comme les professionnels. Soudain, c'est comme si une enseigne géante se peignait d'elle-même à l'extérieur: *Chez moi* est en train de devenir un restaurant. J'aboierais volontiers de joie, moi le chien, parmi les chiens, mais ma main huileuse laisse glisser une assiette dont le contenu se répand sur le sol. Je pousse la nourriture gâchée du bout du pied et je recompose la salade perdue. Je n'ai plus que trois parts de tarte aux quetsches et aux amandes. Il en manque une. Je propose à la place une mousse praline-framboises dont j'annonce la gratuité. L'homme en blouson à qui je détaille la nature de l'échange me dit: «Alors ça, c'est très sympa.» Je pense geste commercial. Je pense fidélisation de la clientèle, je pense aussi prodigalité mal ordonnée mène à la ruine, c'est un proverbe que j'invente pour la circonstance, mais dont je décide aussitôt de refuser l'augure. Mon système vaut ce qu'il vaut, il a cependant le mérite d'être cohérent. Je mise sur la rentabilité du don. Ce raisonnement s'étaye de nombreuses preuves glanées au hasard des contes que j'ai lus dans mon enfance. La jeune fille qui accepte de désaltérer la vieille à la fontaine finit par cracher des perles, celle qui refuse ne vomira que vermine.

– On peut encore manger ? demande une femme en entrebâillant la porte.

Je regarde ma montre, car ainsi font les restaurateurs. Il est trois heures moins le quart, *Chez moi* est encore à moitié plein, il ne reste plus d'osso-buco ni de salade aux champignons.

– C'est bon, lui dis-je un peu bourrue, comme si je lui accordais une faveur. Mais je n'ai plus de plat du jour. Il me reste des tartes salées et des assiettes de légumes.

C'est exactement ce dont elle et son amie avaient envie. Je les installe.

Les messieurs qui ronchonnaient à cause de la lenteur du service en sont à leur troisième café. Les cravates se sont desserrées. Ils fument. Ils discutent. Ils me demandent l'addition et je réponds : « Ça marche ! »

À seize heures trente, je ferme la porte. Je me laisse tomber sur la banquette et je pleure, sans larmes. Je pleure de nervosité et d'angoisse. J'ai l'impression d'avoir été piétinée par un troupeau d'éléphants. Il me semble que j'en ai pour au moins deux heures de ménage et je manque cruellement d'ingrédients pour assurer le prochain service. Je décide d'inaugurer les soirées thématiques. Aujourd'hui ce sera soupes variées et fondant au chocolat, car il me reste des légumes et de quoi faire quelques gâteaux. Ma main tremble tandis que j'écris sur l'ardoise. J'ajoute en tête un prix attractif (7 euros la formule soupe + dessert) et j'actionne mes bras secrets pour emplir des poubelles, les porter à la benne, lessiver le sol et éplucher une nouvelle série de légumes.

À huit heures, deux dames qui pourraient être des amies de ma mère se présentent.

– Avez-vous des bougies ? me demande la plus grande des deux. C'est l'anniversaire de ma sœur.

Je suis confuse de n'avoir rien de mieux à leur offrir que de la soupe pour un dîner de fête. Les deux sœurs trouvent au contraire que c'est parfait, parce qu'elles essaient toutes les deux de maigrir. Cela ne les empêche pas de terminer ce qui me reste de pain. Elles commandent une bouteille de côtes-de-beaune. Nous chantons « Joyeux anniversaire ». Je suis au bord de leur offrir le champagne, mais une douleur lancinante dans le dos m'indique que j'ai mérité de gagner ma vie.

Ce sont mes seules clientes de la soirée. Au moment de quitter les lieux, la plus âgée des deux me serre la main et me dit : « Vous avez beaucoup de courage. » J'ignore ce qu'elle entend par là, ce qu'elle sait de moi, ce qu'elle a compris du cours de mon destin et qui l'autorise à ce diagnostic, mais je me laisse envahir par le fiel et le miel confondus. « Vous avez beaucoup de courage », c'est ce qu'on dit au soldat amputé des deux bras, à l'adolescente qui apprend qu'elle est atteinte d'une maladie incurable et console ses parents, c'est ce qu'on dit à quelqu'un qui a tout perdu, qui est sur le point de tout perdre. Comment a-t-elle su ? Qu'a-t-elle vu ? Dès qu'elle sort, je baisse le rideau de fer et je cours vers le miroir. Je veux savoir par où c'est passé. Mes yeux ? Mes cheveux blancs, peut-être ? J'allume un spot pour mieux voir, et ma lèvre enflée me rassure. Elle a dû penser que j'étais une femme battue. Je respire. C'est merveilleux. Oui, une femme qui s'est pris une claque sur le nez et un coup de poing dans la lèvre et aussi un coup de pied dans le rein et un autre dans le ventre, une taloche sur le crâne, un coup de genou dans l'estomac. Ouf! C'est au tour du miel de pénétrer en moi. Le miel de l'admiration. « Vous avez beaucoup de courage », cela signifie que je m'en sors bien, que j'ai un petit quelque chose en plus, que je suis digne, que je devrais m'enorgueillir de ma réussite. Je surmonte, j'endure, je vaincs. Sa petite phrase se visse en moi. À chaque tour, une douleur nouvelle, à chaque tour, un motif nouveau de contentement, de fierté, de plus en plus profond. Pliée en deux par le mal de ventre, je termine de débarrasser et je décide de m'endormir sans lire, sans même réfléchir, pour pouvoir mettre le réveil à six heures et reprendre les choses en main.

On attend du sommeil qu'il nous répare, mais il arrive que le sommeil ait d'autres plans. Je désirais une nuit de velours, lourde, douce et enveloppante, je n'ai obtenu qu'un instant précaire sur la planche à clous d'un fakir. Mon corps ne s'est pas détendu, il est demeuré en alerte, douleur au ventre et lames dans le dos, concertantes, actives, brûlantes. Seule ma conscience s'est disloquée, les verrous de la raison ont sauté. Ni haut ni bas, ni vrai ni faux. Je suis chez moi et une femme entre. Je me dis en la voyant : tiens, Mme Cohen. Je ne l'ai pourtant jamais rencontrée. Mme Cohen a une opulente chevelure rousse, des lèvres rondes et légèrement déformées par des dents de devant imposantes et parfaites. Ses pommettes sont hautes et ses yeux noisette, enfoncés sous de vastes arcades sourcilières, sont ceux, craintifs et malins, d'un écureuil. Elle a de toutes petites mains aux gestes délicats et gourmands. On a envie de les embrasser, de les serrer. Ses pieds aussi sont ravissants, la cheville de la taille d'un poignet, anguleuse et fragile. Son corps est légèrement boudiné par des vêtements trop étroits, mais la chair est ferme et la peau réjouissante. Elle soulève ses boucles pour parler, et à chaque fois que ses cheveux retombent sur ses épaules, un parfum d'ambre se répand dans la pièce. Elle est timide, et craint beaucoup de me déranger. C'est pour la bar-mitsva de son fils, Jézechiel, mais tout le monde l'appelle Zéki. C'est son aîné. C'est très important, vous comprenez ? Je comprends. Elle est à la recherche d'un endroit vraiment original. Son fils est très original, vous comprenez ? Je comprends. On en a assez de ces salons ringards, de ces hôtels, de toute cette surenchère du tralala. Elle, elle veut quelque chose de simple – ça ne veut pas dire qu'elle n'est pas prête à mettre le prix, que je ne me méprenne pas ! Je ne me méprends pas. Un endroit simple et amusant. Elle veut visiter. Je lui dis que c'est fait, qu'elle a visité. Qu'il n'y a rien d'autre, la salle et la cuisine, c'est tout. Combien de mètres carrés ? Environ soixante. Je mens. *Chez moi* mesure cinquante-trois mètres carrés. Et il n'y a rien d'autre, vraiment ? demande-t-elle. Une cave, une annexe ? Non, dis-je, je suis désolée. Ça fait juste pour deux cents personnes, vous ne trouvez pas ? me demande-t-elle. Très juste, lui dis-je. Elle se tord un peu les mains et secoue la tête ; ses boucles rousses s'agitent et dégagent leur parfum languissant. Et cette porte, là ? fait-elle en pointant son minuscule index admirablement manucuré vers le mur du fond de la cuisine. Je me retourne et je découvre, comme si elle venait de la dessiner du bout de l'ongle, une porte majestueuse, un genre de cochère, ouvragée et peinte en laque bleu ciel. Ah, oui, lui dis-je, un peu embarrassée, j'avais oublié la remise. Mme Cohen désire que je lui montre la remise. Elle y tient. Elle croit beaucoup à notre rencontre, elle trouve que nous avons un bon contact. Nous traversons la salle du restaurant et je tourne la lourde poignée de laiton. La porte s'ouvre sans grincer, pesante et bien huilée. Nous plissons les yeux, ma cliente et moi, aveuglées par le soleil qui ruisselle depuis le dôme orné d'une mosaïque de vitraux multicolores. La remise fait environ deux cents mètres carrés, mais c'est difficile à estimer précisément, car elle recèle, en recoin, des alcôves privées fermées par des rideaux de velours bleu. Des escaliers monumentaux en chêne brun façonné s'élèvent de chaque côté de l'entrée, menant à des galeries en mezzanine décorées de suspensions en cristal mauve qui diffractent la lueur d'une dizaine de chandelles.

Comment se fait-il que nous distinguions si bien la lumière des bougies alors que le soleil brille ? demande Mme Cohen. Je comprends qu'il ne s'agit pas d'une question, mais d'une énigme. Si je lui fournis la bonne réponse, elle ne me fera aucune remarque désobligeante sur le fait qu'il n'est pas très généreux de dissimuler une si belle remise à des clients dans le besoin. Je réfléchis un instant. Je fixe la lumière des bougies, puis je scrute le dôme décoré de vitraux. Je pense à la mort. Au sillon que la mort creuse dans la vie, à la façon effrayante qu'a ce sillon de se refermer sur lui-même, happé par la fuite des jours. La terre qui s'est ouverte sous nos pieds, béante de chagrin, si profond qu'on croyait s'y engloutir, s'est comblée. Plus une trace. Les vivants continuent d'être avec les vivants. Les morts nous ont quittés, ils sont avec les morts. Mais ce n'est pas si simple. Les morts, à leur manière, sont aussi avec nous. Ils nous parlent, ils nous taquinent en visitant nos songes, ils apparaissent sous les traits, si ressemblants, d'un inconnu croisé dans le bus, ils se manifestent.

Les bougies brillent malgré le soleil, dis-je à Mme Cohen, nous parvenons à les voir, à discerner leur éclat dans celui, plus violent, du jour, parce que nous avons décidé, vous et moi, de ne pas chasser les morts de notre vie. Nous ne chassons pas non plus les disparus, précise-t-elle. Je lui suis infiniment reconnaissante de prononcer cette parole. Je me sens apaisée et je déclare que je suis prête à tout pour que sa fête soit réussie. Je mets ma remise à sa disposition. Il me faut, ajoute-t-elle, toujours timide, la garantie que la nourriture sera strictement casher, vous comprenez ? Je comprends. Je vais faire des travaux, doubler la surface de ma cuisine, créer deux paillasses en miroir, une pour les aliments lactés, une pour les aliments carnés, je ne ferai pas cuire l'agneau dans le lait de sa mère, je ferai régner la divergence et la séparation. Deux bataillons d'éponges, de la vaisselle en verre, des couverts distincts. Je commande à mon ami de l'avenue de la République un frigo supplémentaire, un four, une table de cuisson, un lave-vaisselle. Je divise mon espace en deux. À un moment, mais c'est très bref, je suis moi-même double : une Myriam lactée, une Myriam carnée.

Le jour où nous devons signer le contrat, Mme Cohen et moi, je plaque la paume de ma main droite contre la vitrine et le tampon « Beth-Din » certifiant que tout, chez moi, est casher s'imprime sur le verre en lettres noires. Mme Cohen est ponctuelle, elle arrive à deux heures. Tout est prêt, lui dis-je, en déployant mes bras pour lui faire admirer mes nouvelles installations. J'ai dépensé vingt mille euros, mais je ne le regrette pas. Je ne ferai pas entrer ça dans le budget. Tant mieux, tant mieux, fait Mme Cohen, très embarrassée, parce que, voilà, je ne sais pas comment vous le dire, mais tout est annulé. Je me suis disputée avec mon mari, vous comprenez? Je comprends. Quand mon mari me regarde, m'explique-t-elle, j'ai l'impression d'être morte. Je n'en peux plus. Je m'en vais. Et Zéki? je lui demande. Comment va-t-il faire, votre fils, Zéki? Où va-t-il trouver un endroit original pour devenir un homme? Mme Cohen ne me répond pas. Elle disparaît. Je me retourne et je contemple ma cuisine strabique, ma cuisine de saoulographe, ma cuisine où tout est double. Vingt mille euros. Je me précipite sur la porte bleue, la porte de la remise. Je me convaincs que cette affaire n'est pas si mauvaise. Sans Mme Cohen, je n'aurais jamais découvert que je disposais d'un cagibi aux allures de palais vénitien. Je vais pouvoir louer cette salle, m'agrandir, organiser des réceptions. La porte a étrangement rapetissé. Je tourne la poignée, les gonds grincent et, tout en s'ouvrant, la porte diminue encore. Je me penche, je dois presque me plier en deux pour pouvoir franchir le seuil. Je parviens à entrer en rampant. Les murs se sont rapprochés. Le dôme s'est obscurci. Les chandeliers à pendeloques de cristal se sont dissous. Seule vacille la flamme d'une unique bougie, dans l'obscurité, si faible, qu'un souffle suffirait à éteindre. Je retiens ma respiration. Je regarde la flamme minuscule qui se consume dans ma remise si amoindrie qu'elle en devient obscure, qu'elle en devient inexistante, qu'elle implose et se fond au cosmos silencieux, à l'immensité interstellaire qu'aucun éclat ne soulage. **Petite flamme.** Nous ne chassons pas non plus les disparus, vous comprenez ? Je comprends.

J'ouvre les yeux à cinq heures avec cette phrase en tête «nous ne chassons pas non plus les disparus». Je pense à mon fils, Hugo.

Je ne l'ai pas vu depuis six ans. Je ne l'ai pas entendu depuis six ans. Je ne sais pas où il est, ce qu'il fait. J'ignore de combien de centimètres il m'a dépassée. A-t-il de la barbe? Chausse-t-il du quarante-cinq? A-t-il eu son bac? S'est-il inscrit à l'université? A-t-il une petite amie? On ne m'en parle pas et je n'en parle à personne. C'est le pacte. Je crois qu'il continue à voir ses grands-parents. Au début, j'ai pensé que je ne résisterais pas à cette torture; j'estimais que c'était injuste et démesuré de me punir ainsi. Je trouvais le complot familial inique. Mais je n'avais ni la force de m'opposer, ni les arguments pour réagir. J'ai accepté mon bannissement, comme celui qui a vendu son âme au diable accepte de brûler en enfer. En vérité, ce n'est pas qu'il accepte, c'est qu'il n'a pas le choix. Mon enfer personnel eut – c'est une chance qu'il me faut bien reconnaître – des allures de purgatoire.

Ce fut d'abord l'errance: valise légère, hôtels éclairés au néon, pied de grue devant la porte close d'amis qui ne savaient pas que j'étais là, à guetter leurs pas dans le couloir ; mes amis dont j'aurais craint de croiser le regard et que j'aurais fuis s'ils étaient sortis. La honte que je ressentais d'exister et d'avoir fait ce que j'avais fait me pétrifiait. J'étais méconnaissable, y compris pour moi-même. Nulle part je ne pouvais me poser, nulle part m'endormir. C'était la traque. Il me fallait trouver du travail. Mon mari, qui avait aussi été mon patron, ne souhaitait plus me voir. J'entrais dans des boutiques, espérant trouver le courage de demander s'ils cherchaient une vendeuse, mais ma valise, que j'emportais partout, suscitait les malentendus : on me prenait pour une touriste, on s'adressait à moi en anglais. Je n'osais pas contredire. Je restais plantée devant les vitrines d'agences d'intérim : secrétariat bilingue – je savais faire ; plombier – je ne savais pas faire ; contrôleur de gestion – je ne savais pas faire ; puéricultrice – hum… Je n'entrais pas. Je redoutais trop d'avoir à rédiger un CV. Je ne pouvais répondre à aucune question. Je ne voulais pas qu'on me parle. Je ne pouvais pas regarder les gens dans les yeux. Je sais, aujourd'hui, qu'il existait des personnes vers lesquelles j'aurais pu me tourner, qui m'auraient accueillie, sans juger. Mais l'infamie se dressait entre moi et quiconque aurait voulu m'aider. J'errais donc. Du matin au soir, éculant mes souliers, ivre à force de ne pas manger, de ne pas dormir. Les journées s'enchaînaient, indistinctes. Je ne sais au bout de combien de temps je renonçai à chercher du travail. Je me contentais d'une longue et lente promenade sans but. J'évitais mon ancien quartier. Je regardais les adolescents. Leur joie m'étreignait le cœur.

Un après-midi où le ciel d'orage était particulièrement menaçant – **nuages** épais d'un gris violet, lumière jaune et parfum de crépuscule –, j'empruntai une impasse sinueuse qui déroulait son étroit serpentin de pavés entre les façades. Les immeubles étaient si rapprochés qu'on les eût dits en conversation. Tout au bout, s'ouvrait, comme une clairière, un terrain vague où trônait un petit chapiteau de cirque, décoré d'une guirlande d'ampoules multicolores. J'avais froid, j'avais faim, j'étais curieuse. Je ne me rappelle pas avoir payé ma place. Il n'y avait que **de** tout petits enfants sur les gradins de bois branlants, quelques grands-mères aussi. Le spectacle avait commencé. Tous les yeux étaient dirigés vers la piste au centre de laquelle un caniche marchait sur ses pattes arrière, tandis qu'un chat parcourait le corps d'un clown sans jamais poser la patte à terre ; il trottinait sur la tête de l'artiste, sur ses bras, agrippé à ses jambes de pantalon, défiant la pesanteur, errant, comme moi, sur un espace extrêmement réduit tout en donnant l'illusion de ne jamais emprunter le même chemin. Le chien faisait rire les enfants, parce qu'il avait un costume, se déplaçait d'un pas rapide et s'arrêtait soudain devant l'un d'eux, l'air courroucé, pour repartir aussitôt dans la direction opposée. Le numéro suivant était accompli par deux jeunes filles élastiques qui marchaient sur les mains, se retournaient comme des gants, abolissant la morphologie, si bien qu'on ne savait plus, au bout d'un moment, si les bras n'étaient pas des jambes, si la tête ne s'était pas dévissée pour aller se planter dans l'abdomen. Elles souriaient sans cesse, dans leurs contorsions, glissaient l'une sur l'autre, se souleyaient d'une main, s'aplatissaient pour disparaître dans le sol et rejaillir soudain d'un bond. Je me mis à applaudir et ce fut la première fois, depuis longtemps, que je crus éprouver quelque chose. Difficile de dire quoi. De l'étonnement peut-être. Ensuite vint celui que j'allais appeler patron, debout sur un cheval, fumant la pipe et lisant son journal tandis que la bête galopait sous lui. Il ne tenait ni rênes ni badine, il s'allongeait, s'asseyait, se relevait, sans jamais perdre l'équilibre et mima si bien le sommeil, à la fin de son numéro, que je me surpris à croire qu'il s'était bel et bien endormi sur sa monture. À son réveil, son regard croisa le mien. Je ne sais comment il eut le temps de me voir, ni ce qu'il vit de moi exactement, car il avait la tête à l'envers et tournoyait à en avoir le vertige. À chaque fois qu'il passait à ma hauteur, ses yeux me cherchaient. Au moment des saluts, il me fixa et j'eus l'impression qu'il me faisait un signe.

Lorsque le spectacle prit fin, je ne trouvai pas la force de me lever. Je voulais rester là, ils devraient me chasser. J'avais vu les filles élastiques, l'homme cheval, le clown aux chats, la fildetériste aux serpents, les trapézistes à plumes, le jongleur footballeur, l'homme araignée. Moi, la femme adultère, moi la femme perverse, moi la femme manipulatrice, la mangeuse d'enfants, je les avais tous admirés et je faisais partie de la troupe.

Le chapiteau se vida. Bientôt les artistes remplacèrent le public dans les gradins, pour se livrer au ménage. C'était plutôt une inspection : on ramassait un gant orphelin, des écharpes abandonnées. J'attendais mon tour. On me souriait. Je ne parvenais pas à sourire en réponse. Je vis l'une des contorsionnistes dire un mot à l'oreille du patron. Il se dirigea droit vers moi, s'assit à mes côtés. Il se tenait très droit, les paumes sur les genoux, le torse bombé. Il sentait le crottin et l'orange. Je n'osais pas tourner la tête.

– C'est quoi ton truc ? me demanda-t-il.

Je n'avais aucune idée de ce qu'il voulait dire. Je ne savais que répondre.

Il frotta sa barbe naissante et reformula sa question.

– Qu'est-ce que tu sais faire ?

Je sais déchoir très vite, fut la première pensée qui me vint.

– Rien, dis-je, si bas qu'il n'entendit pas.

– Quoi ? fit-il.

– Rien, je ne sais rien faire.

J'appris plus tard que c'était ainsi qu'une bonne partie de la troupe avait été recrutée. Ils échouaient, sans prévenir, comme moi, sur les gradins, ne payaient pas l'entrée, restaient après les derniers applaudissements et proposaient leur numéro. La magicienne, le jongleur, la dresseuse de chats, l'avaleur de sabres, la femme aux loups. Tous avaient été charriés par une vague et, telles des algues qui se laissent emporter par les flots, apparemment dénuées de volition, ils s'étaient déposés, silencieux, et opaques, tenant leurs talents cachés, sur les gradins de Santo Salto. Sans m'en douter, j'avais effectué le code, dit le mot de passe, on attendait de me voir accomplir un miracle. Qui sait ce que je dissimulais sous mon imper ? Des lapins nains cracheurs de feu, des cerceaux de cristal que je ferais danser autour de mon corps sans jamais qu'ils se brisent, des cordes et des anneaux grâce auxquels je m'élèverais dans les airs aussi facilement que si j'avais gravi un escalier. Mes rides et mon air fatigué ne démentaient pas l'hypothèse, au contraire. J'ai eu tout le temps, par la suite, d'observer les artistes. D'aucun on ne pouvait, au premier regard, un regard profane, deviner les prouesses époustouflantes dont il était capable. Les garçons souvent courts, râblés, parfois même bedonnants, les filles, pour la plupart extrêmement minces, avaient les dents noires. Certaines acrobates semblaient abîmées, le front strié ; la fildéfériste avait de grosses fesses qu'elle redoutait de voir enfler. Ces gens n'étaient pas particulièrement laids, certains possédaient même une séduction redoutable, mais leur physique était rendu ordinaire par cette collection de petits défauts que l'on accumule naturellement au cours d'une vie. J'étais comme eux. Je n'avais pas accompli d'efforts particuliers pour retenir le cours du temps, j'avais un petit ventre rond, du cal sous les pieds et des cernes sous les yeux. Il n'y avait donc aucune raison pour que, sous mon semblant de normalité, ne fût pas camouflé un talent remarquable, un don comme ils en possédaient tous.

Le patron attendit un moment, puis se lança dans une énumération.

– Sangles aériennes ? Canon ? Mat ? Trapèze ? Fil ? Fauves ? Jongle ?...

On eût dit les perles d'un gros collier lourd. Je ne l'interrompis pas. Je me taisais. Je n'essayais pas de comprendre.

– On a besoin de quelqu'un pour faire à manger, dit-il enfin, désorienté par mon absence de réaction. Tu sais faire à manger ?

– Oui, m'écriai-je.

Si j'avais pu tomber à genoux, je l'aurais fait, mais je manquais de force et d'audace. J'aurais aussi pu lui baiser les mains, me prosterner. J'avais le sentiment très précis qu'il était en train de me sauver la vie ; il fallait cependant l'enfouir, ce sentiment, le garder secret au risque de tout gâcher.

Je serrai la poignée de ma valise et, à cet instant, j'eus l'impression que j'aurais pu, telle Nina ou Volsie, les deux contorsionnistes, tenir un équilibre sur un seul bras, la tête en bas, les pieds pointés vers le ciel, dessinant, comme elles, une ligne parfaite qu'elles faisaient ensuite lentement et imperceptiblement onduler pour donner l'impression, grâce à leur costume orange, qu'elles étaient deux flammes attisées par le vent.

Le patron me fit signe de le suivre et je découvris mon nouveau domaine. Une caravane, toute petite, toute ronde, avec cinq feux au gaz et une table en bois.

– L'eau est à l'extérieur, me dit-il.

– Et pour la vaisselle ?

– C'est les enfants qui s'en occupent.

Enfant, à Santo Salto, on l'était jusqu'à douze ans, pas un jour de moins ou de plus. L'hiver, je regardais par le hublot de ma coquille Georges et Rodrigo, quatre et cinq ans, passer les assiettes au jet glacé en s'éclaboussant. Je craignais pour leur santé. Ils n'étaient jamais malades. « Comment tu crois qu'ils faisaient les gens, avant ? » me répondait-on quand je m'étonnais des méthodes. Et cette question, plutôt que de me plonger dans l'hébétude, m'allégeait le cœur. Les gens d'avant, les gens de maintenant, les gens d'après, c'était pareil.

Ce qui avait été pouvait revenir, ce qui avait existé ne cesserait jamais.

Je m'assieds sur la banquette. Je passe la main dans mes cheveux et j'attends que le chagrin se retire. Il finit toujours par se retirer. Je regarde vers le mur du fond de la cuisine. Il s'agit de vérifier la présence ou l'absence de la mirifique porte bleue. Je sais parfaitement que je ne dispose pas d'une remise et encore moins d'un cagibi somptueux aux airs de salle de bal. J'ignore ce que j'espère. Peut-être croiser le mirage de Mme Cohen, la douanière de l'autre espace, du monde dans lequel les souhaits ont un pouvoir performatif. Que la porte soit et la porte fut. Le monde du rêve n'existe pas moins fort que le monde réel. Quelle est la différence ? Soudain je ne sais plus. Dans le monde des rêves, on n'a pas de soucis, me dis-je. Mais c'est faux, dans les cauchemars, on n'a que ça. Dans le monde réel, les actes ont des conséquences ; c'est cependant aussi le cas dans les rêves. Non, je m'égare. C'est plus général, une question de continuité. Dans la vie, tout s'enchaîne, l'erreur d'hier avec la réparation de demain, la faute du mois dernier avec le châtiment du mois suivant. Dans les rêves, en revanche, les tranches de vie sont étanches. C'est à chaque fois nouveau. Le temps n'existe pas. On échappe à l'irrémédiable et la mort elle-même est congédiée. Je suis sidérée par l'idée que je passe une partie de ma vie dans un univers régi par d'autres lois que celles qui ordonnancent le réel. Je ne sais plus soudain comment faire la différence. Pourquoi l'un doit-il nécessairement l'emporter sur l'autre ? Pourquoi est-ce toujours le même qui gagne ? Reviens, douanière, implore mon œil de côté. Reviens me délivrer de l'assommant présent. Mais c'est impossible, je reste prisonnière du temps.

La journée d'hier, qui a été une bonne journée, je ne l'ai pas aimée. Je me rends compte qu'être chien parmi les chiens ne me convient pas. Je ne veux pas que les gens entrent chez moi comme dans un moulin. Je veux qu'ils sachent pourquoi ils viennent, qu'ils sentent qu'ici tout est différent. Je désire accomplir mon rêve ; aller au bout de ma vision et si le succès menace de m'en détourner, j'anéantirai le succès. Quoique le succès soit un bien grand mot. Hier – malgré l'affluence – je n'ai fait que la moitié du chiffre d'affaires quotidien nécessaire à rembourser l'emprunt. La moitié seulement et je suis déjà à bout, malade, à jeter.

Je prends une douche froide dans mon évier. Je hurle, debout, sous le jet qui me glace et m'endurcit. Je serre les dents sous la cascade de flèches, dans la nuit, et ma peau se hérisse et se gonfle, mes muscles se défendent, ils se courbent et se cabrent, mes rondeurs s'arrondissent et mes creux se creusent. Je pense aux baptêmes, forcément, et je m'agace moi-même de toujours revenir à l'enfance, de ne pouvoir m'en affranchir, d'y être attachée comme le pirate à sa carte au trésor. Que puis-je bien chercher ? Pourquoi vouloir transformer un restaurant en cantine ? Pourquoi servir des saucisses frites quand on sait cuisiner un gigot de sept heures ? Je veux retrouver, retenter, réparer. Ça m'énerve mais je ne peux rien faire d'autre. Maintenant que j'ai eu mes idées géniales, il faut que je les mette à exécution et si je dois refuser du monde pour ça, barrer la route aux

105

employés de banque pour l'ouvrir aux bambins du CP, je le ferai. Désolée j'ai une réservation pour dix-huit carottes râpées / croque-monsieur, je ne vais pas pouvoir m'occuper de vous. Je songe à ma victoire stupide. Troquer des repas à vingt euros contre des pique-niques dix fois moins chers. Faites place, la reine des affaires s'avance, elle va vous réapprendre le capitalisme, elle va redessiner vos courbes de progression. Si quelqu'un a pu penser, un jour, que le plus court chemin entre deux points n'était pas, comme on l'avait longtemps cru, la ligne droite, il n'y pas de raison pour que je ne puisse pas concevoir un système au sein duquel l'accumulation ne serait pas seule garante du profit. Je veux croire qu'il y a, là aussi, dans mon petit domaine, quelque chose à inventer.

Je ressors mes listes du tiroir où je les avais rangées et j'étudie mes propositions. Fruits de l'ivresse nocturne, elles luisent dans l'aube grise. Chaque mot que je lis est comme un lampion coloré qui dispense une clarté bienfaisante. Je dois effectuer un certain nombre de recherches sur Internet concernant des prix, des adresses, mais je n'ai plus d'ordinateur, je l'ai vendu chez Cash Converters pour une bouchée de pain. Je m'habille et je sors dans le petit matin craquant pour me rendre au marché. Le boulevard est désert, les maraîchers déchargent. J'achète, dans le silence clandestin qui précède l'arrivée des clients, des kilos de légumes, de viande, de poisson. Je ne compte pas, je ne pense à rien, je me laisse guider par mon instinct sans m'appuyer sur des menus prévisionnels. Je me déplace d'un étal à l'autre, comme un spectre. Mon chariot est plein, mon sac à dos aussi. Je croule sous les marchandises et je bande mes muscles, comme un haltérophile, pour rentrer jusque chez moi. Au moment où j'arrive devant mon rideau de fer, le soleil jaillit entre deux immeubles et dessine un triangle doré sur le métal. Je laisse tomber mon sac, je lâche la poignée de mon chariot et je respire. Il est huit heures et toutes les courses sont faites. Je suis en avance. J'aurai le temps de passer à l'*Internet Café* du coin pour résoudre quelques-unes de mes énigmes.

– Je peux vous aider ? demande une voix dans mon dos.

Je sursaute.

– Je peux vous aider ? demande à nouveau la voix.

C'est ainsi que les anges apparaissent, tombés du ciel, sans un bruit pour prononcer la parole absurde et tant attendue. J'éclate de rire, comme fit Saraï le jour où l'ange lui annonça, alors qu'elle avait quatre-vingt-dix-neuf ans, qu'elle accoucherait bientôt d'un fils. Moi aussi, je me sens vieille et terminée. Qui pourrait m'aider et comment ?

Le jeune homme s'approche et tend une main vers mon sac. Il est grand, très mince et porte un pantalon rayé bleu et blanc évasé vers le bas. Il a les genoux en X et se tient penché sur le côté, comme s'il essayait de passer une porte toujours trop basse pour lui. Son buste est mal emmanché dans ses hanches, sa tête est de travers. Ma vue se trouble.

– Vous ne vous sentez pas bien ? me demande-t-il.

– Si, si, ça va aller. C'était un peu trop lourd, tout ça, je crois.

– Si vous m'ouvrez, dit-il, je pourrai porter vos commissions à l'intérieur.

Je trouve que ce jeune homme parle comme un vieux monsieur. La seule personne que j'aie entendue dire commissions pour courses était mon grand-père ; il était toujours en costume et chapeau et ne sortait pas sans son cabas. Je me demande si je possède, moi aussi, dans mon vocabulaire, certains mots qui trahissent quelque chose d'immaîtrisé, d'inconnu, une vérité qui m'échappe. Je ne peux m'en rendre compte ; de la même manière que je ne connaîtrai jamais vraiment mon profil ou mon dos – ces parties de moi familières aux autres et étrangères à moi-même.

Le jeune homme qui s'exprime comme un vieillard s'appelle Ben. C'est Simone et Hannah qui lui ont dit de venir me voir.

– Simone et Hannah ? je demande.

Je ne vois pas de qui il veut parler.

– Simone et Hannah, répète-t-il. Elles m'ont dit que vous aviez besoin de quelqu'un.

– Vous cherchez du travail ?

Nous sommes assis chez moi et le soleil jette sa lumière à grands seaux sur les tables.

Il ne répond pas.

– Je ne peux pas me permettre d'engager quelqu'un, lui dis-je, désolée.

Il ne réagit pas. Il se lève et entreprend de ranger les courses dans le frigo. Ses gestes sont si doux. Il s'age-nouille et se redresse, se penche et ploie, il soulève et dépose avec grâce, malgré son air de pantin mal emboîté.

– Arrêtez, lui dis-je. Je viens de vous expliquer que je n'avais pas d'argent. Vos amies n'ont pas compris. Elles ne savent pas. Elles n'ont aucune idée de ma situation.

– Elles m'ont dit que vous aviez besoin de quelqu'un, répète-t-il.

À cela, je ne peux rien répliquer. C'est la vérité.

Je regarde Ben se déplacer dans ma cuisine comme s'il la connaissait par cœur. Il classe parfaitement les aliments, repère les secteurs les plus froids du réfrigérateur, réserve les plus tempérés aux produits fragiles. Une fois qu'il a terminé, il glisse mon chariot sous le comptoir, replie mon sac à dos et le fourre à l'intérieur, puis il saisit une éponge et nettoie la paillasse.

– Vous êtes serveur ? dis-je.

Sans un mot, il saisit quatre assiettes dans le placard, les dispose sur son avant-bras droit, son poignet, le coussinet de son pouce et le reste de sa main, puis du bout des doigts de la main gauche il attrape deux longs plats – dont je connais le poids, un poids problématique – et les installe en équilibre du creux du coude au plat du poignet en les faisant glisser. Sa main redevenue libre saisit deux verres à pied. Ben valse sur lui-même, circule d'une table à l'autre, faisant tournoyer la vaisselle, qui passe par-dessus sa tête pour redescendre au niveau de sa poitrine et se dissimuler dans son dos. Je me crispe, anticipant la casse. Il a l'air si maladroit, faiblard et tordu. Au terme de ce ballet, il pose une assiette par table, les deux plats, chacun à un bout du comptoir, puis il lance les verres en l'air, les regarde dessiner des roues de feu dans le soleil rouge du matin, et les rattrape au dernier moment. Il en glisse un dans ma main et trinque avec l'autre.

Je plonge la tête entre mes bras croisés. Je tente de le congédier mentalement. J'ai trop imploré la douanière. Mme Cohen m'a envoyé un serveur de rêve, les deux mondes sont entrés en collision. Je suis victime d'une hallucination. Une bribe de songe, sous la forme d'un Pinocchio géant, s'est glissée dans mon existence diurne. C'est la fatigue, me dis-je. Si je me concentre, il disparaîtra. Je ferme fort les yeux et je les rouvre.

Ben est toujours là.

Il m'agace.

Son sourire m'agace.

Son silence m'agace.

Mais je ne peux pas me payer le luxe de me passer de lui. S'il existe vraiment, il va travailler pour moi, et ça commence immédiatement.

– Je dois aller à l'*Internet Café*, lui dis-je. Tu peux éplucher et râper les carottes ? Le robot est dans le placard en bas à droite. Si tu as fini avant mon retour, lave les salades et mets le gruyère à tremper dans du lait. Sors le beurre pour qu'il ramollisse.

Le tutoiement scelle notre contrat d'embauche.

– Je rentre dès que possible.

– Prenez votre temps, me conseille-t-il aimablement.

– Tu peux rester jusqu'à quelle heure ?

Il hausse les épaules.

C'est extraordinaire, me dis-je, en voguant dans l'or frais du matin, j'ai un esclave ! Un vaste sourire me fend la mâchoire.

Mais non ! Je suis si naïve. Il va voler dans la caisse. Je l'ai laissé seul. Il a les clés. Il va prendre le chéquier professionnel. Il va emporter les courses. Paradis de l'enfance, paradis de la jeunesse, paradis corrompus. Tous des délinquants ; les jeunes. Des pourritures, aucun respect. Ils vont tout nous prendre, ces salauds. Ils nous détestent, ils nous en veulent de confisquer les biens et de ne pas céder la place. Ils ont la vigueur qui nous manque et l'audace que nous craignons tant. Ils se vengent. C'est un réseau. Simone et Hannah sont venues en éclaireuses, elles m'ont observée, elles ont transmis les informations à Ben. Il profite de mon absence pour mettre mon pauvre petit restaurant à sac.

Voilà, c'est bon, je suis dans le réel. Le réel, c'est quand les choses se passent très mal et s'enchaînent admirablement. Le rêve, à l'inverse, c'est quand tout se passe très bien, mais sans lien. Je continue néanmoins de sourire. Je m'en fiche. Qu'il prenne ce qu'il veut. Il n'y a rien dans mon tiroir-caisse et mes chèques sont en bois. Je ne crois pas à l'ange, mais je ne redoute pas plus le démon. Qu'il me dépouille. Je veux bien être victime de cette machination.

L'endroit où je consulte Internet sent la cigarette et la bière. Le café y est infâme, servi dans des tasses épaisses et laides. Le sucre est mouillé, la cuillère louche. Heureusement, je ne suis pas aussi tatillonne que certaines de mes nouvelles connaissances. Le courant d'air qui s'insinue sous la porte me glace les pieds et bientôt je grelotte. Mais rien ne m'arrêtera, ni l'amertume fade du café, ni le maigre confort qu'on me propose ici. Je suis venue surfer et je compte bien me laisser emporter par la vague. Je m'attarde sur le site tentaculaire de la mairie. J'explore les activités sportives et les cours du soir pour adultes. Je me réinvente une existence dans laquelle je passerais mes fins d'après-midi à apprendre le russe, le tchi-kong et l'art de l'estampe. Je prends note des tarifs de restauration scolaire et me documente au passage sur les normes nutritives. Les conseils des diététiciens me donnent le tournis. Je pense que le régime alimentaire est devenu notre seule idéologie. C'est affreux.

Pour me remonter le moral, je flotte vers les îlots virtuels des traiteurs. Je suis fascinée par les prix et les appellations. Tout ici est détail, tout ici est luxe. Ce n'est plus de la cuisine, c'est de l'alchimie. Ce n'est plus de l'argent, c'est un budget. Je vois défiler des rouleaux d'écume de fraise, des bâtonnets d'anguille fumée, des fagots d'algues et de champignons mêlés, des croustillants d'épices, des miels de poutargue. Sur les photos, des pyramides, des ponts à trois arches, des palais à étages, des balcons, des terrasses, des ouvrages d'art au service de la bouche. J'admire un Golden Gate Bridge en nougatine, une tour Eiffel en choux à la crème, un Sacré-Cœur en meringue. On me propose un repas complet pour cent euros par personne composé d'une ribambelle de micro-bouchées qui s'offrent à moi en rang, sur une nappe blanche. Toutes m'évoquent les invraisemblables chapeaux peuplant les gradins d'un champ de courses anglais à la fin du dix-neuvième. Je dessine mentalement une petite silhouette de bonne femme sous chaque toque. Votre capeline esturgeon-radis noir est du meilleur effet, lady Winchester. Je suis folle de votre bibi saumon-salicorne, très chère. Les petits fours entrent en conversation. Je les écoute, repoussant à l'extrême l'étape suivante, celle des pages jaunes, dans lesquelles je trouverai, ou ne trouverai pas Ali Slimane.

J'ai le sentiment que mon salut dépend de cette

recherche. Si je le déniche, je suis sauvée, s'il n'apparaît pas, je suis maudite.

Après avoir organisé le mariage d'un lord coiffé d'un haut-de-forme truffe au champagne avec une lady en béret de concombre et rouget en aspic, je quitte Ascot pour la région parisienne ; j'abandonne les tribunes en pente parfumées d'eau de cédrat et noyées dans la mousseline pour me rouler dans le blé coupé ras des plaines de Beauce et de Brie. Slimane. Orthographe voisine Ben Slimane. Étendre la recherche aux départements voisins. Je roule de l'Oise à l'Aisne, je pousse jusqu'à l'Aube, me perds dans le Loiret, retourne en Seine-et-Marne. Je cherche par activité, j'abandonne le prénom. Dans l'Eure, enfin, il se dresse : Ali Slimane, Chemin du Vavasseur, 27600 Monsigny-en-Vexin. Seul au sommet d'une colline, je le vois. Ses paupières mornes sur ses yeux douloureux luisent, hérissées de cils comme des bogues de châtaignes. Une cigarette au coin des lèvres, il contemple son ouvrage d'automne : le maïs qui gonflait le poitrail du champ jusqu'au ciel a été récolté, la terre s'offre à nouveau nue, piquetée de tuyaux secs et beiges, le ciel peut redescendre jusqu'à elle et s'y coucher, l'édredon d'épis a disparu. M. Slimane rentre tard à la ferme. Il ne sait pas que je vais lui téléphoner. Il ne se souvient pas de moi. Il ne pense jamais à moi. Que lui dirai-je ? Comment me reconnaîtra-t-il ? Je suis la cuisinière du cirque. Ainsi, il saura.

Lorsque je rentre chez moi, tout est en place, les ordres ont été exécutés, les corvées accomplies. Ben est assis sur la banquette en moleskine, le dos droit, la tête démanchée à la manière d'un flamant rose. Il m'attend. Il n'a rien détruit, il n'a ni saccagé ni pillé, il m'a obéi.

— Ça s'est bien passé ? me demande-t-il.

— Oui. J'ai trouvé ce que je cherchais. Et toi ?

Ben ne répond pas. Il penche la tête encore un peu plus. Je crains qu'il se rompe le cou.

Je lui explique qu'on va établir un double menu. Il ne comprend pas.

— On va faire à manger pour les grands et faire à manger pour les enfants.

— Comme à l'*Hippopotamus* ? demande-t-il.

Cette fois, c'est moi qui ne comprends pas. Il s'explique.

— Vous voulez faire un menu enfant ? Ça s'appelle comme ça, le menu enfant, c'est du jambon et des frites, ou alors du steak haché. Moi je n'aimais pas ça quand j'étais petit. Je voulais manger comme mes parents.

— Non, non. Ce n'est pas du tout mon idée. Je veux faire une nourriture attrayante pour les petits mais que les grands puissent manger aussi. Je veux que tout le monde se sente à l'aise ici, tu vois ?

— Alors on n'appellera pas ça un menu enfant ?

— Non.

— On appellera ça comment ?

— Ça n'aura pas de nom, dis-je.

Et, soudain, c'est comme une illumination. Chez moi, rien n'a de nom.

— Tu as remarqué ? Je n'ai pas d'enseigne. Il n'y a pas écrit «Restaurant» au-dessus de la porte.

— Vous êtes contre les noms ? me demande-t-il, d'une voix dubitative.

– Oui.

– Et comment les gens sauront ?

Ce garçon pose les bonnes questions. Les questions auxquelles il n'y a pas de réponses. Je me mords la lèvre. Il s'agite ; je vois qu'il cherche une solution, qu'il veut me secourir.

– Je leur dirai, propose-t-il. J'irai dans la rue et je distribuerai des tracts. Je trouverai un moyen de leur faire comprendre. J'expliquerai sans jamais rien nommer.

Ben s'enflamme. Je lui dis qu'il ne faut pas tomber dans les extrêmes. Je suis contre les noms, si les noms enferment dans des catégories, mais je ne suis pas contre les mots.

Il hoche la tête vigoureusement.

– Aujourd'hui, je peux rester jusqu'à seize heures, annonce-t-il, passant du coq à l'âne et répondant à une question que je lui ai posée une heure et demie plus tôt. Après, j'ai cours, précise-t-il.

– Tu es étudiant ?

– Oui. Serveur et étudiant.

– En quoi ?

– En sciences politiques.

– C'est très difficile, ça, non ?

– Très, confirme-t-il avec la gravité qui convient.

Nous nous partageons le travail. Il s'occupe de la nourriture simple et moi des plats compliqués. Il beurre des tranches de pain de mie et assaisonne les carottes tandis que je prépare le tajine de poisson, le minestrone et le pressé de chèvre aux herbes et aux olives. Ben est d'une docilité exemplaire, presque inquiétante. Il est précis et soigneux. Il ne parle pas spontanément, mais il répond quand je l'interroge.

Je veux savoir comment il a connu Hannah et Simone. Il ne se rappelle pas.

— Comme ça, dit-il.

Il considère que c'est une réponse.

— Tu les connais depuis longtemps ?

— Assez

— Combien ?

— Je ne sais pas. Depuis la crèche.

Il a toujours habité dans le quartier. Il connaît tout le monde. Il trouve que j'ai bien fait d'ouvrir un restaurant. Ça manquait. Surtout un endroit « comme ça ». En bavardant avec lui, je me rends compte qu'il a subtilement changé de registre, du lexique de grand-père, il a glissé vers un langage plus jeune, vague, imprécis. Il utilise énormément les mots « machin », « truc », « bidule », et la locution « comme ça ». Je considère que c'est par égard pour moi, car il a compris à quel point les noms me blessaient, les termes trop précis, trop définitifs, ceux qui désignent et jugent dans le même temps, ceux qui appellent et classent. Je lui demande s'il vit chez ses parents. Il me dit :

— Oui, mais sans mes parents.

— Où sont tes parents ?

— Au cimetière.

— Désolée.

— Pas moi.

— Tu as hérité ?

— Oui.

— Tu es très riche ?

— Non.

— Il faudrait que nous parlions de ton salaire, lui dis-je.

– Vous m'avez expliqué que vous ne pouviez pas me payer.

– Mais il ne faut pas accepter ça, Ben. C'est très grave. Je ne peux pas te payer, mais je ne peux pas non plus payer les deux colins que j'ai achetés au marché, le prochain loyer, l'électricité. Je ne peux rien payer, mais je paye tout. Alors autant que je te paye, toi aussi.

– Ce n'est pas la peine, dit-il.

– Si, c'est la peine. C'est juste impossible autrement. Si tu refuses d'être payé, tu t'en vas, tout de suite. Je ne veux plus te voir.

Ben a l'air chagriné.

– Les autres, tes anciens patrons, ils te payaient, eux ?

– Oui.

– Alors pourquoi pas moi ? Pourquoi je n'aurais pas le droit de te payer ? Parce que je suis trop pauvre ? Parce que je suis une femme ?

Il secoue la tête. Ses yeux s'affolent. Il lève les mains près de son visage, comme s'il craignait de recevoir un coup. Je me demande ce qu'on lui a fait subir. Comment ce corps en pièces détachées s'est fabriqué. À quel traitement il a été soumis pour être si docile, à quelle éducation pour être si craintif.

– Je veux…

Il hésite un instant.

– … je veux changer le monde, avoue-t-il en rougissant. Hannah et Simone m'ont parlé de vos… de vos méthodes. Ça m'intéresse. J'ai l'impression que vous tentez quelque chose. Je veux faire partie de l'expérience.

Mon pauvre chéri, me dis-je en moi-même. Que pourra t'apporter l'expérience de la faillite ?

– De quoi tu parles ?

– Elles m'ont dit pour le tarif à vie. Elles m'ont aussi dit que c'était un secret. Je n'en parlerai à personne. Je vous jure.

Je lui explique qu'il ne s'agit pas d'une méthode, que c'est plutôt une tactique de fidélisation, qu'il n'y a rien de nouveau là-dedans, ni de noble, rien qui ressemble de près ou de loin à un idéal.

– N'espère pas faire un stage chez moi. Je ne pratique ni les sciences, ni la politique. Je ne te serai d'aucune utilité dans tes études. Tu vas perdre ton temps. Tout travail mérite salaire. Tu l'as déjà entendu ça ? Même si le travail en question est intéressant, même s'il procure du plaisir ou qu'il apporte un enseignement. Tu veux changer le monde, c'est bien joli, mais moi, je veux juste faire marcher ma boutique. Pas de malentendu entre nous, Ben. Si tu travailles ici, c'est pour gagner ta vie.

Je ne crois à rien de ce que je dis. Je m'étonne moi-même au fur et à mesure que les phrases sortent de ma bouche : des phrases toutes faites, des banalités destinées à nous préserver lui et moi et notre mégalomanie, de notre enthousiasme ridicule, de notre foi pathétique et injustifiée dans le progrès et l'amélioration de l'humain par lui-même.

– Et la nourriture pour enfants ? demande-t-il.

Il accomplit un effort poignant pour me tenir tête.

– Qu'est-ce qu'elle a la nourriture pour enfants ? dis-je, sèchement.

– Elle a que c'est de la politique, marmonne-t-il.

Vous ne le faites pas pour gagner plus d'argent, sinon, vous appelleriez ça un menu enfant, vous le faites pour plus de justice, pour plus d'égalité.

Ce que dit Ben est vrai, mais la solennité qu'il y met, au lieu de renforcer mon désir de lutte, d'attiser ma sublime ambition, flétrit mes espoirs et les fait paraître minables. Comment a-t-on pu en arriver là ? Comment avons-nous pu façonner un monde dans lequel les conjurés se réunissent pour parler de recettes ?

Quelques semaines plus tard, quand je revois Simone et Hannah, je leur demande si Ben est normal. Elles comprennent aussitôt le sens de ma question et répondent en chœur.

– Ah, non, non, non. Il n'est pas normal du tout. Mais c'est un super serveur, non ? Vous êtes contente, ça marche mieux depuis qu'il est là, hein ?

– Et ses études ? je leur demande.

– Il a sauté plein de classes. Pourtant il est un peu attardé, mais…

Elles ne savent pas, ne comprennent pas, elles s'embrouillent. Elles ne veulent surtout pas que je m'imagine qu'elles ne l'aiment pas. Elles l'adorent. Elles pensent que c'est le meilleur serveur du monde. Elles n'auraient jamais dû me dire ça. Oh, pourquoi l'ont-elles dit ? Elles se lamentent. Elles ont peur que je le renvoie à cause d'elles.

– Pourquoi c'est le meilleur serveur du monde, selon vous ?

– Parce qu'il aime ça, me répondent-elles.

– Depuis quand vous le connaissez ?

– On l'a rencontré l'année dernière, il travaillait au *Shamrock*, le café à côté du lycée.

– Vous ne l'avez pas connu à la crèche ?

Elles ne comprennent pas ma question. J'abandonne. Ben raconte des sornettes, mais il lui arrive aussi de dire la vérité. Il habite vraiment le quartier depuis toujours et c'est vrai qu'il connaît tout le monde. Je le constate dès son premier jour chez moi. Alors que nous terminons de ranger la cuisine, Vincent surgit, une rose à la main. Il n'a pas l'air surpris de voir Ben chez moi. Il lui fait une bise, m'offre la fleur et s'assied.

– Un café ?

– Si tu veux.

– J'ai engagé Ben comme serveur, lui dis-je.

– Bonne idée, commente-t-il distraitement.

Il pianote sur la table. S'affale. Se redresse. Il est nerveux. Il entonne un air, le siffle. Il se lève, se dirige vers la bibliothèque. Se rassied.

Je lui sers son café et m'installe face à lui. Il m'adresse un sourire bouche fermée qui lui donne un air de grenouille.

– Toujours cette bonne grosse patate ?

Il hoche la tête sans desserrer les dents.

– Tu sais, finit-il par me confier à voix basse. À propos de ce que j'ai dit l'autre jour, je ne le pensais pas.

Un trou de mémoire de la taille du lac Michigan se déploie en moi. À quoi peut-il bien faire allusion ?

– Enfin, si, dit-il. Je le pensais, mais ça ne veut pas dire que… tu vois ? Ça ne veut rien dire, c'est juste une réflexion, comme ça, une constatation. Je ne fais pas de généralités.

Ça me revient, les juifs et l'argent. Pauvre Vincent. Le voilà tout coupable.

– Je m'en fiche, lui dis-je.

– Comment ?

Il est froissé, c'est terrible.

– Je me fiche de ces histoires. C'est beaucoup plus simple qu'on ne croit, ou beaucoup plus compliqué.

Pendant que nous parlons, pendant que je tente d'expliquer à Vincent que je ne pense pas qu'il est antisémite, pendant qu'il essaie de me faire dire que je suis juive, pendant que nous bataillons sur des territoires distincts, des territoires qui ne sont pas même contigus, lui s'acharnant sur le bien-pensant, moi m'échinant sur le bien-penser, il se passe quelque chose dans le restaurant. Je ne m'en rends pas immédiatement compte car je suis trop absorbée par notre querelle, mais tandis que nous nous heurtons, la salle s'emplit. Des clients sont attablés, certains sont même debout devant le comptoir. Il y a deux types en salopette, une femme à lunettes en manteau chic, un petit bonhomme chauve en imper et écharpe croisée dans son col. Ben fait le service, il apporte des cafés, un petit blanc sec, et déniche je ne sais où ni comment un jus d'ananas. Je dois me rendre à l'évidence, *Chez moi* est devenu un bar. Des cigarettes s'allument, des cendriers fleurissent. Un homme d'une cinquantaine d'années, l'air efficace, pousse la porte et dit :

– Salut Ben, un café s'il te plaît.

– Ça marche, docteur, répond mon serveur.

Les ouvriers en salopette règlent leurs consommations.

– À plus tard, Ben, disent-ils en partant.

– Qu'est-ce que c'est que ce bordel ? je demande à Vincent.

Je tourne lentement la tête, d'un côté, de l'autre. Je regarde ces inconnus qui sont entrés chez moi sans que je les y invite. Il n'y a quand même pas écrit service continu sur la vitrine, je n'ai pas ouvert une brasserie, ni un bar. Mais c'est trop tard. Mon défaut d'identification m'a joué un tour inattendu. Je n'ose pas me lever. Aux yeux des autres, je passe sans doute pour une cliente, car je suis attablée, avec un ami, devant un café. Je ne sais pas si j'apprécie le sentiment de dépossession qui m'envahit. Pourtant j'éclate de rire.

– C'est un gosse du quartier, me dit Vincent comme si cela suffisait à expliquer la soudaine popularité de mon restaurant. Tout le monde le connaît. Il a eu une vie, comment dire ? Un peu particulière. Il a beaucoup traîné dans la rue. Ses parents…

Il s'interrompt, non parce qu'il rechigne à me dévoiler les secrets de famille de mon nouveau serveur, mais parce que je me lève d'un bond pour demander à Ben à combien il a mis le café. Nous n'avons pas eu le temps d'en parler. La caisse enregistreuse a sonné plusieurs fois. Comment puis-je être aussi désinvolte ?

Tout bas, Ben m'explique qu'il compte le café à un euro en salle et soixante-quinze centimes au comptoir. C'est bon marché, il le sait, mais il a pensé que ça correspondait bien à mon style. Pour le blanc sec, c'est le contraire, il l'a estimé à trois euros. C'est très cher, mais si on ne pratique pas des tarifs repoussoirs pour l'alcool on va se retrouver avec tous les poivrots du secteur. Il voit bien que je ne saurai pas m'y prendre avec ce genre de clientèle, pas la peine de commencer.

– Et le jus d'ananas ?
– Deux euros vingt.

Je me demande d'où viennent ces vingt centimes. Ils viennent de son imagination et de son sens du commerce. Deux euros vingt, ça sonne vrai. Ça donne l'impression de gagner les trente centimes qui boucleraient un compte rond et que, du coup, on les laisse en pourboire en ayant quand même l'impression d'avoir fait une affaire.

Au moment de partir, Vincent dépose un euro sur la table. Je regarde la pièce. Elle brille, petite lune montante, sur le formica lie-de-vin. Elle m'annonce l'ère nouvelle. J'hésite à la prendre. Je lève les yeux vers Vincent qui sourit.

— Mazel tov, me dit-il.

Avec Ben, nous sommes convenus d'un mi-temps. Vincent m'a aidée pour les cotisations, l'Urssaf et toutes les paperasses. Je suis devenue une patronne. Je collectionne les charges, les commandements de payer, les bordereaux d'huissier. C'est un genre d'herbier malfaisant qui enfle et me menace. Je ne classe rien, j'empile, je cours à la catastrophe, mais le sentiment est si familier que je peine à m'en défendre. Ma vie, que j'aurais voulue si simple, se complique sans cesse et je constate qu'à l'opposition, déjà fort inquiétante, entre monde réel et monde du rêve s'en ajoute une autre. À présent, je dois aussi faire la différence entre un univers actuel et un univers virtuel. L'actuel, c'est ce qui se passe dans mon restaurant chaque jour : les clients, les commandes, la nourriture qui arrive et repart, les livraisons de boissons, le mijotage des plats, l'épluchage des légumes, les additions, les rouleaux de pièces, les billets, les chèques, les réservations, les habitués, le chahut, le doux chahut des enfants et des adultes réjouis. Le virtuel, c'est ce qui m'arrive par la poste et se perd aussitôt dans le labyrinthe de mes tiroirs : des formulaires, des assignations, écrits dans un langage que je trouve barbare et auxquels je ne condescends pas à répondre, des chiffres qui s'accumulent toujours dans la même colonne, la colonne des débits. Je me sens comme ces terres assoiffées, dont les nappes phréatiques épuisées ne suffisent plus à lier l'humus craquelé, ces terres stériles que les orages d'été lessivent sans jamais les abreuver. Je ne sais comment, mais l'argent qui entre dans ma caisse ne parvient jamais jusque dans les sombres canalisations asséchées, pas la moindre goutte pour étancher la soif du monstre de papier.

Un matin, Ben me dit qu'on ne peut plus continuer comme ça.

– C'est de la fuite en avant, me dit-il.

– Mais ça marche, non ? Le restaurant ne désemplit pas. Depuis que tu es là, les gens se bousculent pour entrer. On fait trois services le midi et trois services le soir. La mini-cantine fonctionne. L'activité traiteur sera bientôt sur pied.

Sans dire un mot, Ben ouvre les tiroirs du minuscule bureau coincé entre l'évier et le placard, un meuble récupéré près d'une poubelle, rue de la Folie-Méricourt, et qui me sert alternativement de secrétaire, de billot et de table de nuit. À mesure que les casiers sortent en rampant le long des glissières, des liasses de papiers multicolores dégueulent sur le carrelage. La honte m'étreint la poitrine. Je baisse les yeux. Je me demande si je m'affranchirai un jour de ce sentiment. Je voudrais m'excuser auprès de Ben, lui demander pardon de lui faire endosser ce rôle. C'est le monde à l'envers. Je suis l'aînée, je devrais le protéger, lui apprendre, le conseiller. Ben n'a aucune expérience, il faudrait qu'il se repose sur moi, qu'il s'en remette à mon jugement, qu'il écoute le récit de mes édifiantes aventures et récolte les fruits de ma sagesse. Mais non, c'est l'inverse. Il perçoit mieux les pièges que moi, il est raisonnable et mûr. Il me demande dix euros pour aller à Office Dépôt.

– Qu'est-ce que c'est ? je demande, effrayée, car j'ai peur – à cause de ce mot « office », qui fait religieux, qui fait sanction, et de cet autre mot « dépôt », qui évoque le dépôt de bilan, la faillite – j'ai peur que Ben aille me dénoncer au fisc ou à je ne sais quel autre organisme, qu'il remette mes dossiers entre les mains de la police.

– C'est une papeterie, répond-il.

– Tu ne trouves pas qu'on a déjà assez de papiers comme ça ?

Il rit. Il me rassure. Il prétend qu'il va tout arranger.

Il sort, et sa silhouette hoquetante dans le brouillard de ce début d'hiver me bouleverse. Où vas-tu, petit poussin ? Comment sauveras-tu la vieille poule inconséquente ?

En attendant son retour, je prépare des sablés que je servirai avec des figues au whisky et un sabayon vanille. J'enfourne des épaules d'agneau à l'ail après les avoir enduites de harissa, je blanchis des côtes de céleri et de blette que je glace au sucre roux. Je coupe des grains de raisin en deux. Je pense grains de raison. Je contemple l'intérieur du fruit, sa chair verte, lisse et aqueuse. Une larme tombe sur la surface miroitante, une autre la suit, le raisin déborde. Voilà que la marée remonte, me dis-je. Digue ! Digue ! Digue ! chante mon cœur. Une digue entre moi et moi-même. Comment éviter que les souvenirs refluent ? Comment détacher sa conscience du passé ? Comment faire pour que rien n'évoque, pour que rien ne dénote, pour que rien ne rappelle ? Comment abolir l'écho ? Pourquoi la vie consiste-t-elle en cet inépuisable ressassement ? Ne guérit-on jamais de nos amputations, de nos mutilations ? Et pourquoi toujours les mêmes erreurs ? Comme si on était amoureux de sa propre bêtise, de sa propre incapacité à faire ce qu'il faut comme il faut. J'ai le sentiment que n'importe qui à ma place, avec la chance que j'ai eue (obtenir un emprunt sur de fausses garanties, bénéficier de l'appui des voisins, embaucher le meilleur serveur de Paris), aurait géré *Chez moi* avec clarté, avec efficacité. Quiconque, à part moi, aurait su faire de cette entreprise un modèle. Mais voilà, il faut toujours que ma désorganisation s'en mêle. Je finis systématiquement – c'est une maladie, ah, comme je souffre, comme j'aimerais en guérir – par faire n'importe quoi. Je ne suis pas fiable. Je suis comme un drogué, instable, furtif, dangereux. Je vois les épisodes se reproduire, se répondre les uns aux autres, comme le point et son contrepoint. Les personnages se ressemblent : ils sont jeunes et ils jugent. Le tribunal de Ben, si doux, si indulgent, réincarne le tribunal d'Hugo, le procès du fils contre sa mère. Ils avaient tous deux raison et j'ai eu deux fois tort.

Pourtant je m'efforce, je suis perfectionniste à ma manière. Dans un premier temps, mon énergie, mon inventivité font des miracles. N'ai-je pas été une mère exemplaire ?

Je tente de recoller les deux moitiés du grain de raisin. Elles coïncident parfaitement. Le sel des larmes me brûle les joues.

N'ai-je pas été une mère parfaite ?

Plus de trace du couteau sur la peau du fruit, pas une cicatrice, le grain est intact, son enveloppe translucide le protège.

N'ai-je pas été une mère irréprochable ?

Les larmes redoublent. Mes mains tremblent. Je lâche le grain de raisin qui tombe sur le sol, éclaté.

Les pulls, toujours doux. Pas une écharpe qui gratte. Pas un bonnet ridicule. Les pantalons, jamais serrés à la taille. Les tee-shirts, propres, propres. Les chaussures, confortables, accueillantes. Tous les soirs, une histoire, un conte, un récit mythologique. À table, des produits frais, colorés, des assiettes comme des fleurs, comme une mosaïque de champs, un paysage. Au plafond de sa chambre, je colle toutes les étoiles phosphorescentes selon le modèle. Je manque me tuer en grimpant sur l'escabeau, mais je n'en démords pas. Nous lisons la carte du ciel, ensemble, le soir, avant de dormir. Je nomme les constellations une à une. Quand nous allons au théâtre, au cinéma, nous emportons un pique-nique pour manger à l'aller, un délicieux goûter d'amandes, de mangue séchée, de guimauve. Au retour, nous parlons. Hugo s'exprime admirablement. Il comprend tout. Il établit très tôt des liens entre les spectacles auxquels il assiste. Son intelligence me fascine, comme me fascine l'absence de bruit dans le cosmos. J'en ressens un étonnement froid.

Des années durant, je demeure à l'affût ; j'attends que le gong résonne, le gong de l'amour maternel qui ferait vibrer mon cœur. Parfois, j'oublie d'y penser, c'est mon répit. Les gestes, les attentions, miment si bien cet amour inaccessible que je me surprends à y croire. Je me dis que je suis une mère comme les autres, un peu plus consciencieuse peut-être. La douleur se dissipe. Je respire. Mais ça ne dure jamais ; il suffit que je croise une autre mère, que je l'entende parler de son enfant, que je la voie contempler son bébé, que je l'écoute chanter à son bambin. Je reconnais tout, car, des trois jours que j'ai passés à aimer Hugo, j'ai gardé une trace singulière, comme une brûlure le long de la colonne vertébrale. Je les observe et la plaie suinte à nouveau. Il me manque la frêle passerelle qui suffit à franchir le précipice de deux mille mètres de fond. Ce n'est presque rien. Le gouffre qui me sépare de mon enfant est si étroit. Une corde lancée d'une rive à l'autre ferait l'affaire, car la faille n'est pas large, elle est atrocement profonde, mais une poutre jetée en travers, une liane… Me voilà attirée par le vide. Une envie de sauter, d'en finir, une exaspération. Peut-être que, dans ces moments-là, mon regard n'est plus tout à fait bien-veillant. Il se peut que mes yeux soient ceux d'une meurtrière. Je lui en veux tant, à ce pauvre enfant qui n'y est pour rien.

Une nuit, je rêve que je fouille ses entrailles à la recherche de mon amour, qu'il aurait confisqué et dis-simulé en lui-même. Au réveil, c'est l'effroi. Je prends des gouttes aux plantes, je me traite de folle, je me persuade que tout va bien et je reprends mon rituel : perfection du service, modèle d'éducation. J'ai ren-dez-vous avec les maîtresses, puis avec les profes-seurs du collège. Ils sont surpris de me recevoir, ils ont plutôt l'habitude de rencontrer les parents d'en-fants à problèmes ; on les consulte en cas d'hyperactivité, de mauvaises notes récurrentes, de soucis comportementaux. La plupart du temps, ce sont d'ailleurs eux qui sollicitent les parents. Pour Hugo, c'est moi qui exige l'entrevue ; et chaque année, ça recommence · un fleuve de compliments. Il est vif, il est partageur, son esprit est brillant, c'est un bon camarade, il a un grand souci de justice. Certains vont même jusqu'à évoquer sa beauté, m'expliquant qu'avoir un enfant si charmant dans leur classe les aide à faire cours. Je demeure glacée, je sais tout cela. J'attends autre chose. Quoi, au juste ? J'espère naïvement que l'un de ces professionnels de l'enfance va déceler l'horreur de notre situation. Je m'imagine la scène :

– Je ne suis pas dupe, chère madame. On le sait, les enfants en apparence les mieux traités sont ceux qui souffrent le plus. Tous ces bons résultats, cet air d'épanouissement, ce rayonnement qui émane de votre fils, c'est louche, extrêmement louche. Là où mes collègues énumèrent les qualités, je parlerais moi de symptômes.

Je cours les cabinets de pédiatre. J'anticipe mon châtiment. Rien. On me félicite sur sa courbe de croissance, sur son admirable dentition, sur ses amygdales qu'il est inutile de retirer. Les rendez-vous sont bouclés en cinq minutes. «Ah, si tous les patients pouvaient être comme vous !» me dit-on.

Aurais-je commis le crime parfait ?

Hugo et moi ne nous embrassons jamais. Jusqu'à six ans, il me donne la main pour traverser. Sa paume est inerte et sèche dans la mienne. Parfois je m'effraie : s'il tombe, s'il se fait mal, s'il pleure, il faudra bien que je le prenne dans mes bras pour le consoler. Je ne parviens pas à l'envisager. Mais Hugo ne tombe jamais, il est agile et prudent. Il ne pleure pas. Il sait à quoi s'en tenir. Quand il était nourrisson, je lui donnais son biberon à distance, lui dans un oreiller, moi, assise à côté, le bras tendu. J'expliquais que c'était pour éviter le mal de dos. Tout le monde me croyait.

Il a appris à lire et à écrire très tôt. C'est l'un des rares avantages de l'ennui (car on s'ennuie beaucoup lorsqu'on passe ses journées auprès d'un enfant que l'on ne parvient pas à aimer) de générer un débordement d'activités vouées à le masquer. À deux ans, il avait fait le tour de la pâte à modeler, à trois le papier mâché n'avait plus de secrets pour lui. Peinture à l'eau, peinture à l'huile, poterie. Avant ses quatre ans, je lui ai proposé de jouer avec des lettres. J'avais acheté un alphabet en bois. Des clowns vêtus de rouge avec un chapeau noir mimaient, seuls ou à deux, les barres et les jambages. Le premier mot qu'écrivit Hugo fut OR. Je crois que la posture des acrobates n'était pas pour rien dans ce choix : le O, c'était lui, un clown souple et refermé sur lui-même, contraint à l'autosuffisance, la barre du R, c'était son père, proche, droit, stable, pour le reste, c'était moi, un clown la tête en bas, dans une posture de fuite ridicule, les pieds collés à la tête du clown droit, les genoux pliés, les fesses collées contre la hanche du père, le torse, les bras projetés vers l'ailleurs dans un plongeon en direction du vide. Je ne fis aucun commentaire. J'écrivis HUGO, il écrivit MYRIAM. J'écrivis MAMAN, il écrivit QTSUBYG.

Une nuit, Hugo eut de la fièvre. C'était une bronchite. Le médecin avait dit de ne pas s'inquiéter. Je l'avais envoyé à l'école avec un foulard autour du cou, comme si la soie avait pu le préserver d'une atteinte plus grave. Quand il est rentré le soir, il avait les yeux brillants. Je lui ai demandé s'il allait bien. Il m'a répondu oui et s'est enfermé dans sa chambre. Il a dû s'endormir car, au moment de dîner, il n'est pas venu dans la salle à manger. Nous ne nous sommes pas inquiétés, nous avons évoqué un manque de sommeil, une crise de croissance. Je ne l'ai pas entendu geindre à trois heures du matin. Ce qui m'a alertée, c'est l'absence de mon mari dans le lit. Je l'ai appelé. Il n'a pas répondu. Je me suis levée. Je l'ai cherché, dans la cuisine, dans la salle de bains. Je n'ai pas pensé une seconde qu'il pouvait être avec Hugo, parce que cet enfant ne nous avait jamais réveillés. Il avait fait ses nuits dès le retour de la maternité. Mais en retournant me coucher, j'ai entendu du bruit de l'autre côté de la porte ornée des quatre lettres en bois épelant le prénom de notre fils. J'ai tourné la poignée et je les ai vus. Madone à l'enfant, dans la lumière de la lune. Mon mari, assis par terre, Hugo dans les bras, ruisselant de sueur et de larmes. La large main de son père caressant doucement sa tête brûlante. J'ai refermé la porte sur eux et j'ai marché jusqu'à mon lit, les genoux vacillants. L'oreiller dans la bouche j'ai sangloté, étouffant mes cris dans les plumes. Le lendemain, je suis allée voir un médecin et je lui ai dit que j'étais un peu déprimée. Il m'a prescrit un médicament. À partir de ce jour, mon existence est devenue plus calme. J'habitais sous l'eau, dans une cathédrale engloutie, mon chagrin devenait inaudible à mes propres oreilles et je souriais, bêtement.

Ben revient, triomphal. Il sort de son sac quatre classeurs gris qu'il brandit comme un bouquet de fleurs.

– On va tout ranger, m'annonce-t-il.

Il pose les classeurs sur le bureau. Il a aussi acheté des intercalaires en carton aux couleurs chatoyantes.

– Là, on met les factures à payer. Là, celles qui sont déjà réglées ; ici, celles qui ne peuvent pas attendre, ensuite celles qu'on peut faire patienter. Dans le deuxième classeur, on fourre les papiers administratifs. Le troisième, c'est pour la banque.

Il perfore, enfile, désengorge.

Une fois ce travail accompli, il tire de sa poche un calendrier géant qu'il accroche au mur.

– Ça, me dit-il, c'est notre échéancier.

À l'aide d'un feutre rose, il coche des dates.

– Vous êtes contente ? me demande-t-il.

Je ne parviens pas à répondre. Je songe aux traces de sel sur mes joues, à mes yeux qui doivent être rouges. Ben mérite tellement mieux.

Hésitant, il tire de la poche de sa veste un paquet rectangulaire.

– C'est pour vous, me dit-il, la voix mal assurée.

– Qu'est-ce que c'est ?

– Un cadeau.

Je déchire le papier. Ben m'a offert les *Lettres à un jeune poète* de Rainer Maria Rilke.

– Vous connaissez ? demande-t-il. C'est mon livre préféré.

– Moi aussi, je l'aime beaucoup, lui dis-je.

– Mais vous ne l'avez pas, remarque-t-il en désignant la bibliothèque.

– Non, c'est vrai. C'est très gentil.

Je feuillette le volume. Je connais certaines phrases par cœur : « Efforcez-vous d'aimer *vos questions elles-*

133

mêmes, chacune comme une pièce qui vous serait fermée, comme un livre écrit dans une langue étrangère.»
Je voudrais dire à Ben comment il se fait que ce recueil fétiche ne figure pas dans ma bibliothèque nomade. C'est trop tôt. Je prétends que je l'ai perdu.

Nous ouvrons tard ce matin, mais nos habitués ne ronchonnent pas. Il est impossible de reprocher quoi que ce soit à Ben. Un genre de champ magnétique l'entoure et tient les autres en respect. C'est heureux car, sans cela, avec ses membres désarticulés et sa maigreur, il constituerait une proie facile pour les insatisfaits en tout genre.

C'est l'heure que je préfère, un moment d'utopie réalisé qui, chaque jour, se reproduit. Ben sert des cafés, des jus de fruits, des chocolats, parfois on nous réclame des tartines. Nous servons les tartines. Parfois c'est un œuf à la coque qui ferait plaisir. Pas de souci, l'eau bout déjà dans la casserole. De l'autre côté du comptoir, protégée par mon zinc, je prépare le déjeuner et certains éléments du dîner. Je travaille à une allure folle. Mes mains vont plus vite que ma pensée. Cela exige une grande décontraction et une immense concentration. Il faut renoncer à l'idée que le cerveau commande ; on mise tout sur les nerfs et sur la mémoire. C'est un état préconscient, une sorte de retour à l'instinctuel pur. On ne doit pas m'adresser la parole dans ces moments-là. Je suis incapable de répondre, je risque de perdre le fil. Les gens le savent ; ils n'essaient pas. Ils m'observent, hument. J'entends leurs conversations, j'en retiens quelques bribes. Ils commentent le menu, le temps qu'il fait, parfois ils se plaignent d'un absent, quelqu'un dont j'ignore à jamais l'identité et qui s'en prend plein la figure. Comme l'hiver avance, et que le froid envahit les rues, j'entends parfois une clameur s'élever dans la salle : la porte a été mal fermée. « Ton père est pas chauffagiste », dit je ne sais qui. Je n'ai plus besoin de lire le journal, tous les thèmes de l'actualité sont abordés. J'en corrige l'assaisonnement, un peu moins de sel dans les faits divers, un peu plus de piment dans les relations internationales, du poivre dans l'économie. Le monde vient à moi. Je suis au cœur d'une agora. J'assiste à l'inévitable simplification. La moulinette de la conversation anéantit les plus tendres subtilités, détruit les nuances. Je m'interroge sur l'indispensable banalité des paroles échangées. Pendant que je m'efforce de relever les aliments, d'en faire jaillir les plus secrets arômes, sans jamais que l'un puisse l'emporter sur l'autre, je me demande pourquoi les gens finissent immanquablement par répéter les mêmes âneries. Aplanir, aplanir, il faut toujours aplanir. Le rouleau compresseur du consensus se déplace d'un continent à l'autre. Mes clients parlent d'endroits où ils ne sont jamais allés, évoquent des populations qu'ils ne rencontreront pas. Ils confondent et comparent. Ils ont la folie des parallèles. « C'est comme les nazis », disent-ils souvent. Cette remarque met tout le monde d'accord, elle recèle un genre de pouvoir à mi-chemin entre la fascination et la démission intellectuelle. Je note que les hommes adorent les catastrophes, ils aiment, par-dessus tout, prévoir le pire. « Dans deux ans, on est tous morts ! » clame l'un. Les autres acquiescent. C'est à cause d'une vache folle ou d'une poule grippée. La fonte des glaciers nous engloutira avant que les terroristes nous aient balancé une bombe atomique, ou est-ce le contraire ? Ne négligeons pas la puissance des armes chimiques. La surenchère est permanente. Le ton monte, c'est à qui trouvera la fin la plus terrible. Cette passion du dénouement m'inquiète. Comment parviennent-ils à garder leur sang-froid ? Comment peuvent-ils ignorer le fait avéré qu'à l'inverse des mauvaises nouvelles, toujours précédées d'un augure, les bonnes nouvelles adviennent par surprise, quand on ne les attend plus ? Il est vrai qu'on se sent davantage en confiance pour évoquer la destruction ; la construction demeurant souvent énigmatique. Si Cassandre avait été un homme, me dis-je, elle aurait vécu bien plus paisiblement. Elle n'aurait pas redouté l'onde épouvantable qui traversait ses songes, elle s'en serait servie pour épater ses copains : Eh, vous savez quoi, les gars, Troie va périr. Nos héros vont être décimés. Dans quinze jours, ce sera un champ de ruines ici. Et ses copains auraient commandé une tournée de demis pour fêter ça.

Vincent s'excuse de n'être pas venu depuis deux jours. Il avait un mariage grandiose.

— On m'a même commandé des colombes, s'exclame-t-il.

— Ça s'est bien passé ? Les oiseaux n'ont pas fait caca sur le buffet ?

J'ai terminé mes préparatifs. Je peux enfin m'asseoir pour boire un café. Je sens toutes mes articulations, des orteils aux hanches. J'ai l'impression qu'elles sont en fer. En fer rouillé.

— J'ai piqué ça pour toi, me dit Vincent en me tendant une orchidée blanche au cœur écarlate. C'est increvable, précise-t-il.

Les fleurs ne sont donc pas toujours périssables.

– Comme c'est joli. On dirait qu'elle a un visage !

Il fronce les sourcils. Il me trouve un brin trop facétieuse. Il me rappelle mon mari.

– C'est très cher, dit-il.

– Quoi ?

– Les orchidées, les blanches, comme ça, c'est très cher.

Il trouve sans doute que je ne manifeste pas assez de reconnaissance pour ce somptueux présent.

Je lui prends la main, je m'efforce de poser mon regard bien au fond du sien et je lui dis tout bas, le visage si avancé qu'on nous croirait sur le point d'échanger un baiser :

– C'est très, très gentil. Elle est magnifique.

Je remarque que son haleine sent l'anis. J'ai envie de le féliciter mais je ne vois pas comment m'y prendre sans le vexer. Sa main reste dans la mienne. Sa peau est lisse, sa chair est tendre. Ma peau est rêche, ma paume sillonnée de muscles et de coupures. J'aimerais m'en excuser. Je me demande comment je pourrai un jour retomber amoureuse. Comment on pourra tomber amoureux de moi. Peut-on faire l'amour avec des mains aussi calleuses que des pieds ? Peut-on faire l'amour avec une grande ride qui descend d'un seul côté du visage, comme une balafre, de la narine au menton ? Pourquoi faut-il que la chair s'use ainsi ?

– Quel âge as-tu ? je demande à Vincent.

– Trente-neuf, répond-il.

– Je suis plus vieille que toi, dis-je, faussement fière.

– Ça ne se voit pas.

Une expression de doute se lit sur mon visage.

– Les femmes petites font toujours plus jeunes, affirme-t-il.

Il ne manquait plus que ça à mon florilège de brèves de comptoir.

Je sais que de dos, je fais la blague, comme on dit. Je ne suis pas grande, mes cheveux sont très noirs, mes hanches étroites et mes chevilles fines. Un jour, dans la rue, alors que je marchais à côté d'Octave, un type derrière nous a crié «Eh, les jeunes», parce qu'on avait laissé tomber un gant. Il ne voyait aucune différence entre nous. Pour lui, j'avais quinze ans. Comme Octave. Octave a ramassé le gant, m'a pris le menton entre le pouce et l'index et m'a dit «Alors, petite». Je me suis évanouie intérieurement. Je restai debout, mais, au centre, tous les barrages avaient cédé. Je ne m'y attendais pas. Comment l'aurais-je prévu et de quel genre de nouvelle s'agissait-il ? Bonne ou mauvaise, miracle ou catastrophe ? Cassandre elle-même aurait été dans l'embarras.

Les amitiés entre petits garçons. Un pays silencieux, malgré les cris, malgré les bagarres, malgré les voix qui se chevauchent et se concurrencent « Eh ben moi, mon père... », « Eh ben moi, mon chien... », « Eh ben moi, ma maîtresse... ». Depuis le centre du monde, qui a la forme du tabouret sur lequel ils sont assis, les petits garçons s'affrontent à l'heure du goûter. Ensuite, ils jouent, allongés sur le ventre. La moquette leur gratte le nombril là où se dessine un espace entre le pantalon et le tee-shirt. Ils tiennent des bonshommes, à bout de main, à bout de bras, comme pour effacer leur propre corps qui ne doit plus exister car, à présent, leur âme a élu domicile dans le petit personnage de plastique. Leur nouvelle demeure mesure dix centimètres. C'est petit, mais on peut faire plein de choses extraordinaires là-dedans, comme voler, ou tomber d'une falaise et se relever juste après. On peut s'écrabouiller l'un contre l'autre en faisant des bruits bizarres. Quand on en a marre, les doigts desserrent leur étreinte. Le bonhomme est abandonné, parfois il glisse sous la commode et il est perdu pour toujours. On s'en fiche. On veut jouer au football. On tape dans la balle en mousse, on se jette à l'horizontale pour arrêter un tir, on se cogne le crâne de plein fouet dans le montant du lit, on saigne, mais on s'en fout. Après, les cheveux sont collés et poisseux On meurt de soif.

La première fois qu'Hugo m'a parlé d'Octave, il avait sept ans. Octave en avait huit.

– Il y a un garçon qui a un nom de musique dans ma classe, m'a-t-il dit.

– Ludwig, ai-je proposé.

– Non, plus bizarre.

– Wolfgang ?

– Non, beaucoup plus bizarre.

Je me grattai la tête.

– Ça y est ! Je me souviens ! s'est-il exclamé si brusquement que j'ai sursauté. Octave ! Il s'appelle Octave !

J'ai ri.

– Et comment est-il cet Octave ? ai-je demandé à mon fils.

– Il est petit. Il a la bouche rose.

Il ne trouvait plus rien à dire.

– Et c'est tout ?

Hugo faisait la moue, il ne voyait rien à ajouter.

– Comment sont ses cheveux ?

– Plats.

– Quelle couleur ?

– Beige.

– Comment sont ses yeux ?

– Normaux.

– Quelle couleur ?

Hugo fronça les sourcils. Il ne savait pas. Il me confia à cette occasion qu'il n'avait jamais remarqué que les gens pouvaient avoir des couleurs d'yeux différentes.

– Je ferai plus attention à ce détail, dorénavant, m'a-t-il assuré de sa voix docte.

J'ai détourné la tête, comme je le faisais toujours lorsqu'il essayait de capter mon regard. C'était un mouvement quasi involontaire, plus proche du réflexe que de la réaction. Je n'avais aucun besoin d'y réfléchir. Comme les pôles positifs d'un aimant qui ne peuvent que se fuir, mes prunelles étaient déviées par les siennes. Je redoutais sans doute qu'il y lise ce que je tentais inutilement de lui dissimuler. «Je ne t'aime pas» était le message encodé dans l'iris, c'était la flèche que ma pupille refusait de lui décocher. Je cherchais à le protéger, non parce qu'il était ma chair, non parce qu'il était mon sang, seulement pour cause d'impératif supérieur qu'on pourrait résumer ainsi : il est si facile pour un adulte de blesser un enfant qu'il faut à tout prix se l'interdire. Je défendais mon fils de moi-même en toute rationalité, avec la même dose d'affect qui me dictait de soigner un oiseau blessé, de nourrir un chat errant, de ne pas accélérer aux passages cloutés.

– Je peux l'inviter à la maison ? demanda Hugo.

C'était la première fois qu'il parlait d'accueillir un ami chez nous.

– Tu veux inviter Octave à la maison ? Pour le goûter ?

– Oui, mais je voudrais aussi qu'il dorme ici.

– Ses parents sont d'accord ? Il faut que je les appelle. Tu as son numéro de téléphone ?

– Ses parents sont d'accord. Octave fait tout ce qu'il veut.

– Comment tu sais ça ?

– C'est lui qui me l'a dit.

– J'appellerai quand même sa mère, dis-je.

Je n'ai jamais réussi à joindre ses parents. Je laissais des messages. On ne me rappelait pas. J'ai écrit un mot qui est resté sans réponse. Octave est venu avec un sac à dos dans lequel ses habits de rechange soigneusement pliés et sa trousse de toilette dûment garnie prouvaient qu'une grande personne avait supervisé son départ. Il est apparu un mardi soir, à cinq heures, avec Hugo. Ses cheveux étaient plats et beiges et ses yeux, d'une couleur indéfinissable. Il m'a dit bonjour et a tendu son visage pour que je l'embrasse. Je me suis penchée et j'ai déposé un baiser sur sa joue, lui donnant, du premier coup, ce que j'avais toujours refusé à Hugo. J'ai rougi en bénissant l'heure d'hiver qui plongeait le vestibule dans la pénombre dès le milieu de l'après-midi. J'ai servi un goûter aux garçons. Hugo me devançait, ouvrant les placards, sortant le pain de mie et la pâte à tartiner. Il était efficace et adroit. Assis sur sa chaise, parfaitement immobile, Octave attendait d'être servi. Il n'osait pas le moindre geste, il fallait lui verser du lait dans son verre et l'approcher de lui, autrement, il ne buvait pas.

– Tu aimes les tartines ? lui demandai-je, car tandis qu'Hugo étalait du Nutella sur les tranches de pain et les engouffrait les unes après les autres, Octave ne touchait à rien.

– Oui, dit-il. J'aime beaucoup ça.

– Tu veux que je te les fasse ? lui demandai-je.

– Oh, oui, s'il te plaît. Merci beaucoup !

Il était tout effusions. J'eus à nouveau, pour lui, une attention que je n'avais jamais eue pour mon fils. Hugo était un champion de l'autonomie, il s'arrangeait pour n'avoir que très rarement besoin de moi.

La tentation ne s'embarrasse pas de déguisements. Le serpent présente la pomme à Ève dans son habit de reptile. Il n'y eut pas la moindre subtilité dans ma rencontre avec Octave, pas la moindre ambiguïté non plus. Il me demandait méthodiquement toutes les choses que mon fils n'avait jamais songé à me réclamer ; Hugo savait intuitivement qu'il se heurterait à une incapacité si cruelle qu'il était hors de question de la mettre à l'épreuve. Demande-t-on à un cul-de-jatte de courir après un bus ? À un manchot de débarrasser la table ? Dans tous les domaines où Hugo excellait, Octave éprouvait des difficultés. Il avait du mal à lire, ânonnait comme un débutant ; il ne comprenait pas la différence entre les dizaines et les unités, se trompait dans les participes passés, j'avais prendu, il était viendu. Ses chaussettes étaient toujours tire-bouchonnées, ses boutons en lundi / mardi. Il ne savait pas couper sa viande, peinait à trouver sa manche quand il enfilait son manteau, ignorait qu'il fallait regarder avant de traverser la rue. Il était en toutes choses si déficient qu'on ne pouvait que le secourir, d'autant qu'il était doué d'une grâce incompréhensible. Il vous remerciait comme personne et manifestait une reconnaissance touchante à la moindre occasion. Il possédait également un sens de la dérision précoce qui lui faisait considérer avec beaucoup d'humour son invraisemblable collection de défauts.

Il vint goûter. Il vint dormir. On l'emmena en week-end. Il fut question de le prendre pour les vacances.

Un soir, juste avant de m'endormir je me dis j'aime vraiment beaucoup Octave. C'était un sentiment si doux, si réconfortant que, pour la première fois depuis longtemps j'eus l'impression de m'endormir légèrement, en toute tranquillité. Depuis sept ans, j'avais pris la sinistre habitude de m'enfoncer dans le sommeil en force, comme s'il m'avait fallu forer un tunnel dans le granit. Pour parvenir à sombrer, je devais plaquer au sol mon âme de mère errante, l'y enfouir, faire taire sa plainte en lui emplissant la bouche de cailloux. Je pénétrais dans mes nuits comme on va au tombeau, sauf que moi, je recommençais chaque soir.

Le lendemain Hugo m'apprit que son amitié avec Octave avait pris fin.

Je commençai par en rire.

– Qu'est-ce qui se passe ? Vous vous êtes disputés ?

– Non.

– Eh ben alors ?

– Je ne veux plus jamais le voir. Je ne veux plus jamais l'inviter.

– Ça n'est pas très gentil, dis-je à mon fils qui m'apparut soudain comme un bourreau.

Pourquoi me l'enlevait-il ? Qu'avait-il besoin d'éloigner Octave ? Que comprenait-il de mon affection ? Je n'en faisais jamais étalage. Je n'étais pas comme ces mères qui assomment leurs enfants en leur contant les exploits de leurs camarades. Pourquoi tu ne fais pas comme machin ? Pourquoi tu n'es pas aussi poli que truc ? Regarde comme bidule aide sa maman ! Je demeurais discrète, ne me livrant à aucun commentaire.

– C'est lui qui n'est pas très gentil, rétorqua Hugo. C'est un menteur. Un sale menteur.

Je n'avais jamais vu Hugo en colère.

– Qu'est-ce que tu racontes ?

En lui posant la question, sans y prendre garde, je plongeai mes yeux dans les siens. La flèche était décochée. Il fut pétrifié par ce regard. Je vis ses lèvres trembler. Ses iris vibraient comme s'ils avaient cherché un moyen de se mettre à couvert. Il bredouilla quelque chose, une incompréhensible histoire d'entité, de planète secrète ; des fantaisies puériles. Je ne comprenais rien et n'avais pas envie de comprendre. J'étais moi-même fascinée par la puissance de ma détestation. Impossible de baisser les paupières. Impossible de détourner les yeux. Un flot de lave se déversait par les fentes brûlantes. Les fenêtres de mon âme étaient pulvérisées par la violence de ce torrent.

Comment puis-je garder le souvenir de cette scène ? Comment puis-je y revenir ?

Hugo a fini par ployer la nuque, terrassé. Très lentement, comme si tout son corps avait été endolori par le choc, il a regagné sa chambre. J'ignorais quelle frontière je venais de franchir, mais dès que mon fils se déroba à ma vue, une vague de honte me submergea, telle que je n'en avais jamais connue, semblable à celle qui me dévasterait des années plus tard.

Le petit visage boudeur de l'orchidée de Vincent me regarde pleurer sur mes oignons. J'ai oublié de les trancher à l'avance. D'habitude, je commence par là. Je mets mes lunettes de piscine et je plonge dans les pelures nacrées. Mais aujourd'hui, les remontrances de Ben m'ont distraite. Je n'ose pas enfiler mon masque de nageuse devant les clients. J'ai beau rincer les bulbes à l'eau fraîche, mes orbites explosent. J'ai l'impression d'être un de ces chiens à la gueule enfoncée et dont les yeux noirs et suppliants jaillissent du crâne comme des calots. Vincent m'a embrassé la main avant de partir. Je sens la marque de ses lèvres à la naissance de mes doigts. Je ne suis pas certaine d'aimer ça. J'éprouve un léger dégoût pour sa bouche trop pâle et les guillemets de salive qui l'encadrent. Et pourtant, je ne peux nier qu'un minuscule lasso a serré mon nombril dans son nœud coulant. Les peaux d'oignons, dorées, translucides et légères tourbillonnent sur le billot, soulevées par le vent de mon couteau. Je songe aux sublimes oignons blancs d'Ali Slimane, d'une douceur de fruit, semblables à des ampoules, car la lumière semblait non s'y refléter, mais en jaillir. Je coupais sans lunettes à l'époque, mais sans une larme. « Vous ne pleurerez jamais à cause de moi, avait affirmé mon fournisseur en me tendant une guirlande de sphères luminescentes. Ce sont des oignons doux. Ils ont autant de goût que les autres, mais ils ne piquent pas. – C'est très gentil », avais-je dit. Les paupières baissées, M. Slimane avait rentré ses lèvres, avec modestie, ses lèvres qui n'étaient pas diluées comme celles de Vincent, mais brunes, presque violettes, évoquant la peau d'une figue. La surprise de son rare sourire, comme l'ouverture d'une figue, aussi. Je regardais toujours sa bouche quand il me parlait, parce que ses yeux étaient trop tristes pour moi. Je regardais sa bouche et je l'apprenais par cœur, comme si j'avais eu le projet de… Quel projet pourrait nécessiter de connaître une bouche sur le bout des doigts ? Quel projet, avec un homme qui ne me ferait jamais pleurer ?

Simone et Hannah poussent la porte et se dirigent droit vers la cuisine pour m'embrasser.

– Qu'est-ce que vous avez ? me demandent-elles, horrifiées par mes larmes.

Avant que j'aie pu répondre, elles sont, elles aussi, attaquées par les effluves d'oignons qui les font pleurer. Elles s'essuient les coins des yeux et m'annoncent qu'elles ont une dissertation infaisable pour le lendemain. Est-ce que je pourrai les aider tout à l'heure ? Elles disposent d'une heure de permanence après le déjeuner. Elles voudraient que je leur explique.

– Je suis nulle en philo, leur dis-je. J'ai toujours été nulle en philo.

– Oui, mais vous, vous avez vécu, me répondent-elles. Vous avez de l'expérience.

– C'est quoi votre sujet ?

Je ne vois pas comment mon expérience pourrait m'aider à répondre aux questions qui me terrifiaient en terminale et continuent de me sidérer : « Peut-on comprendre le passé si on ignore l'avenir ? », « Faut-il chercher à tout démontrer ? », « Peut-on changer le cours de l'histoire ? », « L'homme est-il raisonnable par nature ? » Je lisais le sujet et j'avais toujours envie de répondre NON ! Un non énergique et définitif. Une fois libérée de la question, j'aurais pu m'enfuir en courant. Sauf qu'il fallait rester assise à la table et ne pas dire non, ni oui, ne pas répondre, mais rédiger des phrases qui, tel l'itinéraire de la promenade parfaite, vous faisaient parcourir une boucle, un genre d'ellipse, dans laquelle l'éloignement n'était que la prise d'élan permettant de retourner au point de départ. Un enchaînement de questions, destinées à reformuler la toute première. Je trouvais l'exercice éreintant et hypocrite.

– «Toute vérité est-elle bonne à dire?» chantent Simone et Hannah en chœur.

– C'est votre sujet?

Elles hochent la tête. Un gigantesque NON! se dresse en moi.

– Je n'en sais rien, les filles, leur dis-je en haussant les épaules tandis que les larmes redoublent.

Elles rient et me commandent deux soupes avec un bout de fromage.

Ben punaise les commandes au tableau au fur et à mesure que les clients s'installent et font leur choix. Je constate une certaine harmonie dans les menus et je félicite mentalement mes habitués. Ils commencent à comprendre. Ils commencent à accepter tout le bien que je peux leur faire.

Alors que je suis en train de découper des tranches de palette rôtie aux baies de genièvre, j'entends une voix claironnante hurler dans mon dos:

– Bonjour!

Je plaque les mains sur le comptoir. Je ne veux pas me retourner. Je veux revenir en arrière et que cette scène n'ait pas lieu.

– Qui c'est? me demande Ben à voix basse en emportant deux plats du jour.

– C'est Tata Émilienne, lui dis-je, épouvantée.

Tata Émilienne s'est trompée de date. Elle a raté le jour de l'inauguration et elle vient, avec deux mois de retard, fêter l'ouverture de *Chez moi*.

– Je m'en occupe, dit Ben en posant une main sur mon épaule.

Il ne se rend pas compte. S'occuper de Tata Émilienne est un emploi à plein temps. C'est l'une de mes nombreuses tantes et la plus calamiteuse aussi. Elle est obèse, chauve, défigurée par un bec-de-lièvre mal opéré et porte des lunettes aux verres en cul de bouteille. Elle est un peu dérangée, l'a toujours été, et hurle au lieu de parler à cause d'une surdité qu'elle refuse de corriger. Elle est extrêmement coquette et capricieuse, un genre de princesse au petit pois qui n'aurait pas le physique de l'emploi. J'ai toujours été gentille avec elle – ce qui n'est pas le cas de la plupart des membres de ma famille. Je la traite bien parce que j'admire sa vitalité, son enthousiasme et son énergie. Je ne comprends pas comment elle fait pour ne jamais se laisser abattre, alors qu'elle a toutes les raisons du monde de se lamenter. Une pareille absence de chance, une telle collection de tares, ça se fête, semble clamer sa perpétuelle bonne humeur.

Je sors de mon refuge derrière le comptoir pour l'accueillir.

– Tu as maigri ! hurle-t-elle, victorieuse, avant de m'embrasser.

Sa barbiche m'irrite la joue. Je n'ose pas regarder si les clients autour de nous la dévisagent.

– L'inauguration, c'était il y a deux mois, lui dis-je à l'oreille pour ne pas avoir à élever la voix.

– La quoi ? demande-t-elle.

– L'inauguration, c'est la fête pour l'ouverture du restaurant. Tu sais, je t'avais envoyé un carton.

Elle ne répond pas. Elle s'effondre sur l'une de mes chaises bancales. Puis elle ouvre grand la bouche, bâille sans mettre la main devant et s'écrie « Ça va ? » tellement fort que tout le monde sursaute. Certaines personnes, croyant sans doute que la question s'adresse à eux – alors qu'elle ne concerne que moi – se sentent obligés de lui répondre «Très bien, et vous ?». Tata Émilienne les méprise. Elle pense qu'ils sont fous. Elle grimace d'un air hautain. Elle n'a pas la moindre idée de l'effet qu'elle produit sur les gens. J'estime que c'est une bénédiction.

– Tu veux manger quelque chose ?

– C'est un restaurant, oui ou non ? me demande-t-elle en riant.

Ben s'interpose. Pendant que j'avais le dos tourné, il s'est déguisé en serveur. L'accoutrement est simple et convaincant : il a enfilé sa veste en velours noir, qu'il dépose habituellement sur le portemanteau, et a plié en trois un torchon blanc et propre qu'il a passé sur son avant-bras. Il lui tend une carte qu'il a bricolée en vitesse avec une feuille volante sur laquelle il a recopié le menu et qu'il a glissée dans une chemise en carton.

– Voulez-vous que je vous fasse la lecture ? lui pro-pose-t-il.

Elle acquiesce. Il se penche gracieusement vers elle et lui récite les plats un à un. Je retourne en cuisine, soulagée ; il a tout compris.

Quelques instants plus tard, je le vois rapporter la carafe d'eau qu'il avait déposée sur sa table.

– Qu'est-ce qui se passe ? je lui demande.

– Tata Émilienne trouve que notre eau a un goût, répond-il. Elle veut que je la lui change.

Je tends à Ben une demie d'Évian.

– Non, fait-il. Elle ne veut pas d'eau minérale. Elle veut juste une autre carafe.

Il vide celle qu'il avait remplie et lui en apporte une nouvelle. À trois reprises au cours du repas, il réitère l'opération, sans broncher, avec une douceur et une constance angéliques. Dès qu'elle a terminé son entrée, elle s'écrie « Garçon ! » d'une voix stridente et autoritaire. Ben accourt. Elle le maltraite tant qu'elle peut, exige qu'on remplace ses couverts et se plaint qu'il n'y ait pas de nappe brodée. Elle sort de son sac un napperon crasseux qu'elle installe sous son assiette. Ben la félicite, lui dit que c'est beaucoup mieux ainsi.

— Je suis désolée, lui dis-je, n'osant plus sortir de ma cachette.

— Tout va bien, m'assure-t-il.

Nous regardons ma tante recracher les morceaux de viande qu'elle estime trop coriaces. Elle les dépose soigneusement tout au bord de la table. Des boulettes grisâtres, dûment mâchouillées, ponctuent le formica. Quelques filaments de salade se sont coincés entre ses dents ; elle a de la vinaigrette sur le menton et sur les joues.

— C'est gentil à elle d'être venue, me dit Ben pour me réconforter.

Il a raison. Ma tante a répondu à l'invitation, c'est touchant. Son retard de deux mois me permet d'échelonner les plaisirs. Je remarque à cette occasion que, depuis l'ouverture, aucun de mes invités de la première heure n'est revenu goûter ma cuisine. Pas un mot de mes parents. Elle est sortie d'affaire, avec son bouge, se sont-ils dit. Plus besoin de téléphoner tous les deux jours pour voir si elle est encore vivante. Rien non plus de la part de mes amis. Les retrouvailles furent peut-être trop abruptes. Me revoilà, après six années d'absence. Ils sont soulagés de savoir que j'existe toujours, ont tenu à me témoigner leur indulgence. Le temps a accompli son office, se sont-ils dit. Une affaire se classe et l'on respire mieux. Il ne sera plus nécessaire de demander, au détour d'un silence qui brise la continuité de la conversation : « Et, au fait, Myriam, qu'est-ce qu'elle devient ? » Je me demande rétrospectivement combien ils étaient à connaître la nature exacte de l'incident. J'ignore à quel point le secret a été bien gardé. Je sais que je peux compter sur mon mari pour se taire. L'empereur du silence. Mais ma mère, mais mon père ? Corinne et Lina, mes amies d'enfance ? Un scénario bâti autour d'une violente dépression avait circulé parmi nos connaissances dans les semaines suivant la révélation. « Disparais, m'avait conseillé mon mari. Je ne tiens pas à tremper dans ta fange. » Ce furent ses mots d'adieu. Un homme si prévisible.

Mon mari appréciait qu'une situation fût claire. Il aimait l'ordre. La maison devait être impeccable, c'était son mot favori, « impeccable ». Il le prononçait en faisant bien claquer ses lèvres. Il avait horreur des mélanges, des paradoxes, redoutait le laisser-aller. Il était d'une fiabilité confondante. C'est sa solidité qui m'attira d'emblée. Je ne sais trop pourquoi, l'idée de vivre auprès d'un roc me rassurait. Je n'en devinais pas l'opacité. Je n'en soupçonnais pas la dureté.

Mon mari se douchait toujours après l'amour, immédiatement, même en pleine nuit. Il bondissait hors du lit et se précipitait à la salle de bains. Je pensais à lady Macbeth s'efforçant d'effacer les taches de sang sur ses mains – « *out damned spot, out I say* ». Étais-je déjà si dégoûtante ? Mais non. La piste de la propreté n'est pas la bonne. Je crois que ce qu'il cherchait, sous l'eau, était tout autre. Il voulait revenir à lui-même. La passion l'inquiétait. Il se sentait possédé. Mon mari avait une manière très particulière de faire l'amour. Comme un bélier qui enfonce la porte d'un château fort. Parfois j'avais l'impression qu'il voulait passer à travers moi, baiser le matelas, le sol, le mur. J'avais mal aux os des hanches. Un jour, il me cassera, pensais-je. Mais j'étais plus solide que je ne le croyais. Et j'aimais sa manière. Le désespoir et la fougue qui animaient son corps m'impressionnaient. Cette colère, cette méchanceté qui ne se déversaient qu'en moi me donnaient le vertige. Il se peut que j'aie confondu hargne et désir. J'avais quitté la forêt norvégienne des Beatles pour un autre genre de promenade. La nouvelle contrée de mes amours était cisaillée par les séismes. Nous ne nous aimions pas en roulant tendrement dans la mousse des sous-bois, nous crapahutions en marche forcée pour atteindre un sommet écrasant. J'étais honorée par tant de puissance. Le soir, il aimait me faire la tête ; il ne desserrait pas les dents à table, ne s'adressait qu'à Hugo. Il se préparait à l'assaut, fourbissait sa haine. Une fois au lit, la chaleur de mon corps, son odeur, déclenchaient sa fureur. Il fondait sur moi et je me disais souvent qu'il désirait tuer. Plus que tout, c'était cela qui l'aurait soulagé.

La raison pour laquelle les *Lettres à un jeune poète* ne figurent pas dans mon rayonnage est que mon mari s'appelait Rainer et que je n'ai pas envie d'avoir son prénom sous le nez à longueur de temps. Mon mari s'appelait Rainer et ce n'est pas pour rien dans notre histoire. C'était Lina qui m'avait parlé de lui. Nous étions en fac de lettres, lui en médecine. Elle l'avait connu à une soirée. « Rainer ? lui avais-je demandé, il s'appelle vraiment comme ça ? – Oui, avait répondu mon amie. – Il est autrichien ? – Je ne sais pas. »

Un Autrichien, m'étais-je dit. C'est exactement ce qu'il me faut. Un garçon glacial et fou, un être déchiré entre la rigueur allemande et le désordre balkanique. Je me l'étais imaginé terriblement obsessionnel et, en cela, je ne m'étais pas trompée. Le feu sous la glace, rêvais-je. Je m'éloignais sans le savoir de la vérité. En Rainer, point de feu. De la glace à perte de vue, dedans, dehors, une banquise humaine. « C'est parce que je suis en réaction, m'avait-il expliqué un jour. – En réaction contre quoi ? – Contre mes origines. » Nous en étions à notre troisième rendez-vous et je sentais qu'il était déjà trop tard pour reculer. Quoi qu'il ait eu à m'apprendre, notre choix commun était fait et nos destins scellés. Contrairement à ce que j'avais cru, il n'avait pas grandi à Vienne, ses grands-parents n'avaient pas chanté à pleins poumons l'hymne nazi. Il était né à Vintimille, d'un père fils de maquisards italiens et d'une mère communiste sarde. Mes beaux-parents – que j'ai très peu connus – étaient des gens extrêmement sympathiques et joyeux, excessifs et bon vivants. Lui avait les cheveux longs, elle les cheveux ras. Ils fumaient du cannabis et gagnaient leur vie en achetant des ruines en Provence pour les revendre une fortune après les avoir restaurées. Emilia me disait qu'elle avait un bon réseau d'anciens trotskistes qui avaient les moyens. « Un filon inépuisable ! Et comme ils achètent à une vieille coco, ils ont la conscience nette. – Et vous ? lui demandais-je. – Moi, ma conscience ? Elle a pris feu il y a plus de vingt ans. Bon débarras ! »

Mes beaux-parents sont morts dans un accident de

voiture sur le chemin de terre qui menait à leur mas.
La route était plate et rectiligne. Il n'y avait qu'un if
sur le côté droit. Ils ont bien visé. C'était une semaine
avant notre mariage.

— Je crois qu'ils étaient contre, dis-je à Rainer sur le
chemin du cimetière.

— Qu'est-ce que tu racontes ? Ils t'aimaient beaucoup.

— Pas contre moi. Contre notre mariage. C'est l'ins-
titution qui les rebutait.

— Tu crois qu'on peut mourir de ça ? Pour toi, c'est
un suicide politique finalement ?

J'ai hoché la tête.

— Ils étaient shootés. Complètement shootés, a crié
Rainer. Deux montgolfières de shit.

J'ai pensé tout annuler. Une croix sur l'avenir commun. Je n'ai pas osé. En enfilant ma robe blanche, j'ai
pensé que le blanc deviendrait pour moi la couleur de
tous les deuils.

Il m'arrive de croire que les choses auraient été différentes si mes beaux-parents avaient vécu. Je pense à eux
souvent. Ils me manquent, encore aujourd'hui. Emilia et
Francesco, les parents de mon mari, étaient de braves
gens. Chez Rainer, il m'est arrivé parfois de distinguer
un éclat qu'il ne devait qu'à eux. Un trésor de tendresse.
Hugo seul savait faire luire ce noyau. Il suffisait qu'il
s'approche – un mot de sa bouche, sa main qu'il tendait, ou encore, assis sur les genoux, blotti contre la poitrine – et le visage de Rainer se transfigurait. Les voir
ensemble, le fils et le père, l'ours et son ourson, était,
pour moi, le plus intolérable des spectacles. Ce n'est
pas vrai que j'ai disparu. C'est faux de dire que l'on m'a
rejetée. C'est moi qui me suis éloignée, volontairement.

J'ai déposé une bombe dans ma propre famille. J'ai mis le feu à ma maison. Que j'aie eu tort, c'est certain. Qu'il y ait eu une autre possibilité, je ne le pense pas. « Toute vérité est-elle bonne à dire ? » J'y réfléchirai un autre jour. Pour le moment, je m'attarde sur le thème scabreux de la légitime défense.

Je me suis condamnée moi-même à six années de bannissement. Le courage dont j'ai fait preuve en envoyant les cinquante invitations après ce temps de silence et d'isolement m'effare. Je me rappelle l'émoi particulier, au moment de recopier sur les enveloppes les adresses autrefois si familières. Je m'étais dit : on tire un trait et on reprend là où on s'était interrompu. Mon calepin. Ma bible. Je connaissais encore certains numéros de téléphone par cœur. Chaque nom de rue, au fur et à mesure que je le recopiais, réveillait le souvenir de dîners et de fêtes. Je me rappelais les odeurs, les ambiances des foyers amis. Ceux qui étaient bien rangés et puis les autres, les bordéliques – nous adorions ce mot « bordélique ». À l'époque, Paris, la ville entière, me faisait l'effet d'un dessin en points à relier. Je pouvais sauter d'une maison à l'autre. Les façades, anonymes au regard de mes concitoyens, abritaient pour moi des alcôves douillettes, des tables où boire un café, des fauteuils où s'asseoir pour discuter. Je mémorisais les codes. Cette collection de chiffres, vaine et secrète, me permettait de braver les infranchissables frontières d'une cité moderne bien gardée. J'adorais mes amis. J'aimais cette impression d'être partout chez moi, attendue, accueillie. Je n'ai pas été surprise que les alliances se retournent si vite. On aimait une certaine Myriam, or je m'étais dénaturée.

Tata Émilienne a terminé son repas. Elle a tenu à commander les sablés à la figue et sa robe en jersey est constellée de miettes. Je viens m'asseoir une minute à côté d'elle.

– Comment va ton mari ? me demande-t-elle.

– Très bien, lui dis-je sans une seconde d'hésitation.

– Et le petit ?

Ma gorge se serre, mais je parviens néanmoins à répondre.

– Formidable. C'est un grand jeune homme maintenant.

– Les études, ça marche ?

Je hoche vigoureusement la tête. Ma voix a disparu. Je prie pour que mes prédictions soient les bonnes. Je m'imagine Hugo, un sac à bandoulière en travers de la poitrine, marchant d'un bon pas dans le froid, le menton levé, le nez en l'air, offrant son visage aux baisers du vent. Rien de ce que je dis à ma tante ne porte à conséquence. Elle ne tentera jamais de recouper mes propos avec ceux d'un autre membre de la famille. Il ne lui viendrait pas à l'idée de se demander pourquoi elle n'a pas vu mon mari depuis si longtemps – elle se rappelle à peine son prénom – et elle aura oublié la moitié de ce que je lui ai dit une fois rentrée chez elle. Je me repais dans la tranquillité qu'on éprouve à s'entretenir avec une personne dont la cervelle ignore le tranchant de la rationalité.

– Garçon ! s'écrie Tata Émilienne au moment où Ben passe à sa portée. L'addition, s'il vous plaît.

– C'est bon, dis-je à ma tante. Je t'invite.

– Tu es très gentille, me complimente-t-elle. C'était bon. J'ai très bien mangé.

Elle se frotte l'estomac.

– Je n'ai plus faim du tout, ajoute-t-elle.

Je l'aide à enfiler son manteau et je la reconduis à la porte de *Chez moi*. Durant un instant, je demeure immobile derrière ma vitrine pour la regarder traverser la rue. Elle marche comme une oie, basculant, à chaque pas, d'une jambe sur l'autre, arborant fièrement son ventre énorme comme un bréchet. Arrivée sur le trottoir d'en face, elle se retourne pour m'envoyer un baiser. Ben a posé la main sur mon épaule.

– J'ai des commandes pour ce soir, m'annonce-t-il. On va s'en sortir.

– Tu crois ?

Il ne prend pas le temps de me répondre et retourne en cuisine pour s'occuper des derniers desserts.

Simone et Hannah m'attendent à leur table. Elles ont déposé huit euros dans la soucoupe en bakélite.

– Alors ? me demande Simone. Vous avez réfléchi ?

– Toute vérité est-elle bonne à dire ? me rappelle son amie.

– Vous en pensez quoi, vous ? je leur demande.

Elles haussent les épaules.

J'insiste :

– Vous avez bien une idée ?

– J'ai parlé à un redoublant, m'explique Hannah. Il m'a dit que le plan classique, celui qui marche à tous les coups, c'est « Oui. Non. Mais ». Pour le début je vois bien ce que ça donne : Oui, il faut dire la vérité, parce que mentir c'est mal, parce que si on exige de l'autre un peu d'honnêteté, il faut soi-même être sincère, et tout. Ensuite on fait le « Non ». Donc, ça c'est pour les cas où la vérité est vexante ; on peut imaginer certaines situations dans lesquelles la vérité fait plus de mal que de bien. Par exemple quelqu'un qui est très malade, si on lui dit qu'il va mourir, il se déprime et meurt… Bon il serait mort de toute façon mais là, ça va encore plus vite.

J'acquiesce en essayant de ne pas sourire.

– Très bien, dis-je, et ensuite ?

– C'est là que ça coince, dit Simone. On a essayé, mais on ne trouve pas le «Mais». Oui, il faut dire toute la vérité. Non, il ne faut pas dire toute la vérité. Mais, quoi ? Là on est complètement bloquées, Hannah et moi. On ne voit pas du tout ce qu'on peut mettre après le «Mais».

J'agite la main distraitement pour saluer les habitués qui s'en vont en chantant mon prénom :

– Salut, Myriam.

– À plus, Myriam.

– À demain, Myriam.

Ils savent comment je m'appelle ; je ne leur ai pourtant jamais dit. Encore une manœuvre de Ben. Il pose les plats sur les tables en murmurant «C'est Myriam qui a inventé cette recette, vous m'en direz des nouvelles». Ou bien «Myriam vous conseille le riz au lait en dessert. Par un froid pareil, ça protège des angines». Il invente n'importe quoi pour me rendre sympathique.

Simone et Hannah s'impatientent.

– On n'y arrivera jamais ! disent-elles en se prenant la tête dans les mains.

– Pourquoi vous ne commenceriez pas par vous demander ce qu'est la vérité ? leur dis-je.

Elles se regardent, sidérées.

– Je n'y connais rien, ajouté-je aussitôt. Le redou-

159

blant a sûrement raison, mais moi, je me suis toujours méfiée de ce mot. La vérité. C'est comme la beauté, non ? Ça dépend entièrement de qui regarde.

Les filles soupirent. Elles sont déçues.

Un éclair de génie me traverse.

– On n'a qu'à demander à Ben !

Je me dirige vers le percolateur et je propose à Ben de le remplacer pour les cafés et les additions.

– En échange, tu les aides pour leur devoir.

Lorsque je lui communique le sujet, son visage s'illumine. Il a déjà traité cette question. Il se rappelle très bien le plan. Il cite deux auteurs indispensables, dont les noms, évoquant d'antiques échecs personnels, suffisent à me faire frémir.

Les genoux en X sous la table des filles, ses longues mains s'élevant autour de sa tête pour plus de conviction, Ben argumente. Elles prennent des notes. Plusieurs pages se noircissent. Des cigarettes s'allument et se consument sans avoir été fumées. J'entends les mots « percepts », « phénomènes », « énonciation », « emprise », « subjectivité », « objectivité ». Ben jongle, comme avec mes assiettes et mes verres le premier jour. Sa maman doit être si fière de lui ! me dis-je. Sauf qu'elle est morte, il m'en souvient. J'essuie des soucoupes en chantonnant. Au fond de ma poitrine, un sentiment douillet enfle gentiment. J'ai vraiment le meilleur serveur de Paris.

Les commandes pour le soir sont étonnantes. Ben me les a transmises quand les filles ont déguerpi, en retard, décoiffées, émues.

– Comment ça, étonnantes ? me demande-t-il quand je lui fais part de ma surprise. Vous avez bien dit qu'on faisait traiteur, non ?

L'inquiétude perce dans sa voix.

– Oui, j'ai dit ça.

– Il y a un problème ?

Je relis la liste : menu **exotique** pour quatre, buffet de tapas pour huit, salade géante pour seize. J'étudie les noms de nos commanditaires : Laferte-Girardin, N'guyen, Elkaroui.

– Qui sont ces gens ? dis-je.

Je ne reconnais aucun **nom**.

– Comment ont-ils su ? Et ces repas ? C'est quoi ? Menu exotique, qu'est-ce que tu veux que je leur mette, des cœurs de palmier et des pousses de soja ?

Ben regarde ses pieds.

– Est-ce que ces gens **existent** vraiment, Ben ?

Je soupçonne quelque **chose**, je flaire une mystification. La douceur de ce garçon est louche. Louche sa souplesse. Louche son oblativité. Il veut changer le monde, m'a-t-il expliqué. Je conviens qu'il y a du pain sur la planche, mais je crains que ce projet à grande échelle ne soit là que pour en dissimuler un autre, plus petit. Derrière l'Idéal, avec son I majuscule plein de fierté et d'arrogance, se cache l'obscure manie de la réparation. Je connais ce vice. Si j'étais psychiatre, je le nommerais complexe du maçon. Le patient ne supporte pas le moindre jour entre deux briques, il faut qu'il gâche, truelle en main, qu'il comble les interstices, qu'il consolide, qu'il rénove. On pourrait aussi qualifier cette attitude de démence féerique : le sujet, confronté à une situation difficile ou conflictuelle, donne des coups de baguette désordonnés visant à résoudre les problèmes, à guérir les blessures. Ben a si longtemps porté le fardeau de l'enfant qui tente tout pour faire sourire ses parents, les satisfaire, les surprendre, qu'il a constitué des réserves dangereuses d'imagination. Il veut me remonter le moral, me faire oublier les tracasseries de la banque, les courriers comminatoires, il aimerait soulager mon mal de dos et, pendant qu'il y est, combler ma longue ride au coin de la bouche.

Je vois clair dans son jeu. Il a inventé des clients. Quoi de plus facile ? C'est lui qui réceptionne les commandes et c'est lui qui livre. Il lui suffira de refourguer les plats aux SDF du quartier (Ben n'est pas du genre à jeter de la nourriture à la poubelle), et de régler la note avec son argent. Il n'est pas riche, m'a-t-il dit, mais je ne le crois pas. Ses vêtements sont beaux, propres et neufs. Je me souviens du prix de l'élégance. Ben est en train de se sacrifier pour moi.

C'est un genre de détournement de fonds à l'envers, un abus de biens privés.

J'attends ses aveux. Il continue de fixer le sol.

— Ben, lui dis-je. Je n'ai pas besoin d'aide. Je me débrouille. Ça ne va peut-être pas aussi vite que tu le voudrais, mais j'avance, je t'assure.

J'énonce cela d'une voix très douce, afin de ne pas le heurter. Je prends la liste des commandes et je la déchire. Ben me regarde faire, horrifié.

— Mais qu'est-ce que je vais leur dire, moi, à ces gens ?

— Quels gens, Ben ?

— Eux, dit-il, en désignant les morceaux de papier.

Un doute s'insinue en moi.

— Tu les connais ?

— Non, répond-il.

— Alors d'où sortent-ils ?

— Du site.

— Quel site ?

— Le site Internet de *Chez moi*.

— On a un site Internet ? je demande, comme si ce genre de choses vous poussait spontanément à la manière des verrues sur le bout du doigt ou des ronces dans un jardin.

Ben acquiesce. Il a mis en place un système de commande de plats à distance. Il m'explique que nous avons eu beaucoup de chance parce que le nom n'était pas déposé. Le site, selon lui, est encore assez rudimentaire. Les illustrations se réduisent aux photos qu'il a prises avec son portable. La mise en pages n'est pas très soignée, mais ça fonctionne. La preuve, nous ne sommes en ligne que depuis vingt-quatre heures et nous avons déjà reçu trois commandes. Je recolle la liste déchirée, afin de reconstituer les noms de nos clients virtuels.

— Vous êtes fâchée ? demande Ben.

— À ton avis ?

Nous rions. Je le félicite pour cette initiative qui nous propulse sur la route de la fortune et de la modernité.

— Comment as-tu établi les menus ?

— J'ai étudié les offres de nos concurrents. La plupart du temps, c'est trop ciblé et trop cher. Des ghettos. Vous avez les italiens, les asiatiques, les américains, les japonais. Les cartes sont faussement variées, les desserts sont déprimants. Ou alors ça coûte une fortune. J'ai aussi fait un autre pari, mais c'est plus risqué.

Il hésite, je l'encourage.

— Je n'ai pas mon permis, dit-il. Je n'ai ni vélo, ni mobylette ; alors pour les livraisons, ça risque d'être compliqué. Surtout que je vais devoir passer en cuisine pour vous donner un coup de main, enfin, si vous voulez bien. Donc j'ai expliqué sur le site qu'on était un service de restauration de proximité et que les gens devaient venir chercher leur commande eux-mêmes. J'ai valorisé la contrainte en faisant miroiter l'économie et…

Ben hésite à nouveau. Je l'encourage encore, je veux connaître la suite de notre histoire.

— … j'ai mis l'accent sur le plaisir que nos chers clients auraient à rencontrer notre chef, Myriam. J'ai écrit des trucs sur vous qui…

— Qui sont faux ?

– Non, qui sont vrais, qui donnent envie de vous connaître.

Je n'ose pas lui demander de me réciter le boniment qu'il a mis au point concernant ma stupéfiante personne.

– Et alors ?

– Alors ça a l'air de marcher, non ? fait-il en désignant la liste quadrillée de Scotch que j'ai entre les mains.

– Qu'est-ce qu'on doit préparer ?

– Un menu exotique, des salades géantes et des tapas.

J'essaie de comprendre le concept, car ainsi nomme-t-on pompeusement, de nos jours, la ligne d'un restaurant. Ben me confie un autre de ses paris. Selon lui, les gens n'aiment plus choisir. On leur a trop demandé leur avis. Cette lassitude est préoccupante, car ils sont devenus la proie facile d'une dictature rampante. Ils ne veulent plus décider, alors nous décidons pour eux, nous sommes le bon tyran de la restauration, le dictateur éclairé des saveurs. Ben a constitué un bouquet de propositions volontairement floues qu'il me faut interpréter. Quatre formules constituent notre carte : Exotique, Tapas, Salades géantes, Tradition.

– Tu es sûr pour Tradition ?

– Personne ne nous la demandera. C'est un leurre. Il faut qu'il y ait le mot tradition. Mais ça reste un mot. Un mot qui rassure.

Je m'installe à une table, crayon en main, pendant que Ben range la salle. J'établis mentalement des carrefours entre valeur gustative, rapidité de préparation et rentabilité. Je mise, là encore, sur l'automatisme de mes gestes. Il me faut aller chercher profond en moi, non plus dans la cuisine apprise, mais dans la cuisine transmise, les choses que j'ai su faire avant de connaître l'alphabet, les plats que je saurais confectionner dans le noir, ces goûts d'ailleurs, plus précieux que le trousseau d'une fiancée. Je dresse la liste de mes acquis – caviar d'aubergine, salade de poivrons, poisson piquant, chaussons au fromage, salade de pommes de terre au piment, tarama, artichauts à l'orange, fèves au cumin, bricks au thon et aux câpres, triangles à la viande, aux œufs et à la coriandre… J'organise des croisements, des détournements, des associations, des rencontres improbables. L'exotisme s'étendra de l'Orient à l'Asie Mineure. Mes bataillons s'organisent, infanterie de légumes, cavalerie de croustillants. J'inspecte mes munitions entre les flancs de mon placard à épices, curcuma et ras-el-hanout au garde-à-vous dans leur cartouche de verre. Origan, sauge, graines de pavot, nigelles, baies rouges, baies noires. Il me faudra des montagnes d'ail, des pignons, des olives, des citrons confits…

Je m'interromps soudain dans ma recherche, comme si j'avais trébuché sur le sésame toujours manquant.

– Il faut que j'appelle Ali Slimane, dis-je en bondissant de ma chaise.

– On n'a pas le temps, me répond Ben, déjà occupé à hacher les herbes indispensables à mes recettes.

Je ne l'écoute pas. Je m'assieds par terre derrière le bar, à l'abri des regards et du bruit de la rue. Ben s'affole, il marche de long en large, ouvre le frigo, le referme. Que pourrait-il faire, tout seul ? Sait-il comment composer un menu exotique pour quatre ? A-t-il une idée de ce que l'on met dans une **salade** géante, une fois qu'on a sagement renoncé au **riz,** au thon et au maïs ? Il ne cesse de me regarder, de m'interroger des yeux, il m'implore de revenir à mon poste, de ne pas faire capoter si tôt son mirifique projet d'expansion.

La tonalité résonne à mon oreille, un câble nous relie, Ali et moi.

– Bonjour, c'est Myriam.

– Bonjour.

– Vous vous souvenez ?

– Oui.

– Vous allez bien ?

– Oui.

– Je ne vous dérange pas ?

– Non.

J'ai l'impression de m'adresser au Sphinx. Ses réponses sont concaves, elles ouvrent la porte aux énigmes au lieu de la fermer au doute. Je suis heureuse d'entendre sa voix. Je me l'imagine, chez lui : sommet de la colline, mur de pierres envahi de ruines de Rome, carreaux givrés, croquettes de boue sur le racle-bottes en acier.

– J'ai ouvert un restaurant.

– C'est bien.

– J'ai besoin de vous.

Il se tait. Durant son silence, j'énumère pour moi-même toutes les choses que je sais de lui : sa bouche sombre, l'assurance qu'il ne me fera jamais pleurer, ses pantalons de toile mastic, la mélancolie de son regard, les cigarettes roulées toutes fines entre ses doigts élégants.

167

– Je vais venir, promet-il.

Je lui donne l'adresse. Je lui demande quand il pense pouvoir passer, s'il a besoin que je lui envoie un bon de commande. A-t-il un fax ? Il ne répond à aucune de mes questions. Il me dit qu'il est content de m'entendre, qu'il trouve que quelque chose a changé en moi.

Je raccroche. Je mets un moment à me relever. Mes jambes sont toutes molles. Je dois me hisser en m'agrippant au rebord du bar. Je titube jusqu'au billot. J'ai envie de m'allonger, de me laisser tomber, d'attendre.

Ben a les dents serrées, excédé par le temps que je perds. Il craint que son initiative soit menacée par ma paresse nouvelle. Je regarde la pyramide verte des herbes cisaillées puis mélangées entre elles, matelas plus tendre qu'un édredon de duvet, montagnette de plaisirs subtils, j'en tapote gentiment le sommet.

– Ensuite ? demande Ben un couteau à la main.

Je ne résiste pas à la joie de le torturer.

– Ensuite, lui réponds-je, on se fume une petite cigarette comme au bon vieux temps.

– Comme au bon vieux temps ? répète-t-il consterné.

– C'est ça, dis-je, le dos calé contre la banquette, les pieds posés sur un tabouret. Au bon vieux temps de quand j'avais vingt ans et que tu n'étais pas né.

Un mot de trop peut-être. Le voilà puni, assis sous mon étagère de livres. Il boude. Les jeunes n'aiment pas qu'on leur reproche leur jeunesse. Les vieux n'aiment pas qu'on leur rappelle leur grand âge. Personne ne souhaite se voir comme une mouche écrasée sur l'échelle du temps. Je regrette ce que j'ai dit et parviens, néanmoins, à goûter l'ivresse de la cigarette interdite. Nous nous regardons, Ben et moi, et soudain, c'est comme une illumination, je comprends qu'il aime les hommes. Je ne saurais dire exactement ce que cela me fait. Je me sens exclue. Curieuse aussi. Mais nous n'avons pas le temps d'évoquer cette découverte. Il nous faut travailler.

Je me redresse brusquement, écrase ma cigarette dans l'évier et me lave les mains jusqu'aux coudes. J'ai l'impression d'être un chirurgien au bloc, flanqué de son infirmière. Le chirurgien dit pince, l'infirmière annonce : pince et tend l'instrument à son chef. C'est très important qu'elle répète le mot qu'il vient de prononcer, car il lui arrive – c'est très rare – de commettre une erreur. Il se trompe de mot. Il dit pince, mais il a besoin du scalpel. L'infirmière dit pince en lui tendant la pince et là, au lieu de découper le ventre du malade avec une pince (ce qui doit être extrêmement ardu), il entend son erreur dans la voix de son assistante et la corrige à temps : Non, scalpel. Scalpel, dit l'infirmière en lui tendant l'instrument requis. En cuisine, comme en chirurgie, nous n'avons pas droit au lapsus. Je dis sel et Ben répète le mot en me tendant l'objet. Je dis beurre, il dit beurre. Je dis poivrons, il dit poivrons. Je dis six œufs, il dit six œufs. Il a compris sans que j'aie eu besoin de lui expliquer. Il a constaté l'urgence dans ma voix, dans mes gestes. Il anticipe, passe des coups d'éponge fréquents, envoie les épluchures au panier à mesure qu'elles s'accumulent, ouvre les feux, met le four à préchauffer. Nos bras se croisent, nos voix se chevauchent, il remet une de mes mèches en place, il sait combien cela m'agace d'avoir les cheveux dans les yeux quand je travaille. Je glisse sur une épluchure de tomate, il me rattrape. Je lui tends des couteaux à rincer. Il me fournit des cuillères, des spatules. Il remplace les torchons humides, rince les salades. Je lui montre comment fabriquer des dés de tomates, des lamelles de courgettes. Il dit « Ah, génial ! » et m'imite. Ses talents en cuisine égalent ses talents en salle. Il est adroit, patient, minutieux, concentré et rapide. Il comprend la balance citron/sel, perçoit l'équilibre sucré/piquant. Il a beaucoup d'instinct et, tandis que je lui transmets tout ce que je sais, je sens mon cœur s'alléger. Le poids de la connaissance me quitte, je ne pense à rien. Je gagne encore en rapidité. Cela me fait sourire. C'est presque un numéro de cirque. Mes mains sont dans la farine avant que j'aie pensé verse dans le saladier, coupe le beurre, mélange, pétris. Tel saint Denis, j'évolue tête à la main, je ne souffre pas de ma décapitation, je m'en réjouis.

Nos tapas sont ravissantes : petit carré de pain d'épice orné de chèvre et de poire rôtie, foies de volaille au porto sur tranche de pomme de terre et confiture d'oignons, petit rouleau de trévise au miel et au haddock. Ben est allé chercher des boîtes chez le pâtissier pour ranger nos trésors. Le menu exotique se compose d'un tarama, de rouleaux de thon aux câpres, de salade de poivrons sautés à l'ail et de caviar d'aubergine. Ce n'est pas très exotique pour un habitant des Balkans, mais ça l'est sans doute pour un Vietnamien ou un Breton. La salade géante est vraiment géante ; il y a tout un repas dedans, de l'entrée au dessert et pourtant point de riz, et pourtant point de maïs en boîte ; des copeaux, toutes sortes de copeaux, de légumes, de fromages, de fruits, qui se mêlent sans s'écraser, se côtoient sans se nuire. À dix-neuf heures, nous sommes prêts, nos commandes attendent, au frais ou au chaud, et notre menu du soir, qui s'articule autour des champignons des bois, du poisson fumé et des airelles est en place. Nous avons les joues rouges, les mains usées et un sourire d'imbécile heureux aux lèvres. Pour fêter notre premier soir d'activité mixte, j'ouvre une bouteille de champagne, que nous vidons allègrement au cours de la soirée. Nos clients internautes sont charmants et étrangement loquaces. Ils se sentent obligés de me faire la conversation pendant que j'emballe leur commande. Ils cherchent à briller, c'est évident, à se faire bien voir. Je me demande ce que Ben a écrit sur moi dans notre site. En les raccompagnant à la porte, il leur explique que les commentaires sont les bienvenus, que nous allons organiser un forum de goûteurs, que leurs remarques seront publiées sur notre page d'accueil. Les tablées s'en mêlent, veulent comprendre qui sont ces envahisseurs qui repartent les bras chargés de cartons. Ben passe parmi nos hôtes et distribue les prospectus qu'il a confectionnés je ne sais quand, je ne sais comment. Ce sont d'élégants marque-pages en carton parme sur lesquels on peut lire le nom du restaurant et l'adresse de notre site. Un sous-titre en lettres plus petites indique : « restauration choisie » et il me semble que c'est la phrase la plus sibylline et la plus explicite que j'aie jamais lue.

Je fais la caisse pendant que Ben termine de débarrasser. Il est vingt-trois heures quarante-cinq. Nous nous couchons de plus en plus tard. Je me demande comment nous allons tenir à ce rythme. Ben me sert un cognac. Je suis pompette. Lui aussi. Nous trinquons, yeux dans les yeux, enlaçons nos coudes et buvons à notre santé, à notre prospérité, à notre réussite, à nos futurs millions de dollars. Je lui demande comment nous allons nous en sortir avec son idée à la gomme. Internet, c'est trop gros pour nous. On ne pourra jamais fournir. Ce n'était pas ce que j'avais prévu. J'avais songé à un recyclage, à une revalorisation des restes, à une lutte contre le gâchis. Je le traite de capitaliste. Il me traite de vieille baba. Je le traite d'école de commerce. Il me traite d'école buissonnière. Puis il se défend, plus sérieusement. Il m'explique patiemment que pour donner il faut avoir les moyens, qu'il convient de s'expandre avant de répandre, que l'Éden est synonyme d'abondance, pas de débrouille. Je ne comprends pas comment moi, qui ai été élevée par une famille bourgeoise, moi, qui ai grandi pour former, à mon tour, un foyer bourgeois, je peux me faire administrer une leçon de gestion et de savoir-vivre par un gamin des rues. Qui est Ben ? Il me semble soudain intolérable de le connaître si peu. J'ai cent questions à lui poser, sur son enfance, sur ses parents, mais celle qui jaillit de mes lèvres, je n'avais pas prévu de la lui soumettre.

– C'est comment de faire l'amour avec un homme ? je demande.

Ben me dévisage, les yeux ronds.

– Pardon ? fait-il.

Je répète ma question, bête pour bête, indiscrète pour indiscrète, autant aller au bout.

– C'est comment de faire l'amour avec un homme ?

– C'est à vous qu'il faut poser la question, me rétorque-t-il.

Je me sers un autre cognac. Je sens que je dérape, que je déraperais volontiers. Je me donne un genre. Le genre je-sais-qui-tu-es. Mais, apparemment, mon hypothèse est erronée. Je le regarde. Ses joues lisses, sa bouche si minutieusement ourlée, ses narines intelligentes, pas mesquines, pas sombres, pas repoussantes, ses longs cils qui battent lentement sur ses yeux un peu écartés et légèrement tombants. Je le trouve fait pour l'amour. Son corps mince et un peu raide, circonspect et rapide. Ses mains, à la paume longue, aux doigts courts, des mains dont la force surprend. Ben m'explique très simplement, sans que j'aie besoin de l'interroger davantage, sans me faire porter la responsabilité de l'enquête, qu'il n'a pas de vie amoureuse.

– Mais sexuelle, oui ? je demande, un espoir niais dans la voix.

– Non, répond-il sans tristesse et sans joie.

– Comme un curé, alors ? Comme une nonne ?

– Pas vraiment, dit-il après un temps. Pour moi, ce n'est pas une contrainte, ni une obligation. Ce n'est pas un sacrifice.

Il hésite un instant.

– Ce n'est pas par manque de goût, non plus, ajoute-t-il. C'est ainsi.

– Comme une malformation, alors ?

J'ai beaucoup trop bu. Je dis n'importe quoi. Grossière et agressive. Mais il éclate de rire. Il est hilare, plié en deux. La délicatesse de Ben, me dis-je, est une forme de magie. Il se calme et, pédagogue, reprend son exposé.

– Je suis normal. Il n'y a pas de sexe dans ma vie, comme chez certains il n'y a pas de littérature ou de musique. Ces gens vivent aussi, comme nous. Ils apprécient d'autres choses, ont d'autres plaisirs. Il ne leur manque rien, puisque cette chose, pour eux, n'existe pas.

Un soulagement violent, comme après un effort ininterrompu sur un tempo inhumain, me dessoude, et je pense : ne pas désirer, dans ce monde si contraire et si hostile, voilà la vraie liberté. Finies les attentes, finis les trahisons, les cœurs souillés, les corps coupables. Terminé le tourment et les heures gâchées dans la fabrication de pitoyables stratégies. Un monde intérieur incolore et indolore. Le moi comme une vitre, plus jamais comme un miroir.

– Mais cela, reprend Ben, interrompant ma pensée, ne veut pas dire que je ne sache pas aimer, aimer d'un autre genre d'amour.

Il se lève alors et s'avance vers moi. À mon tour je me lève. Il me prend dans ses bras et me serre contre son grand corps qui me dépasse de partout, plat, déployé comme une carte d'état-major. Il me dit dans le cou :

– Vous, par exemple, je vous aime beaucoup. Beaucoup. Beaucoup.

Son corps demeure muet, tandis que le mien hurle. Entre mes jambes, une affiche se déroule. MANGEMOI s'y écrit en lettres tremblantes et gigantesques. Je le repousse et je m'excuse.

– J'ai trop bu. Vraiment.

Il me caresse la tête, gentiment. Et je pense à l'amour des animaux. De l'animal pour son maître.

Du maître pour sa bête. Comment freiner mon corps ? Il faut que je pense Ben est mon chat, Ben est une antilope. Pourquoi suis-je incapable de tarir ma source ? Il faut que je puisse caresser la tête de Ben comme celle d'un labrador. Nous ne sommes pas de la même espèce. Voilà, c'est tout. J'aimerais tant appartenir à la sienne. Toute cette énergie au service du travail, de l'imagination. Je comprends pourquoi les grands mystiques vivent dans l'abstinence. Sauf que Ben va plus loin, lui ce n'est pas qu'il s'interdit le désir, c'est qu'il l'ignore. Ainsi trouve-t-il le temps de poursuivre des études, de travailler comme serveur, de créer un site Internet et de s'occuper d'une folle comme moi. Il n'est pas encombré. Pas un gramme de lest, il file. Aucune déviation, pas le moindre ralentissement, droit au but. Mais quel but ? Comment vivre sans la perspective d'un amour ? Comment parvenir à ne jamais détourner le regard de l'horizon ? Comme j'aurais peur de la mort si je devais ainsi foncer vers la fin, sans distraction, sans l'énorme obstacle de la passion ! À quoi s'accrocher ? Je songe au pont suspendu jeté en travers du néant, l'ouvrage d'art démesuré que seul l'amour peut construire et qui nous mène à l'éternité. Comment Ben s'y prend-il pour franchir les gouffres infimes et vertigineux du quotidien ?

– Tu ne vas pas rester toujours comme ça, lui dis-je. Ça va changer.

Je voudrais lui faire écouter *Norwegian Wood*.

Il secoue la tête.

– Non, dit-il. Je ne crois pas. Je ne vais pas changer. Et je ne veux pas changer. Je ne suis pas seul. Il y en a d'autres comme moi. Plein de jeunes. Il y en a toujours eu sauf qu'avant, ça se voyait moins. Avant on n'en parlait pas, mais parce que avant, on ne parlait de rien. La proportion de puceaux sur une population adulte est constante. À quoi vous l'attribuez, vous ? À la timidité ? Alors, c'est vrai, sur la quantité, il y a les infirmes, les fous, les malades, et puis il y a nous.

Comme je hais ce « nous ». Armée de nihilistes.

— Et comment marcherait le monde, si tous les gens étaient comme vous ? je demande.

— On ne demande à personne d'être comme nous. À l'inverse, dit-il, si tout le monde était comme vous, la planète serait encore plus surpeuplée qu'elle ne l'est. On aurait chacun cinq bébés sur les bras.

— L'amour et les bébés, ce n'est pas la même chose, lui dis-je.

— C'est la même chose, affirme Ben. Je ne tiens pas à me reproduire.

La nuit avance et les ombres grandies par l'alcool se font menaçantes. Je les vois, tous ces jeunes, fondre sur nous, en rangs serrés, coude à coude. Leur union m'effraie car aucune jalousie, aucun désir ne la fissure. Ils consacrent tout leur temps à l'étude, toute leur énergie à la conquête du pouvoir tandis que nous peinons, pauvres vieux, épuisés par notre lubricité.

— Fiche le camp, dis-je à Ben.

— Je ficherai le camp demain, me dit-il en souriant. J'ai raté le dernier métro, il fait froid et je n'ai pas d'argent pour un taxi.

Je prends un billet dans la caisse et le lui tends.

— Tiens, en voilà de l'argent. De toute façon, tu vas tout me prendre.

— Ouais, ouais, dit-il, toujours souriant. Couchez-vous Myriam. Je vais rester. C'était un grand soir. Je ne veux pas vous laisser seule.

Il tire le sac de couchage de sous la banquette. Il connaît tous mes secrets. Il m'allonge, me borde, me caresse doucement la main et me dit que tout va bien. Juste avant de m'endormir, je le vois, éclairé par une minuscule lampe qui projette une ombre de gorille sur le mur; il tire de sa besace un ordinateur portable, le branche et installe je ne sais quoi en tripatouillant les fils et les commandes. Je rêve que je rêve que j'entre dans les jardins d'un palais. C'est une boucle : dès que je passe la roseraie, je m'éveille du rêve à l'intérieur de mon rêve et je recommence.

En pleine nuit, j'ouvre les yeux. Je suis parfaitement lucide. Sur l'écran d'ordinateur de Ben des poissons nagent, indifférents dans une eau noire. Il a posé sa tête sur la table et s'est endormi, les bras croisé devant son front. J'étudie les angles, les lignes brisées qui le dessinent, l'encastrent sous le plateau de bois, jambes en vrac entre les pieds de la chaise. Seuls les passages de poissons aux couleurs claires me permettent de distinguer sa silhouette. Le reste du temps, quand c'est un requin gris, un barracuda indigo, ou une murène brune qui se balade, je n'aperçois plus rien qu'une masse sombre à quelques pas de moi. Je suis inquiète. Je me remémore notre conversation. Contrairement à Ben, je ne pense pas que les membres de sa tribu aient toujours existé. Ces jeunes gens m'apparaissent, au contraire, comme le produit dérivé le plus abouti de notre civilisation. C'est la génération de l'écœurement. Comment les convaincre qu'ils font fausse route ? L'émancipation est tentante : on ne se laisse plus piéger, pas d'attaches, pas de souci de fidélité, de loyauté, de territoire. Je ne sais comment lui désigner le piège encore plus dangereux dans lequel il est en train de tomber. On n'est jamais si vulnérable que lorsqu'on croit se révolter. Le refus du système n'a jamais fait qu'engraisser le système. Comment le lui dire ? Je parviens à peine à le penser. Ce que je sais, c'est que le désir demeure la seule force authentiquement subversive. Quand l'oppresseur enfile le masque froid de la logique économique, il est plus important que jamais de préserver et d'entretenir la citerne du n'importe quoi, le merveilleux réservoir à girouettes. Pendant que Ben dort, je lui chante les mérites de l'insurrection des corps.

J'ai envie de tout envoyer balader, ses idées brillantes de publicitaire maniaque, ses méthodes de prince du marketing, son business plan d'étudiant aux dents longues. Si ça l'amuse de faire des affaires, qu'il aille ailleurs. Chez moi, on ne fait pas fortune. Chez moi, on mange de bonnes choses pour un prix modique. Mes clients se régalent, et à chaque fois je me dis : voilà, j'ai fait un heureux, sans douleur, sans risque d'accoutumance, sans spirale infernale du toujours plus.

Je songe au centre de la satiété. Certaines personnes en sont, paraît-il, dépourvues. Mais c'est rare. Il n'existe pas, à ma connaissance, de centre équivalent pour l'appétit sexuel. On n'en a jamais assez. C'est un feu qu'il faut sans cesse alimenter. Addiction, addiction, addiction. Alors qu'au restaurant, non merci, c'est bon, je n'ai plus faim.

Est-il possible de penser une chose, sans penser aussitôt son contraire ? Les sujets de philo de Simone et

Hannah me donnent des cauchemars. Je ne veux pas être comme Ben, mais je ne veux pas être comme moi. Je suis une personne dangereuse et peu fiable. J'écris, dans ma tête, une lettre de licenciement destinée à Ben.

Pour divergences de méthode, pour mésentente idéologique, pour vous préserver de vous-même et de vos illusions, je me vois dans l'obligation de mettre fin à notre collaboration qui, croyez-le, m'apporta beaucoup.

Je relis. J'apprécie le calme du style épistolaire ; la colère qui ne se dresse plus, mais s'allonge. Ce mélange de douceur et de perfidie que l'on peut y glisser. Une lettre de rupture de trois pages, tissée de reproches, de récriminations, voire d'injures, si elle se termine par quelque chose comme « mais je sais, au fond de moi, que je n'aimerai jamais personne comme je t'ai aimé(e) », est encore une lettre d'amour. Je raffole aussi des lettres timides et sobres qui dévoilent les sentiments de leur auteur au détour d'un mot qu'il ou elle n'a pu retenir et qui s'envole, papillon fou, pour aller se poser – il connaît exactement le chemin – au coin des lèvres du lecteur, dans un sourire frémissant, que le pressentiment d'un amour secret, et **pourtant** avoué, fait trembler.

Voilà, je suis paisible. La dernière goutte de cognac s'est mêlée à mon sang. J'en veux à Ben parce qu'il ne veut pas de moi. C'est humain, comme on dit quand on n'ose pas dire c'est bête. Cela fait six ans qu'un homme ne m'a pas tenue dans ses bras. Et encore, la dernière fois, était-ce vraiment un homme ? Six années vides.

Sauf un soir peut-être. Mais ce n'était rien. Un ciel noir, piqué d'étoiles. Beaucoup trop d'étoiles, ai-je pensé. Il y en avait partout, au-dessus du chapiteau, des grosses et des minuscules, des traînées, des filantes. Il faisait chaud. Les feuilles aux arbres remuaient lentement, comme des paupières de danseuses espagnoles. Il se dégageait de la terre et des murs une odeur de jour contrarié, de jour qui a fui, mais demeure, mais persiste dans le soir. On ne me tuera pas, dit le jour. Impossible de trouver le sommeil. Il suffit que la narine inspire de cet air chargé de regret du soleil pour que l'on décrète la nuit blanche. Je ne dors pas. Je ne dors plus. Cette nuit je suis folle.

Éloi était sorti parce qu'il avait entendu la chèvre tirer sur sa corde. Il était l'auteur d'un numéro intitulé la roue de la mort mais il s'occupait aussi beaucoup des animaux. Il avait craint que la bête ne cherchât à s'échapper. Une chèvre dans Paris. Une chèvre grimpant vers Montmartre. Moi, j'étais dehors. Je respirais les parfums mêlés. Nous avons admiré ensemble les pupilles rectangulaires de Marina, la chèvre implorante. Elle voulait un câlin. Nous avons ri et nous sommes restés, côte à côte, debout dans l'air dément. Cent fois, mille fois, nos mains ont rêvé de se toucher. Nous demeurions immobiles, les poumons gonflés du même arôme tentateur. Arôme de la nuit d'été qui enveloppe les corps nus de son sirop brûlant. Après on doit se lécher jusqu'au matin. Je nous voyais, roulant l'un sur l'autre dans les chardons, puis plus loin écrasant la ciboulette : amours aux senteurs d'oignons. Mes hanches voulaient quitter mon corps, une pres-

sion incroyable, un assaut… Ouf, Éloi avait déjà disparu. Éloi, que sa femme, beaucoup plus jeune et plus
jolie que moi, attendait dans sa roulotte, était rentré
chez lui.

Je ne pourrai plus me rendormir à présent. Je prends
un livre sur mon étagère. Un recueil de correspondance, encore un, et je lis : « Nous avons donc acheté
le taureau que ma mère a baptisé Banjo, j'ignore pourquoi. J'ai toujours pensé que si elle avait eu un chien,
elle l'aurait nommé Azor, sans la moindre ironie. Moi
aussi, j'aurais nommé mon chien Azor, mais avec ironie. Vous me direz que personne n'aurait vu la différence. » Je relis ce passage d'une lettre que Flannery
O'Connor écrivit à son amie « A », le 9 août 1957, et
je songe à ce cadeau inouï, à portée de ma main, à
cette consolation immédiate de tous les chagrins par
l'esprit.

Sous le rideau de fer, le vent du matin se glisse.

Bonjour, me dis-je à moi-même.

Quand Vincent vient boire son café quelques jours
plus tard (il a dû s'absenter une semaine pour assister
à un salon de la décoration florale qui se tenait à
Cologne), je ne peux m'empêcher de lui dire :

– Le petit a dormi ici, l'autre nuit.

– Quel petit ? demande-t-il, comme s'il ne le savait
pas.

– Ben. Ben a dormi ici.

Je me souviens à cet instant que Vincent ignore que
Chez moi est aussi ma maison. L'impact de mon
annonce s'en trouve sérieusement atténué. Pas question, toutefois, de laisser échapper cette occasion de

faire la fière. Nos récents succès financiers me donnent des ailes. Les commandes à emporter se multi-
plient, nous assurons deux services le soir et parfois
trois à midi. La mixité fonctionne, les bambins de la
maternelle mangent leur boulettes/purée sur le même
banc que les employés de banque, les étudiants parta-
gent la corbeille de pain des peintres du chantier
voisin. Ben se moque de moi. Il m'appelle l'Exaltée.
J'acquiesce et je tends l'oreille, à l'affût de la menace,
de la catastrophe qui ne manquera pas de venir engloutir notre annexe du paradis. Je n'entends rien. Je ne
vois pas d'où peut surgir l'ennemi. Selon les projec-
tions de Ben – il possède un logiciel de comptabilité
très performant – nous sortirons très bientôt la tête de
l'eau. Ce qui monte finit toujours par descendre, me
dis-je ; une fois le succès atteint, il faudra bien que
nous choyions. Peut-être sera-ce le fait d'un inspec-
teur de l'hygiène. Il trouvera mes bas roulés en boule
à côté des torchons, mon eau de toilette dans le placard à épices. Il enquêtera et je serai condamnée à une
amende impayable. Mais nous n'en sommes pas là.
Nous en sommes à faire des révélations à notre ami
Vincent.

– Moi aussi j'ai dormi ici, lui dis-je, l'air mutin.

– Quoi ?

La question de Vincent manifeste plus d'exaspération que de curiosité.

– J'habite ici, tu sais, lui dis-je à voix basse afin
que les autres clients ne profitent pas de cette confi-
dence.

– Qu'est-ce que tu racontes ?

– J'habite dans mon restaurant. Je ne te l'ai pas dit

au début parce qu'on ne se connaissait pas et que je ne savais pas comment tu le prendrais...

— Je le prends très mal, coupe-t-il. Je trouve ça grotesque, dégradant, infantile. Mais ce n'est pas vrai, se reprend-il soudain souriant. Tu me mènes en bateau là. Comment tu peux habiter dans ce...

— J'ai tout ce qu'il faut, lui dis-je. Un lit, des toilettes, une cuisine, un lavabo. Et surtout, je n'ai pas les moyens de me loger ailleurs.

— Et l'argent de la vente du salon de thé à Invalides ?

Je suis heureuse de constater qu'il n'a rien oublié des diverses sornettes que je lui ai racontées.

— Je n'ai jamais eu de salon de thé nulle part. Je t'ai menti. J'avais peur de te décevoir.

— C'est maintenant que tu me déçois, répond-il.

— Tu parles comme dans un feuilleton, lui dis-je.

Il se referme. Je l'ai blessé.

— Ne sois pas fâché, Vincent. C'est toi, le premier, qui m'as aidée. Tout ce que j'ai fait ici, c'est grâce à toi.

— Mais c'est Ben que tu invites à dormir ! marmonne-t-il.

Il a gagné son baiser. Je bondis par-dessus la table et, lentement, je l'embrasse, comme on fait quand on n'a embrassé personne depuis six ans, avec délectation, curiosité et patience.

Les clients n'ont rien vu. Nous étions masqués par le portemanteau.

Je tremble.

Vincent tremble aussi. Il tire de sa poche une plaquette de pastilles à l'anis, peine à en sortir une de son alvéole d'aluminium et la suce nerveusement.

Qu'est-ce que je vais bien pouvoir faire de toi ? me dis-je, le surprenant à douter du parfum de son haleine.

Je dépose un baiser sur son front et je retourne en cuisine, insouciante et brave.

Ces derniers jours, je suis possédée par l'ivresse des sommets. Je contemple mon œuvre.

– Tout est possible, dis-je à Ben.

De dos, assis à son ordinateur, il relève les commandes à emporter pour le soir.

– On peut vraiment changer le monde, j'ajoute, dans l'espoir qu'il s'intéresse à ce que je dis.

Mais non. Il est concentré. Il est connecté. Il ne peut absolument pas redresser le cou, ni tourner la tête vers moi. Cela ne me dérange pas. J'en suis là. J'ai atteint un degré de satisfaction qui me rend immune aux contrariétés. J'éprouve l'excitation mêlée de tristesse du rêve réalisé. Je connais la fière lassitude du super héros. *Chez moi* ne désemplit pas. Nous sommes moulus, mais nous sommes appréciés. Mon restaurant est devenu un point de rendez-vous, un havre, le refuge des amoureux l'après-midi, l'adresse secrète des gastronomes le soir, la tribune des baratineurs matinaux, le nid fugace des parents célibataires. Nous avons même créé un mini self-service pour les tout petits enfants, parce qu'ils adorent se servir seuls. Un secteur de la salle leur est réservé. Ben a découpé une fenêtre dans le bar à un mètre du sol, par laquelle il leur fait passer un plateau garni de légumes crus, d'un plat tiède à manger avec les doigts et d'une compote. Au début on a pensé que c'était une mauvaise idée car les bébés de quatre ans voulaient porter la nourriture jusqu'à leur place sans aide. Ils marchent si lentement. Ils ne tiennent pas sur leurs pieds courts. Mais cela ne pose aucun problème finalement. Chez moi il n'y a jamais aucun problème. Les adultes alentour enrobent machinalement les coins de table menaçants à l'approche des crânes fragiles et exposés, des bras se tendent pour éviter les chutes et surtout, les petits progressent. Mon « carré bambin » prend des allures d'école hôtelière.

Au début, Ben redoutait la cohabitation des différentes générations. Il craignait que la fumée de cigarette ne fasse tousser les petits, que les piaillements des marmots n'agacent les plus vieux. Mais non. Un léger décalage horaire (les poussins déjeunent vers midi et les grands une heure plus tard) suffit à rendre possible le partage de notre espace commun. « Et puis, tu sais, avais-je dit à Ben, au pire, ceux qui ne sont pas contents ne reviendront pas. » Nous ne recensons aucun mécontent pour le moment. Les gens reviennent. Nous n'avons plus ni jour, ni heure de fermeture. Les clients arrêtent spontanément d'entrer vers vingt-trois heures. Ils nous épargnent. Ils pensent à leur café du lendemain matin.

À un moment j'ai cru que je détournais Ben de ses études et je me suis sentie coupable, mais il a fini par m'avouer qu'il avait obtenu une disponibilité pour un stage prolongé en entreprise. J'ai signé la convention. « Que diras-tu quand tu retourneras à l'école ? lui ai-je demandé. Que trouveras-tu à raconter dans ton rapport de stage ?» Ben a réfléchi. «J'écrirai que je me suis bien amusé. – C'est ce que tu penses ? – C'est une partie de ce que je pense. Le reste tient en trois cent cinquante pages que vous n'aurez pas le droit de lire.» Je ne m'indigne pas de cette cachotterie. J'accepte tout de Ben, car il accepte tout de moi. C'est une affaire de tolérance mutuelle.

En cours d'histoire, quand j'avais treize ou quatorze ans, je me rappelle avoir fantasmé sur les phalanstères. Il y en avait de plusieurs sortes, ceux où l'on portait des vêtements lacés dans le dos afin d'être certain de dépendre de la bonne volonté de son voisin ; ceux qui s'inspiraient des monastères, ceux qui visaient, avant tout, une meilleure rentabilité économique. Quelle que fût la formule, je les trouvais joyeux, j'aurais voulu y vivre. Le professeur nous avait distribué une fiche sur laquelle les principales utopies sociales étaient recensées : on y lisait le nom de leur initiateur, la date et le lieu de leur création et, invariablement, en bout de ligne, la mention «échec» suivie d'une autre date. Comment avaient-ils pu échouer ? J'étais inconsolable. Lorsque j'avais posé la question, M. Verdier n'avait pas jugé utile de me répondre. «Nous n'allons pas nous éterniser là-dessus, avait-il déclaré. Ce n'est qu'un avatar, un exemple de la pensée innovante propre au XIXe siècle.»

La pensée innovante propre au XIXe siècle, m'étais-je répété après la classe, sur le chemin du retour, qu'en avons-nous fait ? J'avais cherché Fourier dans l'encyclopédie et j'étais tombée sur un article concernant son œuvre et les débats qu'elle avait suscités. Les sourcils froncés, j'avais parcouru les colonnes étroites, écrites en minuscules lettres qui entraient en collision sous mes yeux mal habitués, sans rien comprendre, déçue par le manque d'agilité de mon esprit, atterrée par ma médiocre faculté de concentration. Je conserve néanmoins à l'esprit la vision de l'humanité qui y était développée : selon ce fils de commerçant né à Besançon en 1772 et auteur de *Théorie des quatre mouvements et des destinées générales,* paru en 1808 (je possède, c'est un miracle et un secret, l'édition originale de cet ouvrage dans mon rayon de trente-trois livres. C'est pourquoi je suis aujourd'hui capable d'étaler une science que ma mémoire, même arc-boutée, même dopée au phosphore, n'aurait pu fournir), selon Charles Fourier, donc, nous en étions au cinquième stade de notre histoire. Après avoir connu l'Éden, la Sauvagerie, le Patriarcat, la Barbarie (comprendre début du capitalisme), nous avions atteint l'époque de la Civilisation, précédant de peu celle, si souhaitable, de l'Harmonie. Cette dernière étape, favorisée par l'essor des phalanstères, devait durer trente-cinq mille ans. Les humains vivraient jusqu'à l'âge de cent quarante-quatre ans ; il leur pousserait un cinquième membre les rendant aptes à résister au climat, qui serait, d'ailleurs, tempéré. L'optimisme de l'ensemble me galvanisait. Enfin ! songeais-je. Enfin quelqu'un qui pense comme moi. Quelqu'un qui prévoit que nous allons vers le mieux.

Je me demande à présent ce que je trouvais de si séduisant dans ce système, décrié par beaucoup comme un embryon de totalitarisme. Ce que j'y avais immédiatement perçu, je crois, c'était l'occasion inouïe qu'il fournissait de se débarrasser de la contrainte familiale.

J'avais senti, malgré mon jeune âge, qu'il était question d'un élargissement de l'étouffante cellule, d'une paisible destruction de l'intimité sursaturée au profit d'un bien commun faiblement dosé. Il s'agissait de s'émanciper du corps individuel, encodé par son assommant génome, pour se dissoudre dans le corps social, ce bon géant au sang fluide et purifié, au sang transparent et léger, ne connaissant ni humeurs, ni passions. Dans ce monde idéal, tel que je l'imaginais, on n'était l'enfant de personne, à la manière de certains héros de contes qui me fascinaient, car, bien que tout jeunes, ils n'évoquaient jamais leurs parents ; le narrateur n'éprouvait pas non plus le besoin de préciser l'ascendance du protagoniste : un prénom suffisait et on partait à l'aventure. Je n'aimais pas les histoires de rois et de reines donnant naissance à des princes et des princesses, j'abhorrais les récits bibliques dans lesquels on est toujours fils ou fille d'Untel ou d'un autre, lui-même fils de, et ainsi de suite, sans fin. J'étais pour l'abolition de la généalogie.

Le phalanstère me convenait dans sa séduisante horizontalité. Je soupçonnais également, sans avoir les moyens de le formuler, que l'amour et le désir y circulaient autrement. Je n'employais aucun de ces mots. Pas même en pensée. Mais je me souviens de moi, l'encyclopédie ouverte sur les genoux, lisant et relisant le mot magique « phalanstère » et refermant soudain l'énorme volume à l'arrivée de l'un ou l'autre de mes parents, rougissante et en sueur, comme si j'avais été surprise dans une posture indécente.

J'ignore comment, portée par de telles aspirations à l'adolescence, j'ai pu me précipiter, comme je l'ai fait quelques années plus tard, dans l'étroit goulet du mariage et celui, plus étroit encore, de la maternité. L'affolement, sans doute. J'ai renoncé à être le cœur d'une étoile, l'idole d'une cour, la compagne interchangeable et changeante. Enfouissant mes rêves de vie dissolue – c'est-à-dire dissoute – j'ai consenti à devenir un des sommets d'un triangle isocèle et isolé, tourbillonnant tristement dans un azur terne, aux côtés de triangles semblables qui ne pouvaient, sans dégâts, s'imbriquer. Les familles et leur géométrie austère. Peut-être est-ce le monde, dans son incompréhensible vastitude, qui m'a effrayée. Je me suis dit : trouvons refuge, abritons-nous de la statistique, mettons un terme aux vertigineux calculs de probabilités qui menacent de nous paralyser ; j'aurais voulu être à tous et pour tous. L'idée d'un choix me paraissait mesquine. Mais je n'ai pas été à la hauteur de mes ambitions. À force, tel le lièvre, de bondir de gauche à droite, de droite à gauche, j'ai perdu le fil conducteur de mes jours. Un matin, je me suis trouvée fatiguée de cette course. Stop ! On accroche l'antivol à la roue de la fortune, elle ne tournera plus. J'ai tiré le bon numéro, une fois pour toutes. J'ai trouvé Rainer et je me suis collée à lui. Si l'on m'avait dit renonce à tes poumons, car à partir d'aujourd'hui, tu respireras l'air inhalé par ton mari, j'aurais accepté. Il me semblait à l'époque qu'être soi était un poids intolérable. J'étais pour le partage et, m'étant détournée de mon si joyeux projet communautaire, je trouvais dans l'asservissement, la soumission, l'acquiescement *a priori* et total à l'autre, un succédané de mise en commun qui me soulageait de l'horreur égocentrique. Rainer et moi ne faisions qu'un, mais comme

190

nous étions deux, ce n'était pas grave. J'aimais penser comme lui, me dire que j'avais tort, façonner mes réflexions sur sa pensée. Il était rigoureux, j'avais la mémoire d'une linotte. Il était patient et méthodique, j'avais des engouements d'enfant et des lubies injustifiables. De mon ancienne peau je souhaitais me défaire. Or tout est affaire de peau dans ma vie.

Quand il me touchait, je sortais de moi, je quittais mon corps. Je me rappelle la sensation ni agréable, ni désagréable, qui s'apparentait à celle de l'anesthésie. Les gens, la plupart des gens, je veux dire, redoutent d'être endormis artificiellement. Moi, j'ai toujours adoré ça. J'ai la passion de me quitter. Je l'avais, en tout cas. Rainer posait une main entre mes cuisses et vlan ! je dégringolais comme un colis postal, légère et mate, vers le néant, vers l'absence. C'était une drogue. Je ne m'interrogeais pas quant à savoir si cela me plaisait ou non. Je n'imaginais pas que cela pût être autrement, sa main m'avait fait oublier toutes les mains. Le vlan ! du colis postal avait supplanté la musique du bois norvégien. Et puis, très vite, après la naissance de l'enfant, j'ai même cessé de questionner mon manque de curiosité à l'égard de nos pratiques, parce que mon esprit était ailleurs, j'étais aux aguets, certes, mais c'était tout autre chose qui retenait mon attention. J'attendais, avec minutie et constance, le retour de l'amour maternel. Cela me prenait absolument toute mon énergie. Conduisons-nous normalement, me disais-je, faisons l'amour avec le mari, faisons les dîners et les sorties, jouons avec l'enfant, surveillons les devoirs, partons en vacances, oui, tout, tout comme normal, et peut-être que si nous accomplissons chaque geste avec calme et conviction, le petit animal farouche, l'animal si chaud et si gracieux de l'amour d'une mère pour son fils, la bête enfuie, qu'une claque sur la joue a effrayée – pauvre petite… peut-être reviendra-t-elle, la nuit, à pas de velours, quand j'aurai même cessé de l'attendre, car combien de fois ai-je confondu l'ombre d'un chat errant avec sa présence trop ardemment souhaitée, combien de fois, pendant la nuit, dressée soudain dans mon lit, me suis-je dit la voilà, c'est elle, mais non, il fallait attendre encore, mériter son retour, y avoir renoncé. Anne, ma sœur Anne, ne vois-tu rien venir ? Ne plus monter à la tour, ne plus s'armer de jumelles, faire comme si et cela viendra, comme la foi à qui s'agenouille souvent et joint les mains selon les conseils de son directeur de conscience. Sauf que l'amour n'est pas la foi. Ou bien… si ?

Parfois, avec la distance, je m'étonne de ma constance et je m'en veux. Tu aurais dû laisser tomber, me dis-je à moi-même. Tu étais si tendue, si exigeante que l'amour a pu revenir sans même que tu t'en aperçoives. Tu avais oublié en quoi il consistait, à force qu'il te manque, tu en avais fait toute une histoire. Si ça se trouve, tu l'aimais, ton fils, me dis-je à moi-même. Mais je sais que non. Je le sais au bruit de déchirement, comme une soie usée entre deux mains féroces, que cette phrase fait résonner en moi.

À midi dix, Simone pousse la porte et entre. Elle est seule. Le khôl est répandu en larges traînées sur ses joues. Elle a l'air d'une chouette : cheveux hirsutes, prunelles scintillantes, nez pincé, épaules remontées. Ben s'approche d'elle pour lui faire la bise, elle le repousse et s'assied à la table située sous ma biblio-thèque à l'aplomb du *Système périodique* de Primo Levi, des *Métamorphoses* d'Ovide et de *Under Milk Wood* de Dylan Thomas. Je songe à intervertir l'ordre des volumes pour lui fabriquer un autre genre de cou-ronne : *Oncle éléphant*, d'Arnold Lobel, *Shosha* de I.B. Singer et le recueil de poèmes de E.E. Cummings. Un couvre-chef bienveillant. Un chapeau douillet. Je vois qu'elle souffre horriblement. Je constate l'absence d'Hannah, criante, obscène. Ici on mange, ai-je envie de lui dire. On ne pleure pas. C'est mauvais pour le commerce. Mais je me reprends. Je m'essuie les mains à mon torchon, je demande à Ben de surveiller les foies de volaille que je viens de flamber et qui caramé-lisent dans la poêle, et je vais m'asseoir en face d'elle. À l'aide d'une serviette de table, je lui tamponne les joues. Elle se laisse faire.

– Quelle salope, murmure Simone.

Et je sais de qui elle parle. La salope est son alter ego, son bras droit récemment amputé.

– Elle a toujours été hypocrite de toute façon, ajoute-t-elle.

J'aime ce mot, « hypocrite », qui m'embarque loin dans le passé, d'un coup, comme un tapis volant.

– Elle avait tout prévu. Elle m'a dit qu'elle n'était pas amoureuse de lui, mais c'était par fierté. C'est tout. Parce qu'il ne la regardait même pas, sauf qu'après quand on a été ensemble, elle n'a pas supporté…

Hannah a volé l'amoureux de Simone. C'est très très grave. Il faut se représenter un champ de bataille et des ruisseaux de sang, un village de bambou enfoui sous une coulée de lave. Elle ne prononce que des phrases ordinaires, pauvres et cent fois entendues, mais il faut la suivre dans son chagrin, en accepter l'ampleur, en respecter l'immensité. Je me rappelle ma première déconvenue amoureuse, comme elle faisait rire les adultes, comme elle les attendrissait. Je n'ai aucune idée de ce qu'il faudrait dire pour consoler l'inconsolable. Qu'aurais-je voulu entendre, à l'époque ? J'ai oublié. J'ai même oublié ce que ça fait de n'être plus aimée, d'être trompée, d'être humiliée et trahie. Je me persuade que c'est infiniment plus grave que l'inverse, beaucoup plus douloureux que cesser d'aimer, tromper, humilier et trahir. J'ai du mal, toutefois, à m'en convaincre. Je me demande si Ben n'a pas fait le bon choix – mais je dois me rappeler que ce n'est pas un choix, c'est ainsi, il n'y a pas d'amour dans sa vie. S'il n'y avait d'amour nulle part, ni désir, ni sexe, Hannah serait là, à table avec sa meilleure copine. Personne ne pleurerait et les envies de meurtres se garderaient d'éclore. Soudain j'ai la vision d'un monde pacifié, d'un univers simple, nettoyé de convoitise, tranquille et fonctionnel. Hommes et femmes se côtoient et s'entraident. On dispose d'énormément de temps pour lire, aller au théâtre, visiter des expositions, aller au concert. Au lieu de courir à des rendez-vous clandestins le souffle court et le ventre brûlant, on avance en douceur parmi le brouhaha amical de la rue, vers le guichet qui vend des billets pour un très beau spectacle de danse qui nous arrachera les larmes. Nos esprits s'illuminent et nos corps, qui n'ont rien perdu de leur énergie, bien au contraire, se livrent à la pratique de sports et d'arts martiaux divers. Les gens se massent les uns les autres, dans cette société sans ambiguïtés, ils font de la danse-contact, les gros n'ont plus honte d'aller à la piscine, les maigres de se montrer à la plage.

– Tu l'aimais beaucoup, ce garçon ? je demande à Simone.

Elle prononce un oui déchirant et se met à sangloter à gros bouillons. Étienne, un élève de grande section de maternelle qui apprécie particulièrement nos sand-wichs à la dinde, regarde la jeune fille d'un air inquiet. Il s'est approché de nous et pose sa toute petite main sur le bras de Simone qui ne remarque rien.

– Tu en aimeras d'autres, lui dis-je.

C'est ce que m'avait affirmé une amie de ma mère lorsque j'étais allée pleurer chez elle à quinze ans et demi, et j'avais pensé quelle vieille conne.

Je raccompagne Étienne à sa table en le rassurant comme je peux.

– Donne un bol de **soupe** à la petite, dis-je à Ben. Mets-lui un peu de crème dans une soucoupe à part. Garde-lui aussi de la mousse de marron.

Je regarde mes foies brunir. Je les remue, du bout de la spatule. J'ai l'impression d'avoir cent trois ans.

S'il n'y avait pas l'amour, ni le désir, ni le sexe, Vincent ne viendrait pas réclamer son baiser quotidien en plus de son express.

Je te sers un café ?

Si tu veux.

Je t'embrasse sur la bouche ?

Si tu veux.

Et puis quoi encore ?

Ce que tu veux.

Sauf que j'ignore ce que je veux.

195

Hier soir, après la fermeture, Vincent est entré par la porte qui donne dans le hall de l'immeuble. Il sentait le chrysanthème, et un pompon de matricaire s'était coincé dans ses cheveux. Il ne m'a pas vue tout de suite : j'étais derrière lui, occupée à mettre de l'ordre dans mes livres. J'ai eu le temps de respirer son odeur, de m'habituer à sa présence. Il était plus de minuit et je me suis demandé ce qu'il avait fait entre l'heure de fermeture de son commerce et celle du mien. Il n'était pas rentré chez lui – autrement il n'aurait pas eu cette fleur dans les cheveux –, il n'était pas allé dans un bar – autrement il aurait senti la cigarette –, ni au restaurant – il aurait senti le graillon. Il avait dû demeurer dans son local fermé, imitant sa voisine, pour voir l'effet que ça faisait. Il s'était allongé par terre, le dos contre le sol humide et jonché de fleurettes. Il avait étreint des brassées de tiges vigoureuses, avait plongé son visage dans des édredons de pétales, et baigné ses mains dans l'eau froide et parfumée des seaux en fer-blanc.

Il s'est retourné en entendant ma respiration. J'ai eu envie de lui demander ce qu'il faisait là. Mais je connaissais la réponse. C'était moi qui avais commencé. Je l'avais embrassé, à présent, je lui appartenais. Si je voulais que cela cesse, il faudrait que nous nous disputions. Il faudrait que je sois méchante. Sans un mot, il m'a enlacée. Sa bouche était différente. Sa bouche sent le pain d'épice, ai-je pensé. Cela me plaît.

Aux virages appliqués qu'accomplissait sa langue, j'ai senti qu'il s'ennuyait. Ce n'était pas assez. J'ai toujours pensé que la curiosité intellectuelle jouait son rôle dans les affaires d'amour. Avant le premier baiser, on s'imagine que ce sera une découverte monumentale, l'occasion de visiter cette bouche, de toucher du bout de la langue d'autres dents que les nôtres. Et puis, après un temps, c'est bon, on connaît, on s'est habitué, on veut en savoir davantage, on veut être initié aux recoins, aux détours, aller voir ce que personne avant nous n'a vu – mon œil, mais quand même, on y croit, on a des exaltations de conquistador. Quelque chose en nous cherche à comprendre, et l'illumination qui frémit en bout de course promet le soulagement au corps inquisiteur. Personnellement, j'ai toujours cherché à comprendre, mais peut-être suis-je seule dans mon cas. Non, c'est impossible, nous cherchons tous la même chose : c'est la soif de savoir qui nous guide, et ceux qui appellent ça soif de pouvoir se trompent. Vincent veut me comprendre et, pour cela, il glisse sa main entre le velours de mon pantalon et celui de ma peau. Il entre dans mes vêtements, avec moi, à côté de moi, comme si le cinquième membre promis par Charles Fourier me poussait enfin. Sa main est froide et sent les chrysanthèmes, ses ongles un peu longs me griffent là où je ne suis que tendre. Ça cloche. Son geste est incongru, il me fait rougir. Je connais déjà tout de Vincent, il connaît déjà tout de moi. Il n'y a rien à comprendre. À peine formé, notre couple est déjà vieux. Nous saurons accomplir tous les gestes, mais ce ne sera pas nécessaire, nous n'avons rien à y gagner, ni à y perdre. Nous nous sommes égarés. Nous pensions voguer vers l'Inde mystérieuse et nous avons accosté dans la morne baie d'Amérique.

Que faire de sa main ?

Je n'ai pas osé lui prendre le bras pour l'arracher de moi comme j'aurais fait d'une mauvaise herbe dans le potager. Je me disais, à force, elle va se perdre, l'ennui va l'endormir, elle remontera à la surface, se détachera de moi pour se rattacher à lui, sans avoir reçu le moindre éclaircissement, main opaque dans corps opaque. Mais non, elle continue l'exploration, et, pour ne pas la décevoir, pour qu'elle se sente accueillie – car je n'ai pas la force de le repousser, stupéfiée que je suis par son obstination – je pense à autre chose. Je pense à quelqu'un d'autre à qui je m'interdis de penser depuis plusieurs années, mais dont je sais que le nom, telle une clé dont le poids dans la paume rassure déjà la main qui va la faire tourner dans la serrure, suffira à m'ouvrir. Un immense sourire s'épanouit sur mon visage incorrigible. Octave, l'écart de notes le plus grand, le moins énigmatique. Personne ne s'appelle tierce, personne ne s'appelle quinte, et encore mois septième, alors que... alors que... Mais Octave, oui, c'est un nom. C'est son nom. C'est le nom du garçon pour qui j'ai flanqué ma vie au feu. Et c'est sa langue à lui qui se glisse à présent sous mes dents. Mais n'allons pas trop vite.

Il était sorti de nos vies, et nous n'y pensions plus. Hugo l'avait chassé car Octave l'avait trahi, trompé, humilié. Bon. Je regrettais, mais qu'y pouvais-je ? À sa place, vinrent des Karim, des Matthias, des Ulysse. Je jouais le jeu : accueillante, proposant des goûters et des sorties. Les amis de mon fils étaient unanimes. Ils me trouvaient très sympa. Certains disaient que je faisais mieux la cuisine que leur maman. D'autres me trouvaient jolie et demandaient à Hugo comment ça se faisait que j'étais si jeune. Mon grand garçon transmettait leurs commentaires d'un ton las et doux. Je l'écoutais d'une oreille indifférente. Ces mioches m'accablaient. Ils étaient vifs et bruyants, malins, sociables et adaptés, ils faisaient du roller, dribblaient, taclaient et n'étaient jamais fatigués. Je songeais, nostalgique, à la paresse d'Octave, à sa langueur, à son inefficacité. À quoi bon, il avait été répudié.

Un matin, me livrant à une nouvelle stratégie de reconquête du sentiment maternel, je demandai à mon fils de me parler de ses amis. Il me répondit avec toute la bonne grâce qui le caractérisait, dressant des listes, établissant des catégories. Il avait treize ans à l'époque, et son visage, qui aurait dû commencer à se couvrir de boutons, à modeler un nouveau nez immense, intrus épouvantable entre ses joues amaigries par la croissance, demeurait ravissant : ovale d'elfe, peau transparente.

– Et Octave ? lui dis-je.

– Octave ?

– Tu te souviens ? C'était ton copain en CE2 ou en CM1, je ne sais plus…

– Un vrai connard.

Je levai un sourcil. Je n'étais pas habituée à ce genre de langage chez Hugo.

– Il était nul. Il ne savait rien faire, mais il se sentait tellement supérieur. Il m'a raconté un tas de trucs débiles, et moi, je gobais tout.

– Qu'est-ce qu'il t'a raconté ?

– C'est tellement idiot.

– Dis-moi quand même.

Hugo secoua la tête. Il ne voulait pas. Il avait honte. Mais j'aurais pu le torturer pour qu'il avoue et il devait le savoir, intelligent comme il était.

– Il m'a fait croire qu'il venait d'une autre planète, finit-il par dire.

Il s'attendait sans doute à ce que j'éclate de rire, mais je ne souris même pas, alors il poursuivit.

– Un jour, il m'a invité chez lui. C'était bizarre sa maison.

– Ses parents étaient là ?

– Je n'ai jamais vu ses parents. Il n'y avait même pas de baby-sitter. C'était grand. Il y avait plein de tableaux abstraits aux murs, des immenses trucs avec du dégueulis dessus, horrible. Et des sculptures aussi. Plein de sculptures dégueulasses. Il m'a raconté qu'il habitait seul et qu'il avait été envoyé par son peuple… Je ne sais même plus comment il s'appelait son peuple de merde, tiens. Ils l'avaient soi-disant parachuté sur terre pour enquêter sur nous. Et le pire, c'est que je l'ai cru. J'ai pris des notes pour ses recherches, je lui ai fait des fiches. Il était tellement nase. Tu te souviens ? Il ne savait pas lacer ses chaussures, il mangeait comme un porc, alors moi, je me disais que c'était parce qu'il venait d'ailleurs. Il me faisait croire qu'il avait pris des cours pour être comme nous et il me demandait de l'aider à progresser. Il me disait que c'était un secret, et que si quelqu'un savait ici, sur terre, qui il était, ou si quelqu'un apprenait, là-bas, chez lui, qu'il s'était confié à un terrien, il serait détruit.

Il s'arrêta un instant.

– En fait, je crois qu'il était barge.

Je ne voulais pas qu'Hugo s'arrête. Je ne savais que

faire pour le relancer. J'avais envie qu'il me décrive la planète, qu'il me donne plus de détails. Mon cœur tremblait dans ma poitrine. Octave, mon petit. Je me souvenais de l'abandon de sa tête légère entre mes mains quand je lui donnais un baiser.

Ce fut la fin de notre bavardage. Un échec de plus à porter au débit de notre relation claudicante.

En revoyant cette scène, je suis frappée par ma stupidité, et pourtant, je sais qu'il ne faut pas juger la passion, ni le chagrin car, quelles qu'en soient les raisons, quelles qu'en soient les manifestations, on n'en perçoit jamais que les surfaces ; on ne voit que l'infime, on se rappelle ce qui affleurait, et l'on a tout oublié, au moment où, guéri, on examine la cicatrice indolore des troubles profonds que l'aventure avait causés en nous. On est remis. La convalescence s'est passée à tout minimiser, à piétiner les éclats de verre coupants pour les réduire en des milliers de miettes, qui, érodées par l'implacable semelle de la raison, achèvent de perdre leur tranchant. On balaie ça d'un revers de main, poudre cristalline, paillettes. Seule demeure l'insaisissable étincelle que la faveur d'un rayon hasardeux ranime parfois, au moment où l'on s'y attend le moins, mais qui s'éteint sitôt que l'on tente de l'encourager, de souffler dessus, pour attiser le feu ancien. Je ne saurai jamais ce qui m'a pris.

J'ai toujours aimé quand, dans les films, dans les livres, au théâtre, un spectre du passé revient. Tous l'avaient aimé et il a disparu. Tous le croyaient mort et le voilà vivant. Tous le croyaient en route pour la célébrité et il est de retour, parfaitement quelconque. *Platonov* occupe une place stratégique sur mon étagère, quelle que soit la manière dont je la réorganise. Il est au début, ou à la fin, comme un serre-livres, sauf qu'il est un livre lui-même et plutôt plus fin que les autres. J'ignore ce qui, dans ce mouvement de balancier, me bouleverse : le retour du héros, mon thème favori, celui qui recèle, selon moi, le véritable mystère de l'existence.

Vincent a ouvert les boutons de mon corsage, il a dégrafé mon soutien-gorge et contemple mes seins. Ça prend un de ces temps ! J'aurais envie de lui dire d'être un peu plus rapide. Je n'ai pas toute la nuit devant moi. J'aimerais autant dormir quelques heures avant d'aller au marché. Comme il tarde à poser ses mains sur ma poitrine, comme il s'émerveille interminablement de ma beauté qu'il ne sait plus à quoi comparer, une beauté qui le dépasse, vraiment, c'est incroyable, même une rose de jardin, oh ! là là !, c'est fou, comment puis-je être aussi douce… comme il tarde et que ça me déconcentre je n'ai d'autre recours que d'imaginer davantage, et, à la place de ses mains immobiles, je soude à son torse les bras de mon dernier amant. Les doigts imprécis d'Octave s'aventurent sur mes épaules. Un courant électrique me parcourt, des pieds à la tête. Vincent n'a aucune idée de la rage qui me pousse vers lui. Je le renverse sur le sol. Je vais le manger tout cru.

Mais cette fois, c'est moi qui pèche par excès de rapidité. Car nous n'en sommes pas là. Nous en sommes à Myriam, seule, chez elle, un après-midi de printemps. Quelqu'un sonne à la porte. Myriam n'attend pourtant pas de visite. Elle regarde son visage dans le miroir du couloir. La pénombre du contre-jour lui donne un teint bleuté. Elle songe à la banquise et se dit : oui, c'est bien ça, je suis prise dans les glaces. Lentement elle approche de l'entrée, pose sa main sur la poignée. Le métal est glacé, mais ce n'est rien à côté de sa main. Elle ouvre et il apparaît. Voilà deux ans qu'elle a prononcé son nom pour la dernière fois. Elle le reconnaît aussitôt. Il a pourtant changé. Octave, à seize ans, est beaucoup plus grand qu'elle. Il est bien vêtu, bien coiffé. « Bonjour, madame », lui dit-il. Elle le regarde longuement, n'en croit pas ses yeux. Comme il est joli garçon, comme son regard est tendre et malicieux. Il se penche pour l'embrasser. À peine ses lèvres effleurent-elles sa joue que le visage de Myriam s'enflamme. Elle pense à la robe vraiment moche qu'elle porte aujourd'hui, au fait qu'elle ne s'est pas parfumée et que ses doigts sentent l'ail. Elle voudrait recommencer la journée, se faire belle. Elle ne pense pas amour, elle pense dignité, voilà, c'est tout. Être présentable. Ce n'est pas comme quand ils étaient petits. « C'est gentil de passer », lui dit-elle, sans pouvoir détacher son regard du sien, se demandant s'il a une petite amie, si oui, comment elle s'appelle, où ils se rencontrent et que font-ils au juste. Il lui faut tout savoir, c'est une urgence, mais ahhhh ! Comment faire ? « Ne reste pas planté là, dit-elle en éclatant d'un rire affecté qu'elle déteste aussitôt. Hugo n'est pas à la maison, mais… », le prénom de son fils coagule dans sa bouche. Elle n'a pas vraiment réussi à le prononcer, elle a dit Huhnioh. « J'étais dans le coin, fait le garçon, alors je me suis dit… » S'il avait été sincère, il aurait poursuivi ainsi : je me suis dit que j'allais foutre la vie de mon vieux copain en l'air, et pour de bon cette fois. Mais Octave n'est pas sincère. Il ne l'a jamais été, c'est comme ça. Ça fait partie de son charme tordu. De son irrésistible charme de mec complètement barge. Il entre et va directement dans la cuisine. Myriam lui sert un verre de jus d'orange. Elle pense aux vitamines contenues dans la boisson, au bien qu'elles vont répandre dans ce grand corps inconnu et pourtant familier. Elle regarde l'heure à la pendule. Plus que cinquante minutes avant la fin des cours et le retour d'Hugo. « Tu n'es pas au lycée ? » Octave ne répond rien. Il sourit. Il a un plan. Myriam l'ignore. Octave sait exactement ce qu'il doit faire. Parler peu. La regarder. Attendre. Revenir. La regarder encore. Mettre énormément d'intentions dans ses yeux. Lui proposer des sorties. Emplir le vide de ses journées du plein de sa disponibilité. Ensemble, ils vont au musée, au cinéma, au café. Ils s'amusent de tout et ne pensent à rien. Cela se passe aux heures ouvrables. Rainer est au travail, il a engagé une nouvelle secrétaire médicale. « Trop de travail pour toi », a-t-il dit à Myriam. Tu dois te reposer. Il espère que le temps qu'elle passera à la maison lui rendra ses couleurs. Il est satisfait. Après seulement quelques semaines d'arrêt de travail, Myriam a les joues roses. Dès qu'il lui adresse la parole, elle s'empourpre. Comment n'y a-t-il pas pensé plus tôt. Il se félicite.

Les mercredis et les week-ends sont des jours noirs. Myriam s'ennuie. Elle a envie de tuer son mari, de tuer son fils : une vraie razzia. Les amis qui passent pour le thé, vlan ! Au napalm. Sa mère, shpank ! À dégager. Son frère, zou ! Poubelle. Elle écoute les *Nocturnes* de Chopin, le concerto n° 2 pour piano de

Prokofiev, elle réclame des écarts de notes toujours plus grands. Une octave ! Par pitié, une octave ! crie son cœur. Mais les octaves sont inaudibles, elles sont l'écho, le même. Myriam se concentre. Elle se procure un traité d'harmonie, n'y comprend rien. Elle est déçue, déçue de tout, elle fait cramer ses poêles anti-adhésives, elle ne mange plus, elle ne dort plus. Elle pense à la prochaine expo qu'ils iront visiter avec Octave. Quelle nouvelle vie extraordinaire ! Comment s'en serait-elle doutée ? Elle a l'impression d'être beaucoup plus belle, beaucoup plus intelligente. Elle enfle. Elle occupe tout l'espace. Elle choisit mentalement l'écharpe qu'elle va offrir à… comment l'appeler ? Son ami ? Mon ami de cœur, se raconte-t-elle, le seul être qui me comprenne. Une écharpe en coton blanc, toute simple, pour protéger la gorge d'Octave des brises printanières. Elle fait les boutiques, se paie des tee-shirts, des jeans, des jupes. Des tas de vêtements jonchent le sol de sa chambre. Elle passe beaucoup de temps à les essayer. Elle n'a aucune idée de ce qui lui arrive. Devant une toile de Nicolas de Staël, Octave pose sa main sur le cou de Myriam. Elle essaie de lire le nom du tableau sur la plaque. Les lettres se mélangent. Impossible, se dit-elle, je ne saurai jamais le titre de cette œuvre. Elle plisse les yeux, tandis qu'entre la main et la nuque se passe une chose inouïe, une chose inespérée. Myriam revient. Elle fait un grand bond en arrière. Dans le passé. Elle produit un effort considérable pour rester debout, car sous son ventre, plus de jambes, sous ses jambes, plus de pieds. Si elle tombe, la main se décollera de sa peau. Il faut surtout ne pas bouger. Lentement, la banquise fond.

De larges blocs de glace se détachent dans un vacarme de mâchoire géante. Les icebergs flottent, épars dans l'eau bleu foncé. Comme tout cela chauffe ! Comme tout cela miroite !

Vincent est sous moi sur une table de mon restaurant.

Mais ce n'est pas lui, mais nous ne sommes pas là.

C'est Octave qui étreint Myriam et la mord dans les toilettes désertes d'un musée à onze heures du matin. Elle est d'une blancheur de porcelaine, elle, la squaw, d'une blancheur de révélation. Il est doré et lui lèche doucement la nuque. «Qu'est-ce que je fais ?» demande-t-elle. Elle voudrait qu'il arrête. Elle voudrait qu'il continue. «Qu'est-ce que je fais ? crie-t-elle doucement. – Tu es gentille, lui dit-il. Tu es tellement gentille. Ils ne savent pas leur chance. Tu es la meilleure des épouses et la meilleure des mères. Tu es un cadeau.»

– Qu'est-ce qui se passe ? a demandé Vincent. On dirait que tu es morte.

C'était hier soir et je regarde la table sur laquelle nos corps se sont désemboîtés. Sa matière m'évoque celle d'un cercueil.

– Je ne me sens pas très bien, lui ai-je répondu.

Il s'est redressé tandis que je rassemblais mes vêtements épars, qu'une tempête semblait avoir soufflés.

– Je n'ai jamais… a-t-il bredouillé. Je n'ai jamais…

Il ne savait comment continuer. Je lui ai dit que je l'aimais beaucoup, consciente de tout ce que ce dernier mot retranchait.

Aujourd'hui, il ne viendra pas. Je l'ai trahi, je l'ai trompé, je l'ai humilié. Mais demain, qui sait ?

De toute façon, aujourd'hui, je plane. Un peu trop peut-être. Je devrais m'occuper de Simone, organiser sa vengeance ou l'aider à trouver la sagesse. Je devrais trancher les foies avant que leurs centres ne noircissent, leur conserver un cœur rose, une tendreté palpitante. Je devrais. Je devrais, mais je rêve. Une main, nouvelle, habile, jaillie de mon dos, retire la poêle du feu. Ben dépose les abats sur la planche, les découpe et les dispose sur leur lit d'épinards et de pamplemousses. Il a appris de moi, sans que je lui parle, sans même que je lui montre. Je le regarde enfourner les flans à la sauge et à la pancetta. Je fume une cigarette, assise sur le comptoir. Je ne fiche rien.

Le seul problème c'est que je ne parviens pas à savoir si c'est la joie ou le chagrin qui m'envahit tandis que j'exhale les volutes bleutées.

Nous avons terminé un peu avant minuit. Mes paupières se craquellent au contact des iris. Je rêve d'une chambre. Une chambre simple, carrée, avec juste un lit et deux tables de chevet, des draps, une couverture, un couvre-lit en crochet. Je rêve d'une salle d'eau, douche ou bain, ça m'est égal, entièrement carrelée, avec un lavabo en faïence. J'aurais aussi une petite penderie où ranger mes vêtements ; pour l'instant ils sont roulés en boule dans une valise glissée derrière le bar. Mes habits ne sentent jamais la lessive. Même propres, ils sentent *Chez moi*. Cela fait six ans que je n'ai plus de maison. À Santo Salto, c'était pareil, la précarité permanente. À l'arrivée d'un nouveau, d'une nouvelle, il fallait déménager dare-dare et s'installer dans la caravane d'une copine, laisser la place. Seuls les costumes de scène étaient pendus, le reste était serré dans des ballots. Je pensais à l'exode. Le bruit des roues de charrette sur le bitume, la mosaïque de toiles, l'entassement burlesque des poêles à frire, des livres et des pots de chambre. J'ignore qui, parmi mes aïeux, a accompli ce genre de périple. Personne, peut-être. Ou alors mes aïeux des livres et du cinéma. Je ne sais plus faire la différence entre mes souvenirs vrais et ceux qui m'ont été greffés par la fiction.

À Santo Salto, j'avais l'impression de revivre, pas au sens où l'on retrouve le goût de l'existence, plutôt comme si je rééditais un destin ancien. Tout m'était familier, les réchauds, les matelas et les coussins rembourrés de vieilles nippes, les caisses qui servaient alternativement de table, de chaise, d'échelle, d'armoire, et même de piscine, l'été, quand on les doublait d'une bâche épaisse et bleue. Le quotidien hors la loi, les journées passées à contourner les obstacles administratifs, les règlements inapplicables, l'agilité d'esprit doublant celle du corps.

Un matin de printemps, alors que je m'étais installée par terre pour éplucher des carottes, Rodrigo, qui voulait devenir avaleur de sabres comme son père, m'a demandé :

– Il est où ton mari ?

– Je n'ai pas de mari.

– Et tes enfants ?

Je ne pouvais pas lui répondre que je n'en avais pas. Je ne savais que dire.

– Ça se voit que tu as des enfants, a-t-il affirmé sans se soucier de mon silence.

– Ça se voit comment ?

Il a haussé les épaules.

– Ça se voit, c'est tout.

Il avait la tête en bas et marchait sur les mains, en cercle autour de moi.

– C'est difficile ?

– Quoi ?

– De marcher, comme ça, sur les mains ?

– Oui, a-t-il répondu. C'est aussi difficile que marcher sur les pieds, a-t-il précisé après un temps.

Genoux pliés, il faisait danser ses tibias à hauteur de mon visage.

– Tu te souviens ? demande-t-il.

– Quoi ?

– Quand tu as appris à marcher, tu t'en souviens ?

– Non, pas du tout. Et toi ?

– Moi, oui. Moi je me souviens de tout. Tu sais comment elle m'appelle, ma mère ? Elle m'appelle Mémorial. Tu sais ce que ça veut dire ? Ça veut dire celui qui se souvient de tout. C'est mon surnom. Je me rappelle la première fois que j'ai essayé de marcher sur mes pieds, alors qu'avant je marchais sur les genoux. Je me rappelle la première fois où j'ai dit un mot…

– C'était quoi, maman ou papa ?

– C'était clémentine.

Je ne le croyais pas.

– Clémentine ? Ça m'étonnerait, c'est un mot très difficile et très long pour un bébé.

– Je n'étais pas un bébé. J'avais trois ans. Je m'étais beaucoup entraîné dans ma tête. J'avais choisi ce mot exprès.

– Et ta maman était fière ?

– Non, elle aurait préféré que je dise maman.

– Tu pourrais m'apprendre à marcher sur les mains ? ai-je demandé à Mémorial.

Il est retombé sur les pieds, m'a ordonné de me lever, puis m'a examinée. Il a touché mes hanches, mes cuisses, il s'est dressé sur la pointe des pieds pour tâter mes bras, mes épaules. Il a secoué la tête.

– Toute ta force est en bas. Tes bras, ils sont tout mous et tes jambes, toutes dures. Il faut avoir la même force partout. Tu aurais dû commencer plus tôt. Il faut tout commencer très tôt.

– On peut essayer quand même ?

Grâce aux leçons de Mémorial, je sais, aujourd'hui, me tenir sur les mains, quelques secondes seulement. Je ne peux ni avancer, ni reculer. Il a été d'une patience remarquable avec moi. Pour le remercier, je lui ai offert un livre, *Trois Aventures du lion chétif* de Wilhelma Shannon.

– Je ne sais pas lire, m'a-t-il avoué, légèrement contrarié.

– Eh bien, je vais t'apprendre.

– C'est difficile ?

– Non, ai-je répondu, très sûre de moi.

Aujourd'hui, Mémorial doit avoir dans les treize ou quatorze ans. J'ignore où il est. Je conserve, dans mon portefeuille, un papier plié en quatre sur lequel il a écrit son premier mot : MÉMORIAL en lettres capitales, avec un E tourné vers la gauche et un A, tête en bas. Je ne le déplie jamais. Je crains de l'abîmer et c'est trop douloureux. Je dessine mentalement un costume de clown à chaque majuscule et ses traits de crayon pèsent comme des lutins de bois au fond de mon sac à main. Il n'a éprouvé aucune difficulté à apprendre, mais j'ai eu toutes les peines du monde à lui enseigner, gorge serrée, yeux lourds de larmes. Cette manie de revivre, l'incapacité à rencontrer l'inédit. Pourquoi faut-il que je sois si lente à comprendre ? Pourquoi me faut-il toujours rebrousser chemin à la recherche de je ne sais quelle épingle perdue dans le foin des bas-côtés ?

Ce soir, j'ai envie de dormir à nouveau dans une chambre. Je compte les fissures au plafond, comme les lignes d'une main géante posée au-dessus de ma tête.

– Je vous assure, insiste Ben. Vous n'avez pas le choix. C'est la logique.

Il prend un stylo. Il note des chiffres, les entoure.

– Regardez. Je ne sais même pas pourquoi je vous demande votre avis, c'est l'évidence !

Il dessine des carrés dans des ronds, des ronds dans des carrés. Il ne sait plus quoi inventer pour que j'adhère à sa cause.

– Je n'ai jamais eu d'ambition, lui dis-je. J'ai horreur du capitalisme. Je ne veux pas m'agrandir. Je veux rester comme on est. On est bien comme on est, non ?

– Non.

Ben est sérieux. Il est en colère.

– On n'a pas assez de place en cuisine, s'emporte-t-il. Hier soir on a loupé deux commandes à emporter…

– Les gens n'étaient pas fâchés, lui dis-je, l'interrompant.

– Les gens ne sont jamais fâchés avec vous, Myriam. Mais ce n'est pas une raison. Si on continue comme ça, on va devoir payer des impôts. Regardez, c'est là. (Il me montre un très gros chiffre souligné trois fois.) On n'aura pas de quoi.

– Ils nous accorderont un délai.

– Stop ! (Il crie à présent.) Stop ! C'est quand même pas compliqué ce que je vous demande, merde. Faites-le pour moi, au moins. Il suffit de reprendre le bail de la mercerie d'à côté. On ne met personne dehors. On ne lèse personne. Le panneau À Louer est là depuis deux mois. On paie, on décroche le panneau, on fait les travaux et on s'agrandit !

– Avec quel argent ?

– On emprunte.

– Il a raison, dit Vincent, d'une voix paisible.

Je n'en reviens pas qu'il soit là.

Où est ton orgueil, homme blessé ?

Je le dévisage, les yeux un peu trop ronds. Il passe sa main dans mes cheveux.

– Écoute-le, me conseille-t-il en s'asseyant à notre table.

Une étamine de lys blanc pend à son col de pull-over. Chacun de ses gestes provoque une infime pluie safranée. Il ne tente pas d'éviter mon regard. C'est la paix. Vincent est là en voisin.

Nous n'avons pas encore rangé la salle. Le lave-vaisselle tourne mais les poubelles restent à vider, le ménage à faire. Je regarde autour de moi. Je voudrais leur expliquer que je n'ai pas la force. Je suis déjà tellement fatiguée.

– Il faut aussi penser à engager du personnel, me dit très doucement Ben.

– Quelle horreur !

Je bondis. Je prends le balai. J'essore la serpillière. Je me rue sur les poubelles. Je passe l'éponge.

– Je ne veux engager personne, Ben, tu m'entends. Personne ! C'est toi et moi et c'est tout. Si tu arrêtes, j'arrête. Si c'est trop pour toi, je ferme. Je m'en fous de fermer. Ça n'a aucune importance pour moi ce restaurant, cette **vie de** merde, je la rends, sans regret, je la rends. Pas besoin de personnel. Regarde.

Je renverse des seaux d'eau brûlante sur le sol. J'envoie des giclées de liquide vaisselle dans les fait-tout, je passe un coup de torchon sur les chaises et j'astique la banquette.

Ma banquette, ma petite banquette pour dames achetée chez Emmaüs. Je m'y allonge, la moleskine froide accueille ma joue rougie par l'effort. Je pleure. Je ne sais comment leur expliquer que ce n'était pas du tout ça mon idée de départ. Je voulais seulement… Je voulais seulement… Je cherche le mot. Il m'échappe. J'en attrape un autre. Je voulais faire quelque chose de bien. Non. Ce n'est pas ça. C'est la phrase d'à côté que je veux prononcer, mais je n'y arrive pas. Je ne la retrouve plus.

– Pardon, dis-je, en sanglotant. Pardon.

C'est le mot que je cherchais.

Ben et Vincent attendent que je me calme. Ils ne m'approchent pas. J'aurais préféré leur éviter ce spectacle. Ils ne savent rien de ma vie, ne comprennent pas pourquoi je pleure. Je crains que chacun d'eux pense être responsable ; alors que c'est tout le contraire. Au bout d'un moment, constatant que mes sanglots s'espacent, Vincent prend la parole.

– Et puis, ce serait bien pour le quartier, dit-il. Moi, en tant que commerçant…

Il est si neutre, si professionnel. Vincent **n'a pas** peur d'être terre à terre, c'est mon bon génie pragmatique.

– En tant que commerçant j'ai tout intérêt à ce que ton… ton…

– Son restaurant, souffle Ben.

– Oui, voilà, à ce que ton restaurant prenne de l'ampleur. Ça dynamise tout le reste.

S'ensuit alors une discussion entre Ben et lui sur l'inévitabilité de la croissance. Très vite, ils oublient que je suis triste, ils oublient même que je suis là. Ils échangent leurs points de vue – qui, pour leur plus grand bonheur, concordent – concernant l'entreprise, la consommation raisonnée, la résistance du commerce de proximité. Peu à peu, ils me bâtissent un empire. Ils engagent des serveurs, des serveuses, un comptable. Le mot «chef» me sort de ma torpeur.

– Ah non! dis-je, enrouée. Vous n'allez pas mettre quelqu'un en cuisine à ma place.

Ils rient. Ils sont heureux que je me défende. Toute la nuit, ils parlent, et je songe que nos vies sont comme des coupes. Des coupes qu'il faut remplir. On y verse de l'amour, on y verse du désir, on y verse de la convoitise. J'ai failli être le liquide dans la coupe de Vincent. Je me suis échappée, il y fait couler autre chose. Je me demande ce que je souhaite à présent trouver dans la mienne.

«Buvez-moi» disait l'inscription sur la fiole d'Alice. La fillette a bu et, comme un télescope qui se replie, s'est sentie rétrécir. «Mangez-moi» disait une autre inscription sur le gâteau, Alice a mangé et s'est étirée, comme un bouleau. Trop petite, ou trop grande, ma vie se disproportionne et je ne suis jamais à la mesure de ce que j'entreprends. Comme j'aimerais retrouver ma taille originelle, celle qui me permettrait de me glisser dans le gant du jour et de ne m'y sentir ni au large, ni à l'étroit.

Les deux tentateurs éméchés m'enjoignent de les suivre dans leurs rêves de grandeur. Je résiste. Je veux que rien ne change, mais leurs voix qui se chevauchent et se confondent m'apprennent que mon souhait est irrecevable. C'est la loi du marché, me disent-ils, grandir ou périr, c'est l'unique alternative.

– Comment peut-on désirer toujours plus ? N'avez-vous pas le vertige, rien que d'y penser ?

– Elle a lu trop de livres, décrète Vincent.

– Ou pas assez, tempère Ben. Pas les bons.

J'ai lu des livres dans lesquels l'avidité est punie et la modestie récompensée. J'en ai lu où c'était le contraire, des histoires d'arrivistes, des *success stories*. J'ai lu des récits où l'amour se fait sans se dire, où il se dit sans se faire. J'ai parcouru les aventures d'un milliardaire qui avait commencé sa carrière avec un clou en poche, rien d'autre, juste un clou. J'ai lu des contes peuplés d'animaux qui parlent, d'humains changés en bêtes, crapaud/prince et jeune homme/cancrelat. J'ai lu les romans de meurtre, les romans de viol, ceux de guerre, ceux d'ennui. J'ai perdu les titres, j'ai oublié les auteurs, et aujourd'hui, seule Alice me reste, Alice qui tente de résoudre l'équation foireuse du temps et de l'espace : elle doit devenir plus petite pour passer par la porte minuscule, mais une fois rétrécie, elle se rend compte qu'elle a oublié la clé sur le guéridon quatre fois grand comme elle, il lui faut donc s'étirer, grandir en croquant le gâteau enchanté, afin de réparer sa négligence passée. Moi non plus, je n'ai jamais la taille qui convient.

Cette nuit, nous abolissons le sommeil. Au matin, mon visage est gris dans le miroir : un cerneau de noix.

Les manches des couteaux me brûlent. Les torchons humides me glacent. La lumière du frigo m'éblouit. Je dois m'asseoir sur un tabouret pour détailler mes filets mignons. Le moindre mouvement me coûte. Une pomme de terre pèse le poids d'une laie, un brin de persil, celui d'un chêne centenaire. Les grains de poivre qui éclatent sous ma lame, ceux de coriandre qui s'émiettent dans le moulin, crissent et hurlent. Un client repose sa tasse à café un peu trop violemment sur la soucoupe. Le fracas de la porcelaine me fait sursauter. Je dis « ah ! ». On ne m'entend pas. Ma voix est enfouie, quelque part au fond de mon ventre. Je me lève pour aller chercher les pruneaux dans le bocal sur l'étagère, et je m'écroule à mi-chemin. Au moment où ma tête heurte le sol, je vérifie que le couteau que j'avais à la main n'est pas planté dans mon corps. Non, il est là, à quelques centimètres de mon visage. Ouf ! Je ne suis pas morte.

Lorsque je me réveille, je suis dans une chambre. Le soleil filtre le long des rideaux tirés. Sous ma tête, un oreiller de plumes. Sur mon corps, des draps blancs. Je suis tout habillée, dans un lit inconnu. La pièce est petite, les murs nus. Je me redresse. Ma mâchoire est engourdie. Lentement, je me hisse sur mes jambes en prenant appui sur le matelas une place. Je vérifie que je tiens debout et, longeant le mur afin de pouvoir m'y appuyer en cas de déséquilibre, je sors de ma cellule. Le reste de l'appartement est plongé dans une pénombre zébrée de soleil : des rayons fusent par les interstices des persiennes fermées. Ça sent l'antimite et la lessive. Les meubles sont, pour la plupart, recouverts de nylon transparent. Des pans de tissu blanc abritent les bibelots. Je soulève la jupe d'une horloge et découvre deux angelots nus, dorés et souriants sous un globe de verre. Les vitrines renferment des services à thé, à porto, à entremets. La bibliothèque, chiche, ne compte que les œuvres complètes du marquis de Sade, trois éditions apparemment semblables d'un traité de sexologie, et cinq volumes reliés en cuir dédiés aux maladies de peau. Je me dirige vers ce que j'imagine être la cuisine lorsque j'entends une clé tourner dans la serrure à quelques mètres de moi.

– Ah, tu es réveillée, dit Charles en me voyant, debout dans le couloir.

Je ne comprends pas ce que mon frère fait ici. Peut-être suis-je chez lui. Peut-être a-t-il déménagé. J'ai honte de sa bibliothèque minable. J'ai honte aussi pour les bâches en nylon. Je songe au prix qu'ont dû coûter les tapis, les miroirs aux cadres dorés, punis sous leurs linceuls de drap.

– J'ai fait aussi vite que j'ai pu, s'excuse-t-il. Comment ça va ?

Je ne réponds rien. Il s'approche et repousse une mèche de mon visage.

Il rit.

– Tu ne t'es pas ratée, me félicite-t-il. On dirait elephant woman.

Je tâte mon crâne. Une énorme bosse, comme la naissance d'une corne, déforme mon front.

– Je suis moche ?

– Horrible, me répond Charles.

Il me regarde et rit.

– Mais je suis drôle, visiblement.

– Je viens de ton harem, m'explique-t-il. C'est eux qui m'ont prévenu.

– De quoi tu parles ?

– Comment ils s'appellent déjà, j'ai oublié leurs noms. Tes employés, au resto. Ils m'ont téléphoné au boulot.

– Je n'ai pas d'employés, dis-je à Charles.

– Bon, va te recoucher.

– Comment tu me parles ?

– Comme à une fille que je vais emmener faire une radio dès qu'elle aura retrouvé ses esprits. Combien j'ai de doigts ? me demande-t-il, les mains dans le dos.

– Tu as autant de doigts que moi et je n'ai pas besoin de radio. Je me sens parfaitement bien. Ça faisait plusieurs jours que j'envisageais une petite sieste. Voilà, c'est fait. Maintenant je retourne travailler.

Je vais chercher mon manteau dans la chambre.

– Qu'est-ce que c'est grand, chez toi ! je crie depuis le bout du couloir. Et qu'est-ce que c'est laid !

– C'est pas chez moi, crie Charles en réponse. Mais c'est vrai que c'est laid.

Nous sommes chez Ben. Ou, plus exactement, chez feu les parents de Ben. Charles ouvre les volets du salon et me montre, juste en face, de l'autre côté de la rue, mon restaurant sans enseigne, aux vitres nues. Ben, l'enfant du quartier, me dis-je. Puis je me rappelle le soir où il a pris prétexte d'avoir raté le dernier métro pour dormir au restaurant. Je suis touchée par son mensonge, plus que je ne l'aurais été par un aveu. Je plisse les yeux pour tenter de voir de l'autre côté des carreaux si la salle est vide ou pleine. Je ne distingue aucun mouvement. C'est l'heure creuse. L'après-midi. Depuis le deuxième étage, je regarde notre rue, large et courte, dans le soleil de fin d'hiver. Immeubles penchés, sales, barbus d'herbes maigres, rideaux de fer à moitié baissés comme des paupières lasses, porches gigantesques ouvrant sur des cours ratatinées dans un étau de façades qui se renvoient le soleil vite vite, en billard de lumière. Un peu plus loin, sur la droite, j'aperçois, garée le long du trottoir, devant le magasin de Vincent, une camionnette bleue, d'un bleu unique, le bleu de notre enfance, franc et dur.

– Merde ! dis-je. Merde ! Merde ! Merde ! Merde ! Merde !

Charles me regarde d'un air inquisiteur. Il ne peut pas s'empêcher de sourire. C'est à cause de ma bosse. Cette bosse le met en joie.

– Tu vois cette camionnette ? lui dis-je.

Il hoche la tête.

– Eh bien… C'est un véhicule extrêmement important pour moi.

J'ai conscience que cette phrase n'a aucune chance de le rassurer sur mes facultés mentales, mais je ne sais comment expliquer les choses autrement. Je me mets face à lui, dans la lumière, et je tire mes cheveux en arrière, je veux qu'il me dise franchement comment je suis. Il éclate de rire.

– C'est à ce point ?

– Regarde-toi dans la glace, me dit-il. C'est génial. Non, je te jure. En plus, ça commence à prendre de belles couleurs, dans les verts, dans les mauves… un peu jaune aussi.

Je ne veux pas de miroir. Je rabats autant de mèches que je peux sur mon visage.

– Et là, je lui demande, c'est comment ?

– Comme un chien, répond-il, sans une seconde d'hésitation.

Un chien, me dis-je, parfait. C'est donc changée en
chien que je reverrai mon ami, Ali Slimane.

– Tu es sûre que ça va ? me demande Charles.

Comme il a l'air triste, me dis-je. Pourquoi on ne se
voit plus jamais ? Je ne m'occupe pas de lui. Je suis une
grande sœur indigne. Il ne manquait plus que ça à mon
palmarès. À quoi ça rime de grandir ensemble, serrés
comme les doigts d'une main, pour s'éloigner ensuite,
telles des barques à la dérive ? Personne ne m'a préve-
nue. Enfants, nous étions une forteresse. Je rentrais de
l'école et il était là, avec ses legos, avec ses voitures. Je
lui flanquais des trempes. Il me mordait. Nous regardions
la télé, blottis l'un contre l'autre. Il fouillait dans mes
affaires. Je lui refilais mes otites. Il mettait mes pantalons, mes pulls. Nous étions l'alibi l'un de l'autre, contre
les parents. Parfois on se trahissait. On se haïssait. Je me
moquais de son orthographe. On se cotisait pour acheter
un porte-monnaie le jour de la fête des mères, une cravate le jour de la fête des pères. On était dans le même
sac. Comment ai-je pu croire que ça durerait toujours ?
Comment ai-je pu laisser les amarres se disloquer ?

– J'ai été nul, dit Charles.

– Quoi ?

– Toutes ces années. J'ai été nul.

– De quoi tu parles ?

– De tes conneries et des miennes.

Je ris.

– Ah, dis-je d'un ton de philosophe, mes conneries !

J'ai envie de lui demander des nouvelles d'Hugo.
C'est presque là, au bord de mes lèvres. Je sais qu'il

l'a vu. Il y a eu des Noëls, des anniversaires, des enter-
rements. Où est mon fils ? Simplement ça. J'ai envie
de savoir où il vit. Mon fils. J'ai envie de le voir. Mon
fils me manque.

– Lequel des deux est ton amant ? demande Charles.

Je ne comprends pas.

– Le jeune ou le coincé ?

– C'est pas tes oignons.

– Allez, dis-moi.

Il a ouvert la porte de l'appartement. Une fois que
nous sommes sur le palier, il referme à clé.

– Il t'a confié son trousseau ? je demande.

– Il est très poli. Comment il s'appelle ?

– Ben.

– Ben est très poli, me dit Charles. Il m'a expliqué
qu'il avait trouvé mon numéro dans ton carnet.

Ben avait beaucoup hésité mais il avait pensé que
c'était bien de prévenir quelqu'un de la famille. Il se
sentait coupable parce qu'il disait qu'on aurait peut-
être dû m'hospitaliser, mais il ne pouvait pas manquer
un service, il pensait que je lui en voudrais terriblement s'il fermait la boutique.

– L'autre, le coincé, dit Charles, est venu lui filer un
coup de main.

– Il n'est pas coincé, dis-je. Il est fleuriste.

– Je ne vois pas le rapport.

– Moi, je le vois.

Nous nous quittons devant l'immeuble.

– Retourne travailler, dis-je à mon frère.

– Toi aussi.

Il ajuste ma coiffure de chien et je pousse un petit
aboiement en réponse.

– Au fait, lui dis-je, alors qu'il a commencé à s'éloigner, comment tu trouves ça, chez moi ?

Je fais un geste en direction de mon restaurant.

– Très toi, me dit-il. Mais c'est un peu petit, non ?

Cette conspiration masculine commence à me taper sur les nerfs.

– Viens manger, un de ces jours.

Il ne répond pas. Il me sourit, puis il disparaît sur son énorme moto d'une propreté impeccable.

Je traverse la rue, chancelante. La camionnette bleue me fixe de ses phares écartés autour de son museau de ferraille. Je sens, dans ma bouche, le goût de la tôle, un goût de sang. Arrivée à la porte, je tire un élastique de ma poche et je me fais une queue-de-cheval. Adieu chien. Adieu beauté. Licorne débutante, je rentre à la maison. Trois chevaliers m'attendent.

Mon retour est un succès. Leurs expressions, leurs rires. Ils m'invitent à leur table. Je serre la main d'Ali, sans croiser son regard. Jamais, de ma vie, je n'ai été aussi intimidée.

– M. Slimane est d'accord avec nous, m'annonce Vincent.

– Oui, bon, ça va, dis-je. Vous croyez vraiment que je suis en état de partir à la conquête du monde ?

J'effleure ma contusion du bout des doigts. La douleur me met les larmes aux yeux.

– C'est la bosse des affaires, dit Ben.

– Tu as fermé le magasin ? je demande à Vincent.

– Non, on s'est arrangés. Simone n'avait pas cours. On lui a donné le choix entre la plonge et les bouquets. Elle a choisi les bouquets.

Pourquoi m'aidez-vous ? ai-je envie de leur demander. Qu'est-ce que ce monde nouveau où l'on secourt son prochain ? Serions-nous en train de créer le premier phalanstère viable ? Le mystère de la bonté m'effraie. Tout me paraît soudain d'une solennité insoutenable. Je ne mérite pas ça. Je ne me sens pas à ma place en reine du gentil royaume de la douceur et des bons sentiments. Je suis une femme dangereuse. Je suis une femme méchante. La plus grande fouteuse de merde que la terre ait jamais portée. C'est la prison que je mérite. Personne n'a porté plainte, mais ce n'est pas une raison. J'aurais dû me constituer prisonnière, me rendre au premier commissariat venu et demander qu'on me passe les menottes pour avoir couché avec un adolescent, pour l'avoir détourné, m'être laissée aller à mon penchant abject, n'avoir pas su le protéger de sa folie. Lui ai-je fait du mal ? De quoi se vengeait-il ? Car c'était d'une vengeance qu'il s'agissait, avec préméditation, enregistrements et photos à l'appui. Des documents qu'il a pris soin de transmettre à mon fils, à mon mari.

Je ne me souviens pas avoir revu Hugo après ça. Seuls les décors demeurent imprimés dans ma mémoire, vidés de leurs acteurs. Je revois l'appartement dévasté, mes vêtements, éparpillés partout, jusque dans les toilettes, les portes brisées, les chaises à l'envers, miroirs abattus, vaisselle dans le couloir, livres déchirés, piétinés. J'entends la voix de Rainer, ses hurlements « Tu n'avais pas le droit ! Tu n'avais pas le droit ! ». Il aurait dû me tuer. Il en avait la force et l'envie. Je sais ce qui l'a retenu. Il ne voulait pas qu'Hugo soit le fils de deux criminels. Il a gardé une goutte de sang-froid pour lui, pour notre enfant. «Ta mère est folle, lui a-t-il dit. Ta pauvre mère ne sait pas ce qu'elle fait.» Où était mon fils à ce moment? Terré dans sa chambre, la tête contre les genoux, s'efforçant d'effacer de sa mémoire les râles, les halètements, les cuisses, les seins de sa mère. J'ai beau chercher, je ne le trouve nulle part. Ma mémoire est très bonne et très mauvaise. Je me souviens de l'inclinaison exacte d'une de mes jupes qui avait valsé sur un abat-jour, les plis dans la soie, la lumière de l'ampoule qui filtrait à travers les motifs; je me souviens de la rose centrale d'une assiette brisée en quatre morceaux sous le meuble de la salle de bains, mon regard s'était accroché à elle lorsque, tête contre le carrelage, je rampais à la recherche d'un abri; je me souviens du flacon de parfum répandu sur la moquette de la chambre, l'odeur écœurante, l'auréole orangée; je me souviens du sentiment d'apaisement, à voir enfin ma vie aussi chaotique au-dehors qu'au-dedans, comme si, durant toutes ces années, l'ordre maintenu avait été le plus insupportable des mensonges. Enfin, nous y étions. Le pire ne serait plus à redouter, il était advenu. Ces images sont aussi claires dans mon esprit que si j'avais passé des heures à les concevoir, à les organiser. La terreur mettait fin à la terreur, elle s'engloutissait elle-même, et je pensais, lentement, alors que tout allait très vite, je pensais merci, merci.

Rainer me traînait d'une pièce à l'autre, me tirant par les cheveux. «Regarde, disait-il. Regarde ce que tu as fait.» J'enregistrais le moindre détail. Chaque vêtement retourné, chaque meuble à l'envers était une récompense. J'avais démoli vigoureusement la jolie vie de tartines et d'ourlets, la gentille existence de rôtis et de linge repassé. Sans doute, au départ, avais-je pris trop d'élan pour exécuter la simple culbute qui d'une fillette fait une femme et une mère : j'avais atterri, cul par-dessus tête, grotesque à l'infini.

Hugo ! Hugo ! Je l'appelle, en vain, dans ma mémoire. Personne ne répond.

Une scène de l'ancien temps s'anime. Éclairage à la bougie, odeur de foin et de bestiaux, un ruisselet de sang coule paresseusement dans une bassine en fer émaillé. La mère ou l'enfant ? demande le médecin au papa éploré. Lequel des deux dois-je garder en vie ? Lequel, monsieur, vous donnera le plus de bonheur ? La mère et l'enfant, répond le père en insistant sur la conjonction de coordination qui donne un sens à sa vie. Mais le médecin n'a rien compris, au lieu de sauver les deux, il les assassine. Voilà, vous êtes content, maintenant. Plus de mère, plus d'enfant. Pas de jaloux.

Le jour descend. Ali Slimane me fait visiter ma cuisine. Quand il marche, aucun bruit. Quand il parle, un murmure.

– Là, les conserves.

Des bocaux multicolores sur deux rangées ornent le billot.

– Là, les légumes frais.

Il se penche et je me penche avec lui ; mes genoux craquent, les siens ne craquent pas. Sous la fenêtre, il a pratiqué une ouverture et construit un garde-manger, pourvu de clayettes en bambou. Des choux luxuriants, des poireaux goguenards, des bettes cambrées, des carottes terreuses, des patidoux à la peau d'ocelot, des potimarrons à bonnets de lutin, des sucrines en forme de calebasses, des navets ravissants.

– Les légumes secs.

Dans des seaux en bois, séparés du sol par des briques creuses, les haricots à œil noir me regardent, les lentilles roses dorment, les soissons glissent, les pois chiches roulent.

– Les laitages.

Au-dessus de mon frigo se trouve à présent une cave portative. Elle s'ouvre au moyen d'une large poignée en aluminium que l'on soulève avant de la tourner. C'est un meuble de cuisine ancien et précieux dans lequel règne la fraîche pénombre propice aux fromages de chèvre et de brebis, à la crème crue, aux yaourts en faisselles.

– Pour la viande, me dit-il, j'ai mis de l'agneau, des volailles, j'ai quelques perdrix aussi. J'approvisionne tous les deux jours. Le poisson, je peux m'arranger mais c'est plus compliqué.

– Laissez tomber le poisson, lui dis-je. C'est déjà tellement beau, tout ça. Vous m'avez préparé ma note ?

Il me tend un papier et se détourne aussitôt. Il sifflote entre ses dents une mélodie lente. Ses tarifs sont plus bas que ceux du marché. Je fais une excellente affaire, mais lui aussi. J'en suis sûre.

– C'est un prix d'ami, lui fais-je remarquer.

– C'est un prix de connaissance, rectifie-t-il. Ce sera plus cher en été. Avec tous les petits fruits fragiles difficiles à récolter, les framboises, les groseilles, les cassis.

– C'est toujours vous qui viendrez livrer ?

– Toujours moi.

Je n'ose pas lui demander comment il va trouver le temps de s'occuper de son exploitation s'il passe un quart de sa semaine sur les routes.

– Il faut vous soigner, dit-il, les yeux sur ma bosse.

Mon regard fuse en zigzag de tous les côtés pour ne pas croiser le sien. Il me fait signe de m'asseoir sous la lampe. Dehors, sur le trottoir, j'aperçois Vincent et Ben qui fument une cigarette en se racontant je ne sais quoi.

M. Slimane m'examine. Il prend mon visage entre ses paumes et le fait basculer de droite à gauche, d'avant en arrière.

– J'aurais dû mettre de la glace, dis-je.

Il secoue la tête.

– Allongez-vous.

Je lui obéis. Étendue sur la banquette, je regarde les fissures au plafond. Je me demande laquelle représente la ligne de chance, la ligne de vie, la ligne d'argent. Elles sont, toutes trois, très longues et je ne suis pas étonnée, car, récemment, j'ai eu beaucoup de chance, je gagne trop d'argent et je me sens une vigueur à galoper au-delà de cent vingt ans. J'attends mon remède en me laissant bercer par les rares sons que produit M. Slimane dans la cuisine. Il ne pose aucune question, comprend où se trouvent les ustensiles, sait allumer la gazinière, et ne confond pas les couverts à salade avec les spatules en bois. Au bout de quelques minutes, une odeur inconnue parvient à mes narines : mélange de sauge, d'iris, de caramel et de goudron. Le citron ne se manifeste que dans un second temps. Comme c'est bizarre, me dis-je, d'habitude, c'est toujours le citron en premier. Ali s'approche de moi, une casserole à la main, il mélange le contenu fumant avec une douceur proche de la paresse.

– Qu'est-ce que c'est ?

– Il ne faut pas bouger. Je vais étaler le cataplasme sur ton front, mais tu ne dois pas en avoir dans les yeux ; ni là, précise-t-il en désignant le sommet ouvert de la blessure, à l'endroit où la peau s'est ouverte en étoile, dessinant une petite araignée de sang.

– Ça pique ? dis-je, inquiète.

– Dans les yeux ça pique, sur les plaies ça pique. Sur la peau, ça chauffe et ça refroidit en même temps.

À partir des sourcils, jusqu'à la racine des cheveux, il dépose sa poix odorante, prenant soin de ne pas appuyer. La texture est granuleuse, comme des œufs battus au sucre, la couleur est noir réglisse, et l'effet est immédiat. Ça chauffe et ça glace en même temps.

Il se penche sur moi et me regarde attentivement.

– Quel âge tu as ? me demande-t-il.

– Pourquoi vous voulez savoir mon âge ?

Il rit. Il me dit que des bosses comme ça, il n'y a que les enfants qui s'en font. Que c'est la première fois qu'il soigne un adulte avec sa préparation.

– J'ai quarante-trois ans, lui dis-je.

– C'est bien, commente-t-il. C'est très bien. Et ton restaurant, ça marche ?

– Je ne sais pas. Je crois que oui. Je ne suis pas très douée pour les chiffres. C'est Ben qui s'occupe de ça. Il dit qu'il faut qu'on s'agrandisse.

– Il dit qu'il faut *réinvestir*, corrige-t-il.

Je ne vois pas la différence.

– Il a raison, ajoute M. Slimane.

Pendant qu'il décolle la pellicule gluante de mon front, je le regarde à la dérobée. Je vois sa bouche, ses lèvres plates et penchées vers l'intérieur. Ses dents – qui se découvrent au détour d'un rictus parce que la mélasse lui résiste – sont assez mal rangées, elles se chevauchent et je ne sais pourquoi, me bouleversent, comme un élément d'architecture inattendu. Au fur et à mesure que la pâte se décolle, il la jette dans la casserole. À la fin, il sourit, satisfait.

– C'est beaucoup mieux, dit-il.

Je tâte mon front timidement, du bout des doigts. La bosse a nettement diminué. Il me tend un miroir de poche, après l'avoir précautionneusement essuyé. C'est spectaculaire : les couleurs se sont fondues les unes aux autres, le relief s'est affaissé, seule l'araignée écarlate demeure, en haut à droite.

– C'est ma voisine qui m'a donné la recette, m'explique-t-il. Quand les enfants étaient petits, on n'arrêtait pas d'aller chez le médecin pour un oui, pour un non. Leur mère était très anxieuse. Et puis, un jour, Mme Dubrême, qui habite de l'autre côté de la route, m'a invité chez elle. Elle m'a appris à préparer des onguents. Elle ne voulait pas que j'en parle à ma femme. Elle disait « Les gens de la ville, ils comprennent rien à la sorcellerie ». Ma femme était de la ville. « Mais vous, comme vous êtes arabe, ça vous fait pas peur, je me trompe ? » Elle ne se trompait pas. Mais je ne sais pas si c'est parce que je suis arabe ou si c'est parce que j'en avais marre de dépenser des fortunes chez le médecin.

– Qu'est-ce qu'elle vous a appris d'autre ?

– Les emplâtres à la moutarde et aux orties, le miel

de thym pour soigner les entorses, les cinquante-trois vertus de la rhubarbe. Et puis, bien sûr, les philtres d'amour.

– Ça existe ?

– Non, c'est une blague, ça n'existe pas. Si ça existait, ma femme ne serait pas partie avec le maire du bled voisin.

Sa femme est partie. Quelle bonne idée elle a eue. Je suis si heureuse qu'elle ait trouvé l'amour auprès d'un politicien de campagne. J'en éprouve une joie inquiétante.

– Ça fait longtemps ?

– Quoi ?

– Votre femme ?

– Quatre ans.

– Je me souviens de votre tristesse, lui dis-je. Il y avait quelque chose dans vos yeux.

– Je l'aimais.

– Vous l'aimez toujours ?

– Elle aussi elle m'aime toujours, répond-il à côté.

J'en ai assez de parler de sa femme. Cette conversation ne me convient pas du tout.

– L'amour, poursuit-il, ne s'arrête jamais. Il se transforme, mais il ne s'arrête pas.

– En quoi se transforme-t-il ?

– En tout, en n'importe quoi. En haine, très souvent. En froideur. En amitié…

– Je ne vous suis pas, là, mais alors pas du tout.

Je me suis redressée. Ma bosse ne me fait plus mal. Je règle juste ce petit problème d'amour et je pourrai reprendre ma journée pile où elle s'est arrêtée.

– C'est trop facile de dire qu'il se transforme, dis-je

à Ali, occupé à nettoyer la casserole. S'il se change en
haine, c'est qu'il n'existe plus. Il est remplacé par la
haine. Il ne reste rien de lui.

— Il y a du jour dans la nuit, me répond-il.

— Elle avait raison votre voisine, vous êtes un sacré
Arabe.

Ça le fait rire.

— Ce n'est pas spécialement arabe de dire qu'il y a
du jour dans la nuit, m'informe-t-il. C'est un de vos
grands poètes français qui a écrit ça. Je l'ai appris à
l'école.

— Et qu'est-ce que ça veut dire ?

— Ça veut dire qu'une relation entre un homme et une
femme est comme un firmament. Tantôt bleu, tantôt
noir, parfois nuageux, pluvieux même, peu importe,
c'est toujours un seul et même firmament. La haine
qu'on éprouve pour une personne que l'on a aimée n'a
rien en commun avec les autres haines. Elle est nourrie
de l'amour ancien.

— Admettons, dis-je. Qu'est-ce que ça change ?

— Tu aimes bien discuter, me dit Ali.

Je hoche la tête, les yeux baissés, comme si j'avais
été prise en faute. J'aime tellement les idées, la manière
qu'elles ont de s'entrechoquer, de se noyer les unes
dans les autres, de se tourner le dos, de brouiller les
pistes. Mais j'ai honte de ce penchant, parce que je suis
si vite à court de mots, parce que je n'ai jamais appris
à réfléchir, parce que j'ai la rhétorique d'une oie de
ferme.

— Moi aussi, j'aime ça, dit-il en frappant sur ses
cuisses, comme s'il donnait à ses jambes le signal du
départ.

Il vérifie que tout est en ordre, m'informe de son prochain passage.

– Toi aussi tu étais triste, me dit-il sur le pas de la porte. Je le lisais dans tes yeux.

Nos regards se croisent enfin. Il y aura de la nuit dans notre jour, me dis-je, en contemplant ses prunelles sombres comme des baies de genièvre.

Les entretiens d'embauche me terrifient. Ben a insisté : il est indispensable que je les conduise en personne. Il faut que les gens sachent qui est le chef ici, m'a-t-il expliqué.

Nous avons passé une annonce et les réponses pleuvent. Les CV et les lettres de motivation se précipitent dans la fente de la boîte aux lettres, noyant les factures dans leur torrent joyeux. Je reçois les candidats dans un petit bureau que nous avons réussi, je ne sais comment, à caser derrière le bar. Ils viennent aux rares heures creuses, et nos conversations sont ponctuées par les stridences de la perceuse, les tremblements du marteau-piqueur, les coups de masse dans les cloisons. L'ancienne mercerie a entamé sa mue. Des hommes en casque orange, jaune et blanc, vont et viennent. Ils ne se nourrissent que de sandwichs au fromage et de pommes. C'est une drôle de bande, peu loquace et rigolarde. Ils parlent entre eux une langue que je ne connais pas. Avec moi, ils s'expriment dans un français plein de *r* roulés et dépourvu d'articles définis. Mais ils préfèrent s'adresser à Ben. Je ne leur inspire pas confiance.

Au cours des entretiens, je rencontre surtout des jeunes filles. Certaines sont molles comme des pelures de concombre, d'autres sentent le tabac à trois mètres ; il y en a de très bêtes qui n'ont qu'une réponse à la bouche : « Chais pas » ; il y en a des malignes qui peinent cependant à s'exprimer, rougissent, roulent des yeux, bégaient d'angoisse. Un jeudi après-midi, je reçois Mlle Rouleau Malory. Je suis amoureuse de son nom. Je prie pour qu'elle soit la candidate idéale. Rouleau Malory, Malory Rouleau, me dis-je en comptine. Je me l'imagine vive et sensuelle, exotique et rassurante. Je ne lis aucun CV, je n'exige aucun certificat, aucun diplôme, pas la moindre expérience, car je sais combien il est aisé de fabriquer des faux. J'ignore donc tout de Malory Rouleau.

Lorsqu'elle entre, je me dis qu'elle ressemble à une banane et, bien que j'aime ce fruit – si nourrissant, si injustement méprisé – je suis aussitôt déçue. Elle s'assied face à moi, rigide et molle, semblable à son fruit emblématique. Ses joues sont longues et beiges, ennuyeuses comme une journée d'hiver.

Je me distrais en plongeant les yeux dans ma liste de rendez-vous.

– Vous êtes donc… fais-je, comme si j'ignorais qui était en face de moi.

– Rouleau Malory ?

Elle prononce son propre nom sur un ton interrogatif. Attend-elle de moi que je confirme son identité ?

– Et quel âge avez-vous ?

– Vingt-cinq ans ?

Là encore, elle demande à être rassurée.

– Diplômes ? fais-je sobrement, espérant que mon

laconisme l'encouragera peut-être à en dire plus long.

— J'ai fait l'école hôtelière ?

Et c'est là qu'on vous a appris à parler comme ça ? ai-je envie de lui demander. Je n'en fais rien. Je poursuis l'interrogatoire en songeant aux diverses tortures que les parents infligent à leurs enfants, les professeurs à leurs élèves pour les rendre ainsi, dénervés, amorphes. Plus qu'une banane, Malory Rouleau m'évoque de la nourriture déjà mâchée.

Ces rencontres m'écœurent. Je suis trop exigeante. C'est à croire que je recherche la femme de ma vie. Au bout de trois jours de rendez-vous, je deviens allergique aux pellicules dans les cheveux, le moindre bouton d'acné me révulse, les ventres à l'air me donnent des frissons. Ben se moque de moi.

— Vous n'étiez pas si difficile quand vous m'avez engagé, me fait-il remarquer.

— Ça n'a rien à voir, lui dis-je. Toi, tu étais le seul et tu étais parfait.

Il sourit. La souffrance fend son visage en deux.

— Tu ne vas pas pleurer ? lui dis-je d'un ton martial.

— Si, répond-il.

Une larme tombe. Solitaire et parfaite.

— Tu sais, Ben, bientôt, je vais…

Il plaque la main sur ma bouche. Comment sait-il que je veux lui parler de mon départ ? Comment a-t-il compris que je désirais évoquer ma succession ? Je fais de lui mon héritier. Je sens venir la fin. Sans doute ne suis-je pas la seule. Il garde la main sur ma bouche. C'est à cet instant que Barbara entre chez moi.

Barbara est grande, très grande même. Elle a une trentaine d'années, un large front lumineux et d'épais cheveux roux retenus en chignon à l'arrière de son crâne. Elle marche à grands pas, elle n'est pas timide.

– Je vous dérange ? Vous préférez que je repasse ? C'est pour l'annonce.

Ben retire sa main.

– Asseyez-vous, lui dis-je.

Elle pose son sac sur une chaise, s'assied face à moi et regarde autour d'elle. Elle hoche la tête, radieuse. Je meurs d'envie de savoir ce qu'elle pense. Elle est là depuis une minute et je me suis déjà si bien habituée à sa présence que j'anticipe la douleur que me causera son départ. Elle sent le savon. Elle a l'air rusé.

Barbara est agrégée de mathématiques et extraordinairement peu qualifiée. Elle me dit :

– Autant être franche avec vous, je ne sais pas cuisiner. Je ne sais même pas faire cuire un œuf.

– Moi, c'était pareil, lui dis-je, un brin maternaliste. Mais ça s'apprend !

– Je n'apprendrai pas, réplique-t-elle.

Son autorité me réjouit. Je l'engage sur-le-champ et je suis fière de mon choix. Au bout de trois jours, c'est elle la patronne, moi l'employée, et c'est très bien comme ça.

Il est difficile d'expliquer en quoi consiste le travail de Barbara. Depuis qu'elle est avec nous, Vincent a compris que *Chez moi* était un restaurant. Il me dit des choses comme « Je passerai te voir au resto » ou bien « Tiens, j'ai pris des œillets blancs en réclame pour le resto ». Rien n'a changé, mais tout va encore plus vite. Même les travaux s'accélèrent. Elle est l'huile dans les pistons, le vent dans la voile. Ben l'a immédiatement adoptée. Je ne suis pas jalouse. Je suis soulagée.

Lorsque je lui demande pourquoi, avec les diplômes qu'elle a, elle ne cherche pas un emploi plus rémunérateur, plus digne d'elle, pourquoi elle n'enseigne pas, par exemple, elle m'explique qu'elle a passé sa vie dans les salles de classe et ne s'imagine pas y retourner immédiatement. Elle veut voir du monde. « Vous ne serez pas déçue, lui dis-je, ici, il y a beaucoup de passage. » Elle désire savoir comment fonctionne une petite entreprise et elle a besoin de mettre des sous de côté pour faire le tour du monde dans quelques années. Un instant, je suis effleurée par l'idée que son agrégation est peut-être aussi fictive que mon stage dans les cuisines du Ritz, mais je laisse le doute à la porte. Je n'ai pas besoin d'en savoir plus. Barbara sait faire tout ce que je ne sais pas faire. Elle délègue, elle organise, elle trie. Barbara chante en travaillant, met admirablement les fleurs de Vincent en valeur. C'est un as du ménage et de la rationalisation de l'espace. Je la laisse choisir le nouveau mobilier pour la mercerie. Elle obtient des tarifs encore meilleurs que les miens auprès de mon fournisseur de l'avenue de la République.

Un mois après son arrivée, nous inaugurons la grande salle. Ben veut faire une fête. Je dis « Oui, pourquoi pas, c'est une bonne idée ». Et quelque chose dans ma poitrine, quelque chose de lourd et de solennel comme le balancier d'une horloge, se déplace avec une lenteur menaçante. Voilà que le temps se retourne sur lui-même. Voilà que la seconde inauguration rappelle la première, sauf que cette fois, tout est parfait. Mes parents, mes amis, et même mon frère – qui me fait enfin la grâce de me rendre visite – trinquent à mon succès. Les clients les plus fidèles ont été invités. Le quartier entier défile. Simone et Hannah ouvrent le bal, réconciliées je ne sais comment. Les gens dansent, mangent et boivent. C'est génial, me dit-on. C'est la meilleure fête. C'est la plus belle soirée de leur vie. Je regarde les bouches sourire, les hanches onduler, les mains se tendre. J'entends tout, la musique, les mots, les bouchons de champagne qui sautent, les rires, mais c'est comme si je me trouvais à l'intérieur d'une cage de verre. Rien de ce que j'avale ne me rassasie, aucun alcool ne m'enivre. J'ai l'impression d'assister à mon propre enterrement. Je fixe d'infimes détails. Toute mon attention se concentre sur un joint entre deux tomettes, plus épais que les autres, sur une croûte de pain, coincée entre le cercle de zinc et le formica d'une table ronde. On m'embrasse, on m'étreint, on me parle. Mon regard s'échappe vers la grande porte bleue laquée que j'ai fait peindre en trompe-l'œil sur le mur du fond. Je voudrais rappeler Mme Cohen, lui dire que pour la bar-mitsva de son fils, c'est sans problème, tout est prêt. Je voudrais passer cette porte et m'engouffrer dans le jardin que mon esprit dessine mentalement à l'arrière. L'herbe y est tendre et douce, des joncs ploient au bord d'une rivière. J'y fais pousser des tilleuls, des charmes, des ormes pleureurs, des prunus et des liquidambars. J'y plante des rosiers anciens, des jonquilles, des dahlias aux lourdes têtes mélancoliques et des parterres de myosotis. Des fleurs de mouron cheminent, armées du courage propre aux essences minuscules, entre les pierres d'une rocaille. Des artichauts victorieux dressent leurs flèches ébahies vers le ciel. Les pommiers et les lilas fleurissent à l'unisson des hellébores et des magnolias hivernaux. Mon jardin ne connaît pas de saison. Il y fait chaud et frais. Le givre y côtoie les mirages ondoyants de chaleur. Les feuilles tombent et repoussent. Poussent et retombent. La glycine grimpe à l'assaut de pans de murs écroulés, de porches anciens menant à une allée de buis au parfum poignant. Les fruits embaument. D'énormes pêches, des abricots joufflus, des bijoux de cerises, des groseilles, des framboises, des tomates craquantes et des cardons velus se gavent de soleil et d'eau, car il pleut, entre deux rayons, des gouttes arc-en-ciel. Tout au bout, au-delà d'une barrière en bois peint, se trouve le chemin forestier, jonché de feuilles brunes, protégé de la chaleur des cieux par le large parasol des feuilles qui tournicotent dans la brise. On n'en voit pas le bout. On marche, on marche, on respire.

Ali m'a apporté un cadeau. Il est en retard. J'ai cru qu'il ne viendrait pas. Trop timide, me suis-je dit. Il tient un paquet dans les bras, enveloppé de papier journal. Sourire énigmatique.

– Je peux l'ouvrir?
– C'est fragile, me dit-il.

Il me tend la chose, encombrante et légère. Qu'est-ce qui ne pèse rien, craint les chocs et a la forme approximative d'un ballon? C'est une devinette. Il me conseille de m'asseoir dans un coin à l'écart pour déballer. Nous nous cachons derrière le bar. Accroupis sous le comptoir, nous échangeons des œillades de conspirateurs. Des voix m'appellent: «Myriam, où on met les bouteilles vides?», «Myriam, est-ce qu'il reste du pain?», «Myriam, qu'est-ce que tu as fait du tire-bouchon?» Je suis introuvable. J'effeuille mon présent, sans hâte, et je découvre, au cœur de l'enveloppe imprimée, une grosse boule d'une blancheur inquiétante, douce comme la peau d'un ventre de bébé. J'appuie, hésitante, un index contre sa surface. C'est moelleux et résistant à la fois. Ça sent la forêt. J'examine attentivement la grosse balle spongieuse, à la recherche d'une ride, d'une faille. Mais non, elle est parfaitement lisse.

– C'est pour lire l'avenir ? je demande.

Ali éclate de rire.

– C'est un champignon, espèce de fille des villes, me dit-il.

Je ne le crois pas. Je n'ai jamais vu un champignon rond, blanc, énorme et d'une blancheur si parfaite.

– Mais il n'a pas de pied ! s'insurge le mycologue qui sommeille en moi.

Ali le retourne délicatement et me montre **une zone** légèrement accidentée, et brunie.

– C'est par là qu'il s'accroche, dit-il.

– Tu plaisantes ?

– Non. Ça s'appelle une vesse-de-loup géante. Ça se mange.

– Où tu l'as trouvée ?

– Dans mon jardin.

– C'est bon ?

– C'est délicieux. Tu la coupes en tranches comme… comme du rumsteck, et tu fais cuire à la poêle, dans l'huile d'olive.

– Tu l'as cueillie dans ton jardin ?

Il hoche la tête. Elle lui a fait penser à moi, m'explique-t-il. Comme un visage sans yeux, sans bouche, sans nez, sans oreilles, un visage qui serait une âme. Il a pensé à moi, et il s'est dit que ça m'amuserait et que ça me donnerait envie de voir du pays. Parce que je suis curieuse. Parce que je pose toujours des tas de questions. Il dit que oui, finalement, c'est vrai, on peut y lire l'avenir.

– Comment ça ?

– L'avenir, c'est ce qu'on ne connaît pas, ce en quoi on refuse trop facilement de croire.

Je lui demande s'il y en a de plus petites.

– Il y en a de toutes les tailles.

– Comment ça se fait ?

Il hausse les épaules. La nature est comme ça. Elle fabrique à l'infini et dans tous les formats.

– Mais pourquoi ?

– Pour persister. Par prévoyance.

Il me parle des différentes variétés de cassis, des taches de rousseur sur la peau des poires, de l'humour des vaches, de l'audace des lièvres. Chemins, ombres, trous, ruisseaux souterrains, herbe qui coupe, herbe qui siffle, pervenches et gueules-de-loup. Il décrit tout, dans le moindre détail, sans lyrisme, comme si nous devions établir un relevé topographique de toute urgence.

Je caresse la boule blanche, d'une douceur stupéfiante, et je laisse son message crypté remonter le long de mes doigts. Ali pose sa main sur la mienne. J'observe le dégradé admirable de sa peau brune, sur ma peau pâle, sur la surface blanche. Je n'ose lever les yeux. Je voudrais que le cristal opaque et moelleux du champignon magique nous transporte loin d'ici, là où le sens de la vie se résume au désir benoît de la vivre.

– On y va ? demande-t-il.

– On y va.

Je préviens Barbara que je pars.

– Je serai de retour dans deux jours.

Il faudra qu'elle salue les invités de ma part, qu'elle m'excuse, qu'elle explique à Ben. Je bafouille tandis qu'elle m'écoute avec bienveillance. Elle me rassure.

– Il n'y a aucun problème, de toute façon ils sont tous complètement bourrés.

Je quitte *Chez moi* par la porte de côté, une lune pleine sous le bras. Une fois dans la rue je me livre à un inventaire mental : soixante-dix chaises, deux banquettes, vingt tables, six feux, deux réfrigérateurs… Je veux savoir ce que je laisse. Je m'appuie sur ce décompte qui me rassure, car mon corps peut à peine avancer. Ça bat beaucoup trop fort là-dedans. Le sang bouillonne. Ça tremble. Ça s'éparpille. J'ai si peur. Peur comme jamais. Je veux tout perdre. Me dépouiller. Qu'il ne reste rien afin de ne plus craindre qu'on me pille et qu'on me vole, car soudain, tout me paraît précieux. Chaque souvenir geint doucement en moi. Ne me laisse pas, supplie le passé. Ne nous abandonne pas, pleurent les images. Le temps me parle, il m'admoneste. Contre son cours, je dresse mon testament. Après les listes d'objets, viennent les listes de gens. Des visages, comme des pièces dans la fente d'une machine à sous, dégringolent et tintent, grelots de joues, contre grelots de nez et d'oreilles. Ne nous laisse pas, hurlent les bouches avant de tomber dans l'oubli. Je ne vous oublie pas, leur dis-je. Je n'oublie rien. Je vous compte et je vous rassemble, je vous range pour mieux vous contempler. Rien de méchant, bilan sans conclusions. Une escalade. Voir si, en vous accumulant, en vous posant les unes sur les autres, comme des briques, je vais pouvoir grimper, bâtir l'immense escalier dont j'ai besoin pour aller accrocher cette lune à mon ciel. Aux personnes, je dis qu'elles seront l'armature, aux choses je précise qu'elles seront la matière. Il me faut construire immédiatement. Je dois être à la hauteur. Mais comment y parvenir ? Renverser toutes les poubelles de mon existence, mêler les déchets aux acquisitions les plus récentes, les plus coûteuses, et poursuivre l'ascension, alors que dans mes veines plus une goutte de sang, sous ma peau plus une goutte de sueur. Me voici évaporée. Seul demeure le balancier menaçant, dont la face de cuivre inexpressive voyage de droite à gauche, et de gauche à droite, infime trajet de la seconde, qui me signifie qu'il est temps.

La camionnette bleue file dans la nuit. C'est une chute vertigineuse hors de la ville, loin des lumières, jusque dans l'obscurité muette de la campagne. Mais, bientôt, les yeux et les oreilles s'habituent. Une fois les pieds dans l'herbe, alors que le bruit du moteur s'est éteint, alors que les phares ne jettent plus leur halo, on voit et on entend. Le rideau se lève sur une scène nocturne, dévoilant de petites étoiles hivernales et des écharpes de nuages qui s'étirent, grises ou peut-être bleues, d'une constellation à l'autre. Le feuillage des persistants se découpe. Je distingue des bosquets aux allures d'ours géants ; la ligne de faîte d'une forêt, un peu à notre gauche, dessine la silhouette d'un dinosaure assoupi sur le coteau. Entre les branches tombées au sol, ça fouit, ça grouille et puis plus rien. Une odeur de mousse, étranglée par le froid, me parvient, à bout de forces. Un oiseau appelle. Rien. Un oiseau répond. Rien. Deux bras serrent mes épaules, puis ma taille, puis mes hanches, puis mes genoux. Ses mains autour de mes chevilles. Elles remontent et se posent sur mes cuisses, sur mon ventre, sur mes seins, sur mes yeux, sur mes oreilles. La bouche que je connais par cœur, celle de l'homme qui jamais ne me fera pleurer, l'homme qui se tient dans mon dos et m'attrape, m'encercle, mord la chair de mon cou. Et voilà. L'homme qui jamais ne devait me faire pleurer, lui qui l'avait promis, fait couler des ruisseaux de larmes sur mes joues, depuis mes aisselles et le long de mes jambes. Je ne lui en veux pas pour ce mensonge. La poigne du parjure est meilleure que tout. Je désire qu'il me mente, et qu'il se dédise, et se contredise. Il croit savoir et ne sait rien. Et de lui, j'ignore tout et brûle de tout connaître. Nos vêtements jetés sur le sol autour de nous figurent des continents, ridés de chaînes montagneuses, accueillant des rivières de rosée. C'est dans les bois qu'on fait l'amour. Incendions les lits, les draps, les oreillers. Plus une couverture, plus un sommier. Un immense bûcher, dont les flammes lèchent et consument les meubles, le confort des toits sur les têtes et le moelleux des édredons, explose dans la nuit. Je l'entends qui crépite tandis que mon corps s'étend d'une vallée à l'autre. Un coude sur la colline, un orteil au pied de la falaise, la nuque sur les rochers qui bordent la cascade, l'omoplate roulant sur la terre du chemin, l'index dressé contre le tronc des chênes, les reins se frottant sur un lit de lichen, la rotule appuyée au contrefort d'un plateau, le crâne épousant la vase au bord des mares, mes cheveux baignant dans les vagues, plus salés que le varech. Je crie. J'appelle un à un les atomes de ma peau pour qu'ils se réunissent et enfin, je rétrécis. Lorsque le froid commence à nous piquer, nous rampons jusqu'à la maison qui n'est qu'à quelques mètres, laissant nos habits reposer à la belle étoile.

Lorsque j'ouvre les yeux, la blancheur terne du matin m'attriste. J'aurais voulu du soleil, mais non. Le ciel est indistinct et sourd. Je suis seule dans un lit inconnu. Je froisse le drap de coton épais et je le fourre dans ma bouche. J'éprouve la solitude sans fond de l'enfant qui se réveille dans une demeure étrangère. On l'a porté là endormi. Il ne sait quels bras l'ont déposé durant la nuit, il ne sait quel sourire l'accueillera au réveil, il ignore les usages de la maison et n'ose se lever, de peur de déranger les autres. Il redoute qu'on ne sache pas, dans ce foyer nouveau, préparer le chocolat chaud qui seul le rassurera.

Je lève timidement la tête et je regarde le jardin découpé par la fenêtre. La camionnette est garée, à quelques mètres, le museau renfrogné. Je me redresse encore, afin d'apercevoir le sol, à la recherche des vêtements que j'ai quittés la veille. Ils ont disparu. Ali a dû se lever à l'aube pour les ramasser, moissonner les indices. Qu'aurait dit Mme Dubrême, la sorcière d'en face, en voyant des pulls, des chaussettes, des sous-vêtements, des pantalons immortalisés par le léger glaçage de la gelée blanche ?

Je me demande ce qu'il convient de faire à présent. Je ne veux pas être là. Je crains les paroles du lendemain et peut-être, plus encore, les regards. Je veux retourner dans mon domaine, là où chaque objet m'est familier, là où règne l'ordinaire, là où il n'est pas nécessaire de penser. Je tente de me représenter la suite. J'imagine une odeur de café se glissant sous la porte, un petit déjeuner au lit – j'ai toujours refusé de manger allongée, c'est mauvais pour la digestion et ensuite on se rendort dans les miettes. Dans une autre version, je me lève, m'enroulant dans la toge des draps, ainsi qu'ils font dans certains films, et je vais m'asseoir dans la cuisine, où un bol en faïence à motifs bleus m'attend. Je n'ose pas dire que je préfère les tasses. Nous avons des rires embarrassés et des mots malheureux. La honte et le dépit nous submergent et, contre eux, nous dressons le pitoyable barrage des tartines beurrées – alors que je n'aime que le fromage sur les miennes. Je me figure ensuite un petit mot laissé sur la table : « La gare est à trois kilomètres, tu peux prendre le vélo derrière la maison. C'était vraiment super. À bientôt. »

Ces différentes hypothèses me paralysent. Je ne vois pas comment vivre la suite. Je voudrais simplifier la rencontre, pouvoir tendre une vidéo de mon passé et dire : voilà. C'est ce que j'ai vécu jusqu'à maintenant. Tu regardes et on en parle. Je me sens trop vieille pour raconter mon enfance, mes parents, mon mariage et le reste, mais je ne crois pas aux nouveaux départs. Que fera-t-il de moi ? Je suis en colère contre Ali. Je le déteste de ne m'avoir pas connue plus tôt. Je lui en veux d'avoir à tout expliquer. Je me laisse gagner par la lassitude du maître démotivé face à l'élève idiot. Hors de question qu'il se fasse des illusions. Il faut que je disparaisse au plus vite. J'irai à pied jusqu'à la grande route et je ferai du stop. Je lui signifierai que je ne souhaite pas le revoir. Plus de livraisons. Il m'a embobinée avec ses légumes bio. Il est grand temps que je découvre Rungis. J'ai fait une bêtise, mais j'ai l'habitude, c'est du menu fretin pour une délinquante comme moi. Je bondis hors du lit, décidée à m'enfuir au plus vite.

Sur une chaise, pliés comme il faut, je découvre mes habits. La toge cinématographique ne sera donc pas nécessaire. J'enfile tout comme une enragée. Mon pull est à l'envers. Les manches de mon tee-shirt vrillent au niveau du coude et me coupent la circulation. Je me coince la peau du ventre en remontant la glissière de mon jean. J'en sanglote de fureur. J'ouvre la porte, dans un souffle, pareille à l'ouragan qui s'apprête à dévaster la maison. Où est la cuisine, putain ? Cette maison est énorme. Il y a des chambres partout. C'est un hôtel, ou quoi ? Je marche lourdement, je distribue des coups de pied dans les chambranles, j'alerte la population. Mais personne ne répond. C'est vide là-dedans. La salle de bains est carrelée d'une mosaïque d'argent. C'est pas un hôtel, c'est un bordel turc ! Je m'exclame «Putain de bordel turc !». Je cours le long du couloir. Un miroir me renvoie l'image d'une folle dont le maquillage a coulé. Ses cheveux dessinent une auréole autour de son front. Je m'arrête, brutalement. Je fais quelques pas en arrière et j'examine mon reflet. Je ne connais pas cette tête. Sous les traînées de mascara, mes joues sont roses. Pas un cerne. Je suis mignonne. Je reprends mes recherches, plus calmement. J'arrive enfin dans une petite pièce au rez-de-chaussée, éclairée par trois fenêtres et dans laquelle trône le fourneau rassurant. Un feu a été allumé dans le poêle. Il fait chaud. Pas de café fumant, pas de bol sur la toile cirée bleue. Assis sur le rebord de la fenêtre, un chat blanc et gris me toise amicalement. J'ai l'impression qu'il me sourit.

Par la fenêtre j'aperçois Ali de dos, qui se **promène** dans le jardin. J'attends qu'il se retourne. Lorsqu'il me voit, il se met à siffler. J'essuie machinalement les traces de maquillage sur mon visage. Je lisse mes cheveux. Il approuve. Il articule des mots inaudibles. Je réponds, sans qu'**aucun** son ne sorte de ma bouche. Il me fait signe **de venir**. Je lui fais signe de rentrer.

Sous mes doigts, **le** chat **blanc** et gris a presque fermé les yeux.

Ali s'éloigne, les mains dans les poches. Il disparaît sur la droite, derrière l'angle de la maison. J'attends qu'il revienne, **le cœur brûlant** dans la poitrine.

Les heures **suivantes**, je les passe dans ses bras, sur son dos. Il me **porte**. Il aime beaucoup ça, me jeter d'une épaule sur l'autre, comme un ballot. À la tombée du jour, nous avons grand-**faim** et je décide de préparer un plat qui nécessite trois **heures** de cuisson. Ali est d'accord. Nous patientons en **tentant** de nous remémorer tout ce que **nous** avons appris durant notre scolarité en cours de gymnastique ; la démonstration est obligatoire et suit de près l'annonce de l'exploit. « Roulade avant ? – **Je connais.** » Nous exécutons. Roulade arrière arrivée écart. **Plus** dur. La planche. Le **saut en** longueur. Le lancer de poids. Le triple saut. L'équilibre. « Marcher sur les mains ! » J'ai cédé à la surenchère. Maintenant, il faut que je le fasse. La nuit est tombée depuis longtemps dans le jardin qui sert d'arène **à nos** olympiades privées. Je prends une longue **inspiration** et, presque sans élan, en songeant qu'il s'agit **seulement** de marcher – peu importe que la tête soit en haut ou en bas – je m'inverse et j'avance, aussi agile qu'un insecte. La force dans mes bras m'étonne. Ce n'est pas du tout fatigant. C'est comme marcher sur les pieds.

De retour au restaurant, je me trompe sans arrêt. Je lève la main pour prendre le café sur l'étagère du haut, alors qu'il est dans le placard du bas. Je confonds le tiroir des ustensiles avec celui des couverts, je cherche la poignée du frigo à droite, alors qu'elle est à gauche. Mon corps a pris, en secret, la décision absurde d'intégrer parfaitement la géographie de la cuisine d'Ali. En deux jours, durant lesquels je n'ai pas préparé plus de trois repas, mes mains ont enregistré de nouvelles informations inutiles et délogé les anciennes, si nécessaire. Mon efficacité est menacée. Je suis lente. Je suis maladroite. Je ris bêtement. Barbara me fait remarquer que j'utilise énormément le mot « aliment ». Elle insiste bien sur les deux premières syllabes.

Ben me fait la tête.

— Une fille est venue, me dit-il d'une voix glacée.

— Et alors ?

— Elle voulait vous parler.

— De quoi ?

— Elle n'a pas dit.

— Tu ne lui as pas demandé ?

251

– Elle m'a montré une photo dans le journal. Elle voulait savoir si c'était bien vous.

– Une photo ?

Ben me tend un gratuit distribué à l'entrée du métro. Il l'a ouvert à la rubrique restaurants. Dans la section réservée au XIe arrondissement, le seul établissement cité est *Chez moi* : il y a un article, que je ne parviens pas à lire, et un cliché un peu flou. J'examine la photo, les mains tremblantes.

– On ne voit pas très bien, parce qu'elle a été prise à travers la vitre, remarque Ben.

– Je vais faire un procès.

Il éclate de rire.

– Vous vous prenez pour Britney Spears ?

«*Myriam vous accueille…*» Je relis le début de cette phrase une dizaine de fois et j'ai honte. « … *dans son joyeux bordel…*» Comment ça joyeux ? Comment ça bordel ?

– C'est bordélique ici, tu trouves ? dis-je, indignée.

– C'est très bien pour nous. Pour vous, rectifie Ben, en montrant les trois étoiles dont le journaliste nous a gratifiés.

– C'est toi qui as fait ça ? je lui demande.

– Non. Je n'ai pas de contacts dans la presse, répond-il sur un ton parfaitement neutre. Mais, si j'en avais eu, je n'aurais pas hésité une seconde. C'est un très bon papier. Ils parlent même du service traiteur, de la cantine des petits. Toutes nos inventions…

Il est enthousiaste. Il veut que je lise l'article.

– C'est foutu, dis-je. C'est fini.

Je ne regarde pas Ben, je parle à ma photo, ma photo dans le journal.

252

– Qu'est-ce que vous racontez ? dit Ben.

– On ferme, dis-je. Je suis foutue. On ferme.

– Arrêtez d'être folle, coupe-t-il. Vous n'allez pas faire une crise de nerfs à cause d'une photo dans le journal.

Je ne trouve rien à répondre. Je suis sincèrement convaincue qu'il faut tout arrêter, sans pouvoir l'expliquer. Je reconnais le signe trop certain de la décadence. Je ne veux pas revivre la chute. Je ne supporterai pas de descendre. Je ne peux que monter.

– Elle était très jolie, la fille, dit Ben.

– Quelle fille ?

– Celle qui a demandé à vous parler.

– Quel âge ?

– Dix-huit, vingt ans.

– Tout le monde est joli à dix-huit, vingt ans, fais-je. Moi aussi j'étais jolie à dix-huit, vingt ans.

Ben est exaspéré.

– C'est l'amour qui vous rend chiante ? demande-t-il.

Et je sais que tout lui coûte dans cette phrase : la gluance du substantif « amour », l'outrance et la grossièreté de l'adjectif « chiante ».

– Pardon, dis-je en me mordant la lèvre. C'est juste que tout a l'air tellement réel, tellement définitif.

– Elle a dit qu'elle repasserait, lâche-t-il en me prenant le journal des mains.

Il le fourre dans son sac, de peur que je m'en serve pour recueillir les épluchures de patates.

– Quand ?

– Elle n'a pas précisé. J'ai dit que vous rentriez aujourd'hui.

Un pressentiment mauvais s'empare de moi. Le danger ne vient jamais de là où on l'attend. Je soupçonne une inspection du service d'hygiène. Rien n'est aux normes ici. J'appréhende d'être interrogée, jugée, punie par une femme plus jeune que moi. Elle n'aura pas d'états d'âme. Le couperet de l'immaturité m'effraie. Œil expert et narine suspicieuse. Pas une faille ne lui échappera.

Et puis quoi ? Elle dressera son procès-verbal. On ne pourra pas payer l'amende au montant astronomique et je ferai faillite. C'est très bien, finalement. On ferme. On arrête tout. Les bienfaits ne viennent jamais de là où on les attend. J'accepte, par avance, la condamnation. J'ai hâte qu'on m'accuse et qu'on me dépossède. Ensuite, je m'enfuirai.

Quand il m'a raccompagnée à la gare, Ali m'a dit : « Tu es la personne la plus sauvage que j'aie jamais rencontrée. » J'ai repensé au lit que j'avais fait avec soin, au sauté de veau à la sauge et au citron si tendre et si joliment dressé dans son plat, aux coups de balai précis après les repas. Je m'étais installée chez lui comme si j'allais y vivre pour toujours. J'avais été son épouse parfaite. Mes sourcils se sont froncés. « Je ne comprends pas. – C'est très bien, m'a-t-il dit. Une fermière sauvage, c'est exactement ce qu'il faut. J'avais peur que tu sois une fille des villes, mais non, en fait. » Il s'est mis à rire et m'a serrée dans ses bras. Il ne m'a pas dit de revenir. Il ne m'a pas demandé de rester. Il m'a caressé la tête, comme il caresse celle des lapins, des matous, des génisses, des poules avant de les tuer, mais pas forcément, aussi parce qu'il les aime. Puis il a poussé un profond soupir et, tout en riant, il a dit quelque chose que je n'ai pas entendu parce que le train entrait en gare en crissant sur les rails.

On me l'a appris à l'école. Nous, les humains, nous nous tenons en lisière de la chaîne de prédation. Nous ne marchons pas dans la combine. La mouche est dévorée par la grenouille, elle-même dévorée par le héron, qui, à son tour, est dévoré par... Ou bien : le ver est mangé par l'oiseau qui se fait ensuite égorger par le chat... On peut aussi commencer par le poisson.

Il existe, bien entendu, de grands prédateurs, des animaux qui ne sont pas pris en sandwich entre ce qu'ils mangent et ceux qui les mangent. Personne ne mange les grands prédateurs. Mais on les tue. Les humains les tuent, parfois.

Il faut aussi évoquer les petites proies, celles qui, de la même manière que les grands prédateurs, échappent au sandwich et ne connaissent que la tartine : quelque chose les mange, mais elles, les petites proies, ne mangent rien, rien d'animé en tout cas, rien qui souffre, rien qui saigne.

Nous, les humains, nous sommes seuls. Un cran au-dessus des grands prédateurs. Parias de ce merveilleux système. Il arrive qu'une créature dévore l'un des nôtres. Toutefois, nous le savons, c'est un incident hors chaîne.

Je me demande si cette mise à l'écart n'est pas notre plus grand malheur. C'est par là, par ce minuscule accroc, que l'existence perd son sens, comme un pneu perd de l'air. Comme rien ne nous veut du mal, il nous revient d'inventer notre propre adversité.

Je songe à organiser **un genre de** concile des grands prédateurs (combien serions-nous à pouvoir prétendre y participer ?). Le lion, le crocodile, l'orque, le tigre, l'ours… Je ne suis pas très renseignée sur les mœurs animalières, il se peut donc que je fasse des erreurs. Ce qui m'intéresse, c'est le principe. Chaque année, nous **nous réunirions** pour débattre autour de thèmes divers comme : «La nécessité du danger», «Les ressorts de la peur», «La gestion des passions chez les espèces non menacées». En tant qu'humains, nous serions membres honoraires de cette glorieuse commission. Un rapprochement avec les élites des assassins nous permettrait de nous sentir moins isolés. Il y aurait aussi sa majesté l'invincible pachyderme herbivore, maître éléphant, en médiateur de nos colloques.

Il serait beaucoup question de la mélancolie des dominants, du sentiment vague de menace jamais incarnée, des insomnies liées à la culpabilité. Nous en viendrions immanquablement à envier le sort de nos victimes. Les proies. Nos tendres proies qui profitent de la vie jusqu'au jour où, sans prévenir, un coup de dents les décapite.

Je tente de me représenter la satisfaction du bouvreuil : miam ! J'ai trouvé un asticot, ouf ! J'ai échappé au matou. Quelle bonne journée !

Est-il possible que, dans un contexte de dénuement extrême, l'homme puisse se retrouver dans la peau du bouvreuil ? Imaginons une famine, doublée d'une guérilla : miam ! dit l'homme-bouvreuil, j'ai trouvé un ver de terre, ouf ! s'exclame-t-il ensuite, alors que la machette ou la balle de fusil le manque de quelques millimètres. Quelle bonne journée ! Mais ça ne fonctionne pas. Le bonheur de l'homme n'a rien à voir avec sa survie. Il est ailleurs. À cause de la conscience, à cause de l'espoir, à cause de l'infinité des possibles.

À certaines époques de ma vie, j'ai été une femme-bouvreuil. Je survivais. C'était chaque jour un miracle de m'éveiller en vie tant était pressante la tentation d'en finir. Parfois, j'essayais de me rappeler, lorsque je voyais le soleil clinquant de mars dorer les façades de pierre blanche sur les quais de la Seine : comment fait-on déjà ? Comment fait-on pour trouver ça beau ? Comment en jouir ? Je me souvenais du plaisir de la contemplation, ce luxe gratuit, et je voyais bien qu'il fallait lui construire une base, que le joyeux sentiment de la beauté ne pouvait que régner, assis comme un pacha sur d'autres sentiments, que jamais il ne serait premier. Et je m'indignais : pourquoi réclamer davantage ? N'est-ce pas une insulte à la vie que d'exiger le bonheur ? Sois un bon bouvreuil et contente-toi d'exister.

J'ai repris des forces. Me voilà remplumée. Demeurer en vie ne me suffit plus. Mon avidité, mon appétit sont aux aguets et, du coup, la peur envahit mon cœur en émoi. Je me suis trompée tout à l'heure. Un détail important a échappé à ma vigilance. Certes nous ne participons pas à la grande tuerie circulaire, mais nous possédons, à l'intérieur même de notre caste, un très satisfaisant système d'entre-dévoration. Je pense à la jeune fille dont m'a parlé Ben, celle qui est jolie, qui veut ma photo, et qui va, d'un jour à l'autre, venir me tuer. Je ne peux imaginer qu'elle me veuille du bien. Elle est mon ange exterminateur, je l'ai reconnue à son battement d'ailes. Dans sa main, un glas. Dans ses yeux, des poignards. Je me sens vieille. Vieille et grotesque avec mes frasques bucoliques.

Un tablier autour des hanches, je tranche et je hache sans entrain. Je peine à établir les menus. La nourriture m'ennuie. Je me rabats sur mes classiques et personne ne voit la différence. Mais je sais, moi, que l'ivresse de l'invention m'a quittée. Maintenant que la première bataille est remportée, il ne m'importe plus de gagner la guerre. J'ai ouvert un restaurant. Mon affaire est rentable. J'augmente le salaire de mes employés, je distribue des primes, j'investis dans un nouveau robot. Dès qu'une poêle attache, je la donne au Secours populaire et j'en achète une autre. Ali ne livre plus. Il envoie un garçon taciturne et sérieux, d'une ponctualité assommante.

Je pense au firmament minuscule que nous avons taillé, mon amant et moi, dans l'espace, au dais sous lequel nous avons échangé nos vœux muets. Je sais qu'il existe quelque part, mais je ne peux m'y abriter.

Je n'ai pas répondu au téléphone. Je n'ai pas ouvert les lettres. Je me suis conduite comme un mufle. J'ignore s'il pleure, si je lui manque, s'il me regrette. Je ne sais plus ce qu'est l'amour, en quoi il consiste. Il ne me reste que le désir. Passé l'étonnement du corps, rien ne demeure. La nuit, je frappe ma tête contre les murs, je serre les mâchoires, je me tords les mains. Au matin, je m'éveille l'esprit vide et je récapitule les gestes qu'il me faudra accomplir dans la journée, les phrases qu'il faudra que je prononce. Je stocke à l'avance les sourires que je devrai distribuer. Je me fais l'effet d'un piano mécanique dans lequel on introduit des partitions perforées. De minute en minute, je débite les notes sans âme. Je récite. Les jours rallongent et leur lenteur m'est intolérable. Dès l'aube, je vise la nuit et son repos solitaire, la vérité des heures d'insomnie durant lesquelles, libérée de mon rôle de patronne comblée, je dériverai, paupières tombantes, commissures des lèvres tournées vers le bas.

Un matin, Ben arrive une heure en avance. Je n'ai pas eu le temps d'enfiler mon armure. Je n'ai pas répété les répliques de la journée.

– Quelque chose ne va pas, dit-il.

Je me tais. Je regarde par terre.

– Quelque chose ne va pas, répète-t-il.

Je claque des dents.

– Vous êtes malade ? demande-t-il. Vous voulez que j'appelle un médecin ?

Je pose les mains sur mes joues. Je serre. Je voudrais que mes dents arrêtent leur cirque. Ben s'approche. Il me touche timidement l'épaule. Je le laisse faire. Il s'approche encore et me prend dans ses bras.

– C'est rien, dit-il. C'est rien.

Il me berce doucement, en balançant d'un pied sur l'autre, comme les danseurs débutants qui se risquent à leur premier slow.

– Vous êtes fatiguée, explique-t-il. C'est pour ça.

C'est normal. Vous n'avez pas arrêté. Vous travaillez tout le temps. C'est du surmenage. Voilà. C'est ça. Vous êtes surmenée. Mais tout va bien. Barbara et moi on peut s'en sortir seuls. Vous devriez aller vous reposer. Vous devriez aller à la campagne.

J'éclate en sanglots.

– J'ai dit une bêtise ? demande Ben.

Je ne peux pas répondre. Il s'immobilise et me serre plus fort.

– Dites-moi ce que je peux faire. Je peux tout **faire**. J'ai noté les recettes, j'ai regardé comment vous faites. Je me suis entraîné à la maison.

C'est tellement injuste, me dis-je. Tellement injuste la bonté de ce garçon. Il est prêt à tout pour moi qui ne mérite rien. Ne voit-il pas la marque sur mon front, le stigmate de la femme au cœur sec ?

– Vous êtes la première personne qui m'ait donné envie de faire quelque chose. La première personne qui m'ait appris quelque chose.

– Alors tu es d'accord ? dis-je d'une voix éraillée.

– D'accord pour quoi ? demande-t-il en reculant légèrement.

– Pour reprendre le restaurant. Je veux te le donner. C'est ton œuvre autant que la mienne. Je ne peux plus m'en occuper. Je vais me renseigner pour les normes. On va faire les travaux qu'il faudra. Tu n'auras aucun ennui. On va complètement assainir la situation.

Je m'interromps. J'hésite à poursuivre.

– Je veux que ce soit un cadeau, Ben. Je ne veux pas que ce soit un poids.

Je lis dans ses yeux la protestation. Je reprends la parole avant qu'il ait mis au point sa plaidoirie.

– Tu as travaillé des mois sans être payé. Tu ne me dois rien. C'est moi qui te dois tout. Alors je te donne ce que j'ai. On va aller chez le notaire pour mettre le bail à ton nom.

Il secoue la tête.

– Pas ça, dit-il. Pas ça.

– Accepte, s'il te plaît.

Il réfléchit longuement.

– Je veux bien m'occuper de l'affaire, dit-il, mais il ne faut pas que vous me la donniez.

Il y a tant d'autorité dans sa voix. Comment sait-il ? Comment peut-il se douter que je n'ai pas le droit de faire de lui mon héritier ? Par quelle grâce me sauve-t-il de cette ultime trahison ?

– Tu as raison, dis-je. Je te nomme gérant de *Chez moi*.

Je l'adoube à l'aide d'un rouleau à pâtisserie que je pose solennellement sur son épaule droite, puis sur son épaule gauche. Mon geste le fait sourire.

– Qu'est-ce que vous comptez faire ? me demande-t-il. Où comptez-vous aller ?

Je ne me suis pas posé la question.

– Vous n'avez pas de maison, me rappelle-t-il.

– C'est vrai.

– Vous avez des économies ?

Je secoue la tête.

– Mais je n'ai besoin de rien pour vivre, lui dis-je. De presque rien.

Ce lundi passe, comme une journée de deuil, un retour d'enterrement. Nous sommes tristes, Ben et moi, mais savoir notre chagrin identique à celui de l'autre nous réconforte. L'air est doux et le soleil, qui parvient enfin à réchauffer notre rue large et courte, nous annonce modestement que nous pouvons enfin compter sur l'arrivée du printemps. Barbara porte une robe constellée de fleurettes. Son grand corps dansant est une prairie. Je lui fais part de nos projets. Je crains qu'elle ne refuse d'être l'employée de Ben, parce qu'il a quelques années de moins qu'elle.

– C'est parfait, me rassure-t-elle. Moi, mon rôle préféré, c'est gouvernante. La subalterne qui dirige tout dans l'ombre. J'ai un penchant pour la clandestinité.

Comme elle est maligne, me dis-je, et je prends plaisir à la voir valser de table en table en notant les commandes de sa grande écriture très lisible. Elle rit avec les clients, s'accroupit pour parler aux minus de quatre ans, ne se laisse pas marcher sur les pieds par les grincheux, les exigeants, les emmerdeurs. Elle possède une science redoutable de l'espace et du temps. Avec elle, la salle semble quadrillée, la moindre information, la moindre demande, trouve son abscisse et son ordonnée. Pas d'embouteillage en cuisine, pas de clients en attente, pas d'erreurs dans l'attribution des plats. La voir travailler est un privilège.

À cinq heures, alors que Vincent est passé boire un thé pour discuter avec Barbara des arbustes qu'elle souhaiterait pour border la terrasse, une silhouette apparaît en contre-jour dans l'encadrement de la porte. Je ne la vois pas immédiatement car je suis penchée sur un classeur à la recherche du métrage que nous a fait parvenir la mairie, nous signifiant la taille de l'empiètement autorisé sur le trottoir. Notre terrasse ne doit pas excéder deux mètres sur six, tout compris. Je tends le document à Vincent, qui a apporté une pile de catalogues de jardineries. Je remarque qu'il a la tête tournée vers l'entrée et je suis son regard.

Sur le seuil se tient une grande jeune fille aux pommettes hautes. Elle porte des tresses en couronne qui m'évoquent aussitôt le portrait de Vassilissa Primoudra, Vassilissa la très sage, héroïne des contes russes de mon enfance. On ne distingue pas ses yeux, et son expression est difficile à déchiffrer à cause du soleil aveuglant dans son dos. Elle est parfaitement immobile. C'est inquiétant. Tous, nous nous taisons, pétrifiés, attendant qu'elle fasse un geste.

Ben murmure :

– C'est elle.

Je rassemble les documents éparpillés sur la table et je les confie à Vincent.

– Vous pouvez aller chez toi ? lui dis-je.

Sans un mot, Barbara, Vincent et Ben se lèvent et se dirigent vers la porte. La jeune fille fait un pas de côté pour les laisser passer. Au moment où elle s'efface, un rayon de soleil auquel son dos barrait la route se précipite sur mes yeux, plus rapide que n'importe quelle flèche, et m'aveugle. Lorsque je rouvre les paupières, elle a disparu. Je me crois seule lorsque j'entends un léger raclement de gorge derrière moi. Elle s'est assise à la table que nous occupions quelques instants plus tôt.

– Vous êtes Myriam ? demande-t-elle.

Je m'installe face à elle et je lui tends la main. Elle serre mes doigts dans sa paume douce et chaude. Elle a les yeux noirs et les cheveux couleur de blé mûr. Ses lèvres sont roses, très pâles, son cou long et blanc. Elle porte une veste en velours noir sur un chemisier en dentelle blanc. On la croirait sortie d'un tableau du dix-neuvième. Je lui trouve une allure étrange. Ce n'est pas du tout l'idée que je me faisais des inspecteurs de l'hygiène.

– Je m'appelle Tania, dit-elle.

Nous nous regardons et je n'ai pas la moindre idée du protocole que nous sommes censées suivre. Elle baisse les paupières et sourit.

– Je suis l'amie d'Hugo.

Je supplie le sol de s'ouvrir en deux et de m'aspirer dans ses profondeurs. Mes mains tremblent sur la table. Je les cache. Je les coince sous mes cuisses.

– On a vu votre photo dans le journal, explique-t-elle.

Je suis frappée par la transparence de sa voix, l'absence d'affectation, de timidité.

– On était dans le métro pour aller en cours…

Quel cours ? ai-je envie de lui demander. Quelle école ? Où est mon fils ? D'où partiez-vous ? Où avait-il dormi ?

– … et j'avais pris le gratuit parce que j'aime bien regarder les critiques de restaurant. Je suis très gourmande. J'ai dit à Hugo «Regarde, c'est sympa, un resto qui s'appelle *Chez moi* » et je lui ai montré l'article. Il n'a rien répondu. Il a approché le journal tout près de ses yeux. Et il m'a dit «C'est ma mère. La femme, là, c'est ma mère». Il vous a reconnue. Moi, j'ai cru qu'il déconnait au début. Parce qu'il parle tout le temps de vous et que ça m'énerve.

Qu'est-ce qu'il dit de moi ? ai-je envie de demander. Est-ce qu'il me déteste ? Mais je suis bâillonnée par la honte. Par le soulagement, aussi.

– J'ai su très vite que vous aviez été... séparés. Il m'a tout raconté. Dès qu'on s'est mis ensemble. Parce qu'il ne dormait pas la nuit, alors je lui ai demandé à quoi il pensait, pendant toutes ces heures qu'il passait à marcher de long en large dans la chambre.

Quelle chambre ? Vous habitez ensemble ? Depuis combien de temps vous le connaissez ? Est-ce qu'il dort mieux ?

Mais le bâillon ne se desserre pas.

– Il était en colère. Il a pleuré en me le disant. Je n'avais jamais vu un garçon de mon âge pleurer. J'ai trouvé ça très bizarre. J'ai trouvé ça très émouvant. Il m'a dit qu'il croisait le type – comment il s'appelle déjà ? Auguste ? Non, Octave. Il m'a dit que quand il le voyait, il avait envie de le tuer. Ça m'a fait peur. Je l'ai trouvé débile. Je lui ai dit : «C'est complètement infantile, ton truc.» Ça l'a enragé.

Elle éclate de rire.

– Il était furieux. Il m'a dit que c'était moi qui étais débile, que je ne pouvais pas comprendre. Qu'il avait été traumatisé. Et moi, ça, je ne peux pas supporter, vous voyez ? Les gens traumatisés. Tout le monde est traumatisé de nos jours, vous ne trouvez pas ? Je suis trop directe ?

Je ne peux pas répondre. Je pense qu'elle a raison. J'adorerais discuter avec elle des excès de traumas. Je voudrais aussi la remercier, lui dire combien je la trouve belle. Lui demander comment il se fait qu'elle soit si mûre pour son âge. L'interroger sur ses origines.

– Tout le monde le dit, que je suis trop directe. C'est à cause de mes origines.

Cet écho me surprend. Lisant dans mes yeux une curiosité que je ne peux masquer, elle s'explique :

— Je ne suis pas d'ici. Je suis née à Smolensk. Je suis arrivée à Paris quand j'avais douze ans. Je ne connaissais pas le français.

Elle éclate de rire à nouveau.

— Il n'y a qu'un mot que je n'arrive toujours pas à prononcer sans accent. C'est pas vraiment un mot, c'est le nom d'un magasin. Monoprix. Vous entendez. Je ne fais pas les « o » qu'il faut.

Je souris.

— Moi, je lui ai dit à Hugo. Une femme, c'est comme un homme. Les femmes aussi elles ont un corps. Ça vous choque ? Je suis crue ? Mais c'est vrai, non ? Les garçons sont complètement coincés en fait. C'est eux qui ont inventé le concept de madone. La Vierge à l'enfant ça les branche. Moi, ça me dégoûte. Je le comprends, en même temps. C'est vrai. Il était petit et puis, quand c'est la mère, c'est pas pareil. On n'a pas envie de connaître les histoires de nos parents. On veut qu'ils soient dans une boîte. C'est normal. Mais je lui ai dit que ça suffisait comme ça. Moi, j'ai pas envie de vivre avec un type qui me parle à longueur de temps de sa mère. C'est très simple. Y a pas besoin de psy pour ça. Je lui ai dit, si elle te manque, tu la retrouves et voilà, c'est pas compliqué. Elle a des parents, elle a une famille, elle s'est pas évaporée, elle est pas morte. Mais il m'a dit qu'il ne savait pas comment s'y prendre, qu'il n'avait pas envie d'en parler avec les autres, Gisèle et André, vos parents. Il trouvait ça gênant. Et je comprends. C'est vrai, c'est gênant. Alors j'ai dit « Quoi ? Qu'est-ce que t'attends, alors ? Qu'est-ce que

tu comptes faire ? Parce que moi, les orphelins traumatisés, c'est pas mon truc ». Il a dit qu'il attendait un
signe. Quand il a vu la photo, je lui ai donné un coup de
coude. « Le voilà, ton signe. » On n'en a pas parlé, mais
je sais qu'il compte sur moi. Vous savez comment
c'est. Les hommes, tout ce qu'ils demandent, c'est
qu'on leur fasse un enfant dans le dos. Il suffit d'accepter la responsabilité. Moi, j'accepte les responsabi-
lités. Je ne vois pas où est le problème avec ça. Si on se
trompe, on se trompe. C'est pas la mort.

— Myriam ?

Quelqu'un m'appelle. Ça vient de la grande salle. Je
n'arrive pas à bouger.

— Myriam ?

— Allez-y, me dit Tania. Occupez-vous des clients.
Je vous attends.

Je me tourne très lentement et je me lève. Je vacille.
À une table près de la fenêtre, Denis et Colas, les deux
stagiaires du prothésiste dentaire d'en face, attendent
leur café.

— T'as pas des gâteaux ? demande Colas.

— Il reste du fondant au chocolat, dis-je, comme un
automate.

Je les sers, au ralenti. Je n'ai pas le courage de
découper le reste de dessert et de le disposer sur des
petites assiettes : j'apporte directement le moule à table.

— Nettoyez-moi ça, les enfants, leur dis-je. Cadeau
de la maison.

Je déchire le ticket de caisse. Je ne tiens pas à être
interrompue une deuxième fois. Je crains de ne pas
avoir la force de prendre leur argent et leur rendre la
monnaie.

Je me rassois face à Tania. Elle ne parle plus. Elle inspire profondément, écarquille les yeux. Une vraie tête de clown. Je me demande ce qui lui arrive. Pourquoi elle se tait ? Son moulin à paroles est-il détraqué ? Mais qu'aurait-elle de plus à dire ? C'est mon tour. Il ne faut pas que je pleure. Je redoute qu'elle me juge. Qu'elle se moque de moi avec sa santé affolante, qu'elle ne tolère pas mon chagrin, ma terreur, mon inquiétude. Je tente de formuler quelque chose, intérieurement. J'assemble des mots, mais aucune phrase ne vient. J'ai un énorme problème de syntaxe. De syntaxe et de prononciation. J'ai l'impression que les paroles vont sortir de ma bouche déformées par l'épouvantable vagissement que je tente de réprimer.

Une idée me sauve. Tania est gourmande. Je vais la nourrir. Ainsi, elle patientera. Elle attendra que le langage renaisse en moi. Sans me lever, je tends la main vers le plan de travail et je pose devant elle une part de gâteau aux carottes et aux noix.

Son regard s'illumine.

– Je peux avoir un thé avec ? demande-t-elle.

Mon percolateur Hirschmüller scintille dans le couchant. J'ébouillante une théière et j'y dépose une cuillère de thé goût russe. Le nuage de vapeur s'élève et le chuintement assourdissant de la pipette qui crache l'eau brûlante m'évoque la cheminée d'une locomotive ancienne, la plainte du départ, le gémissement des adieux et des retrouvailles.

Sa cuillère s'enfonce dans le moelleux du glaçage au citron, rompt la génoise granuleuse.

Mange-moi, ma fille. Mange-moi et comprends.

Les paupières closes, elle savoure l'alliage délicat de la cannelle et du sucre roux.

– Qu'est-ce que c'est bon ! s'exclame-t-elle.

Elle soupire et regarde son assiette.

– Ce serait quand même un beau gâchis que nos enfants ne connaissent pas ce goût, dit-elle. On n'en a pas encore, mais moi j'en veux plusieurs. Peut-être deux, peut-être quatre. Ce serait vraiment dommage, non ?

Je hausse les épaules, retenant si fort mes larmes que mon front me fait mal.

Elle termine son assiette avec application, en s'arrêtant parfois pour secouer la tête, incrédule. Elle n'en revient pas de cette texture, de ce parfum, de cette douceur.

Elle va chercher une deuxième tasse, y verse du thé et la pose devant moi.

– On trinque ? propose-t-elle.

Nous trinquons.

Il ne me reste plus qu'à attendre : une activité méticuleuse qui exige toute mon attention. C'est inhumain de ne pas connaître le terme, de sursauter à chaque grincement de porte, à chaque bruit de pas. Sans cesse, je m'interromps. Ma vie ne connaît plus la continuité. Il faut toujours que je lève la tête, que je tourne sur moi-même, pour vérifier, me tenir prête.

Cela fait deux jours que Ben est en cuisine. Il appelle ça son stage qualifiant. Il a une main divine pour la pâtisserie. C'est un don. Ça ne s'apprend pas. Ses tartes sont infiniment meilleures que les miennes. Son gâteau roulé au pavot et à la confiture de cerises est céleste. La cuisson des viandes n'est pas encore parfaite, mais c'est une science sans mystère. Il suffit de respecter les règles.

Pour les commandes, c'est Barbara qui s'en charge. Les prévisions, les listes, c'est sa spécialité.

Nous progressons à toute allure vers ma disparition, et pourtant le temps stagne au rebord de chaque heure.

Je convoque un expert du service de l'hygiène. Il est odieux et grimaçant à souhait, prend des notes, déplace les tables, les chaises, met notre salle sens dessus dessous. Il fait de grands gestes et devient tout rouge lorsqu'il tente de regarder sous le frigo. Je trouve qu'il sent horriblement la transpiration. Vous me mettez de la sueur partout, ai-je envie de lui dire. Il me parle de gel bactéricide, de chaîne du froid, d'éponges synthétiques. Il refuse tout ce que je lui propose, une part de flan aux asperges, un bol de velouté de potiron, une mousse de myrtilles au lait d'amande, un café pour la route. Il annonce qu'il enverra son rapport et part sans me serrer la main. Le surlendemain, nous recevons un imprimé annonçant un avis favorable sous réserve, suivent quelques menues modifications suggérées, mais non obligatoires.

Tout est prêt, Ben est officiellement nommé gérant. Son stage prend fin en beauté lorsqu'il m'annonce la création d'un dessert mirobolant. Il s'agit d'un entremets à mi-chemin entre le mille-feuille et la forêt-noire, pratiquement impossible à réussir selon moi, un jeu d'enfant selon lui.

Je peux partir.

Mais je ne peux pas partir.

Car j'attends, en m'efforçant de ne pas regarder ma montre, les aiguilles impotentes, le calendrier maudit.

Un cil tombe sur ma joue.

– Faites un vœu, dit Ben. Tapez-vous sur une joue et faites un vœu.

Je souhaite que mon fils arrive très vite.

Je frappe ma joue gauche.

– C'était l'autre, dit Ben. Raté.

Je ne saurais dire combien de jours se sont écoulés depuis la visite de Tania, l'annonciatrice, mais le voilà qui entre, après avoir toqué au carreau. Hugo est là, chez moi, tellement grand. J'ai le souffle coupé. Je me plaque, instinctivement, dos au mur, comme une fusillée. Mais il est sans armes, si ce n'est son sourire, large et déployé comme un quartier d'orange, si ce n'est ses sourcils qu'il lève haut sur son front lisse, si ce n'est son regard, le seul que j'aie jamais craint.

Il a l'air amusé, tout content de la surprise qu'il me fait. Je reconnais son air de bébé astucieux. Je crains tant de le décevoir. J'essaie de sourire, mais aucun muscle ne répond. J'ai l'impression que mon corps entier tient dans la paume d'une main, et que cette main me broie. Je regarde le visage de mon fils avec curiosité, comme on observe celui d'un nouveau-né à la recherche des ressemblances. C'est plus son papa ou sa maman ? Mais non, ni l'un, ni l'autre. C'est un monsieur. Un jeune monsieur très beau, plutôt distingué, vêtu avec une recherche qu'il ne doit qu'à lui-même.

Je souffre. Je ne m'en rends pas immédiatement compte, à cause de la marée qui déferle en moi. Ou est-ce moi qui déferle ? Je ressens une douleur. Aïe. C'est affreux, ça fait pleurer, comme un coup sur le nez. Aïe. Dans le ventre et dans le dos aussi. Ça tire. Ça creuse. Qu'est-ce que j'ai ?

Hugo s'approche et tend la main d'un air inquisiteur. Chacun de ses gestes est accompli avec humour. Je ne comprends pas comment c'est possible. Comment mon fils fait-il pour être drôle ?

Je prends sa main dans la mienne et je l'attire vers moi. Je m'assieds sur la banquette et je montre mes genoux. Il secoue la tête, mais il n'est pas contre. Il se marre en s'asseyant sur mes cuisses. Il m'écrase complètement. Il est trop grand, trop maigre, trop vieux.

— Mon chéri, lui dis-je. Mon amour de fils.

— Toujours aussi dingue ! constate-t-il en me pinçant la joue.

Je colle ma tête contre sa poitrine. J'entends son cœur.

Quelque temps plus tard, la camionnette bleue débouche au coin de la rue.

Ma valise ne pèse rien. C'est la même qu'à mon arrivée. Debout sur le trottoir d'en face, je regarde *Chez moi*, la devanture pimpante, repeinte en lilas, les orangers du Mexique qui bordent la terrasse. Sur le pas de la porte, Ben et Barbara me font un signe de la main. Vincent s'affaire dans sa boutique. Nous avons pris un café d'adieu. Il m'a promis de veiller sur les petits.

— Qu'est-ce qu'on fait pour vos livres ? demande Ben.

Je songe à mon étagère de survie, mon trésor. Je hausse les épaules.

— Lisez-les.

Quelques minutes de bonheur absolu
L'Olivier, 1993
et « Points » n° P 189

Un secret sans importance
Prix du Livre Inter
L'Olivier, 1996
et « Points » n° P 350

Cinq photos de ma femme
L'Olivier, 1998
et « Points » n° P 704

Les Bonnes Intentions
L'Olivier, 2000
et « Points » n° P 917

Le Principe de Frédelle
L'Olivier, 2003
et « Points » n° P 1180

Tête, archéologie du présent
(photographies de Gladys)
Filigranes, 2004

V.W. : le mélange des genres
(avec Geneviève Brisac)
L'Olivier, 2004

Livres pour la jeunesse

Abo, le minable homme des neiges
(illustrations de Claude Boujon)
L'École des Loisirs, 1992

Le Mariage de Simon
(illustrations de Louis Bachelot)
L'École des Loisirs, 1992

Le Roi Ferdinand
(illustrations de Marjolaine Caron)
L'École des Loisirs, 1992, 1993

Les Peurs de Conception
L'École des Loisirs, 1992, 1993

Je ne t'aime pas, Paulus
L'École des Loisirs, 1992

La Fête des pères
(illustrations de Benoît Jacques)
L'École des Loisirs, 1992, 1994

Dur de dur
L'École des Loisirs, 1993

Benjamin, héros solitaire
(illustrations de Véronique Deiss)
L'École des Loisirs, 1994

Tout ce qu'on ne dit pas
L'École des Loisirs, 1995

Poète maudit
L'École des Loisirs, 1995

La Femme du bouc-émissaire
(illustrations de Willi Glasauer)
L'École des Loisirs, 1995

L'Expédition
(illustrations de Willi Glasauer)
L'École des Loisirs, 1995

Les Pieds de Philomène
(illustrations d'Anaïs Vaugelade)
L'École des Loisirs, 1997

Je manque d'assurance
L'École des Loisirs, 1997

Les Grandes Questions
(illustrations de Véronique Deiss)
L'École des Loisirs, 1999

Les Trois Vœux
de l'archiduchesse Van der Socissèche
L'École des Loisirs, 2000

Petit prince Pouf
(illustrations de Claude Ponti)
L'École des Loisirs, 2002

Le Monde d'à côté
(illustrations d'Anaïs Vaugelade)
L'École des Loisirs, 2002

Comment j'ai changé ma vie
L'École des Loisirs, 2004

Igor le labrador
et autres histoires de chiens
L'École des Loisirs, 2004

À deux c'est mieux
(illustrations de Catharina Valckx)
L'École des Loisirs, 2004

C'est qui le plus beau ?
L'École des Loisirs, 2005

Les Frères chats
(illustrations d'Anaïs Vaugelade)
L'École des Loisirs, 2005

Je ne t'aime toujours pas, Paulus
L'École des Loisirs, 2005

Je veux être un cheval
(illustrations d'Anaïs Vaugelade)
L'École des Loisirs, 2006

COMPOSITION : PAO EDITIONS DU SEUIL

GROUPE CPI

Achevé d'imprimer en février 2008
par **BUSSIÈRE**
à Saint-Amand-Montrond (Cher)
N° d'édition : 95977-4. - N° d'impression : 80260.
Dépôt légal : août 2007.
Imprimé en France

Collection Points